LES

MÈRES RIVALES,

OU

LA CALOMNIE.

DE L'IMPRIMERIE D'A. CLO, RUE SAINT-JACQUES,
n°. 38.

LES
MÈRES RIVALES,

OU

LA CALOMNIE,

PAR

MADAME DE GENLIS.

*Virtue and Patience have at length unravell'd
the knots which Fortune ty'd.* DRYDEN.

Depuis que je suis né, j'ai vu la calomnie,
Exhaler les venins de sa bouche impunie.
TANCRÈDE, *Trag. de Voltaire.*

SEPTIÈME ÉDITION.

TOME PREMIER.

À PARIS,

CHEZ MARADAN, LIBRAIRE,
RUE DES MARAIS, N°. 16.

1819.

ÉPITRE DÉDICATOIRE

A

MADAME BOCQUET,

NÉE JORDAN.

MON AMIE,

J'AI tâché de peindre dans l'héroïne de cet ouvrage la fille la plus tendre, la sœur, l'épouse, la mère et l'amie la plus parfaite : vous faire l'hommage d'un tel portrait, c'est vous offrir le vôtre; mais il n'est digne de vous être présenté, que parce qu'il vous ressemble.

Aussi sensible, aussi vertueuse que Pauline, et plus prudente et plus heureuse, vous avez eu le bonheur de ne jamais ressentir les atteintes de la calomnie; votre réputation fut *toujours aussi pure que votre âme et que votre vie.*

Vous reconnoîtrez dans ces lettres une infinité de traits qui vous appartiennent ; le sentiment et la reconnoissance les ont recueillis pour en embellir cet ouvrage. O qu'il est doux, en peignant l'amitié la plus fidèle, de trouver son modèle dans son amie ! Combien le bonheur d'un tel souvenir est préférable à la gloire d'inventer et de créer !......

Recevez donc ce foible tribut d'une tendresse aussi vive que sincère, vous qui joignez à la jeunesse toute la solidité de l'âge le plus mûr, vous que je puis aimer avec sécurité, amie généreuse que je dois au malheur ! Ah ! croyez que le succès le plus doux que puisse me procurer cet ouvrage, est de faire passer quelques momens agréables à celle qui, depuis deux ans, m'a prodigué des soins si tendres, et dont l'invariable et touchante amitié m'a fait trouver tant de consolations dans mes peines, et tant de charmes dans la profonde retraite à laquelle je me suis consacrée !

PRÉFACE.

J'AVOIS bien le malheureux droit de faire un ouvrage *sur la calomnie,* et j'ai dû peindre, avec vérité, l'inconséquence, l'absurdité, la noirceur et la persévérance malfaisante *des calomniateurs.* Je n'avois besoin ni d'esprit, ni de génie pour faire cet affreux tableau, il ne me falloit que de la mémoire.

On doit oublier les méchans; mais il est utile, quand on écrit, de se rappeler les méchancetés, afin d'en dévoiler les dangereux artifices. Ainsi en traçant dans cet ouvrage tous les vils stratagèmes employés par la haine et par l'envie, je n'ai voulu désigner personne; j'ai fait une peinture générale, et non des portraits particuliers. Il suffit de se respecter soi-même pour ne s'é-

carter jamais d'une telle modération;
mais j'avoue qu'elle est en moi très-
peu méritoire. Mes ennemis auteurs
(les seuls que je puisse connoître
avec certitude) sont si généralement
méprisés, que non-seulement *ils ne*
valent pas l'honneur d'être nom-
més, mais qu'ils ne méritent même
pas celui d'être *désignés*. D'ailleurs
qui les reconnoîtroit? on ne devient
pas *célèbre*, quelque effronterie et
quelque méchanceté que l'on puisse
avoir, quand on écrit platement et ridiculement. Aussi, loin d'avoir eu
l'intention de représenter les libel-
listes qui ont écrit contre moi, j'ai
tâché que les personnages auxquels
j'ai donné la noirceur de leurs caractères, ne parussent pas totalement
dépourvus d'esprit; pouvois-je mieux
écarter toute idée d'allusion?.....

J'ai voulu peindre dans cet ouvrage *l'amour conjugal* le plus exal-

té, le plus parfait, et j'ai voulu qu'il ne ressemblât en rien à l'amour. J'ai fait de ce sentiment, et de la tendresse maternelle et filiale, tout l'intérêt de ces lettres. Voilà bien des nouveautés hardies dans un roman; une idée plus neuve encore, c'est d'avoir osé mettre en parallèle avec la vertu parfaite, unie à l'innocence, la vertu souillée par un instant d'erreur, et purifiée par tout ce que le repentir peut offrir de touchant et d'héroïque. Si j'ai réussi à faire préférer la vertu sans tache, j'ose dire que j'ai tracé le tableau le plus digne d'exercer le pinceau d'un véritable moraliste.

Il est reconnu que *dramatiquement* le repentir est plus intéressant que l'innocence, que l'*expiation* est plus touchante que la persévérance, que la vertu qui s'est égarée d'une manière excusable et qui se relève

avec éclat, a quelque chose de plus
sublime que la vertu inébranlable.
Ces idées cependant sont fausses et
dangereuses, rien ne peut être aussi
beau que la vertu qui ne s'est jamais
démentie; voilà ce que j'ai voulu dé-
montrer, et ce que j'ai prouvé, si
j'ai rendu Pauline plus intéressante
que sa rivale.

On dira peut-être que j'ai placé
dans cet ouvrage deux ou trois lettres d'un genre trop sérieux; mais on
n'a pas trouvé que les dissertations
sur le suicide fussent déplacées dans
la *Nouvelle Héloïse*. Enfin, je ne
donne à mes ouvrages le titre et la
forme de *roman*, que parce que la
morale sèchement divisée en chapi-
tres et *en sections* me paroît ennuyeuse, et que je trouve qu'elle
vaut bien la peine que l'on cherche
à l'embéllir, autant qu'il est possible, par tout ce que l'imagination

peut fournir de frappant et d'agréable. J'ose croire que mes romans sont *des traités de morale;* ainsi je me flatte que l'on voudra bien leur pardonner de n'être pas tout-à-fait aussi frivoles que tant d'autres (1).

---

(1) Je me flatte que dans un ouvrage sur *la calomnie*, on ne trouvera pas déplacé que j'en réfute une qui a dû m'affliger si sensiblement. M. d'Orléans, l'aîné de mes élèves, a formellement désavoué l'indigne article d'une gazette dans laquelle on trouve sans cesse, depuis long-temps, tant de mensonges et de calomnies absurdes contre moi. Un papier anglais, intitulé *the Herald*, contient ce désaveu, que M. d'Orléans a répété dans plusieurs lettres adressées à différentes personnes qui sont à Hambourg. J'ajouterai que je n'ai pas fait la moindre démarche pour obtenir ce désaveu, que je désirois, surtout pour l'honneur de celui auquel j'ai consacré, *gratuitement*, dix ans des soins les plus assidus. On peut voir par mon *Journal d'une gouvernante*, écrit et imprimé en France, en 1790, sous les yeux de la famille de mes élèves, que non-seulement je ne mêlois point

d'opinions politiques à mes leçons, mais que je
désapprouvois plusieurs démarches *populaires* prescrites par le malheureux père de mes élèves, entre autres celle de faire entrer au *club des Jacobins*
M. de Chartres. Enfin, je n'ai eu aucune espèce
de part à la conduite politique de l'aîné de mes
élèves; je ne lui ai jamais parlé des affaires que
pour tâcher de modérer l'exagération de ses idées
sur ce sujet, et c'est de quoi les princes ses frères
ont été témoins. M. de Montpensier avoit une manière de penser tout-à-fait différente; je lui demandai à Tournay, en 1792, sa parole de ne jamais mettre le pied aux Jacobins, il me la donna;
il partoit pour Paris, et malgré les ordres et l'autorité d'un père qu'il chérissoit, malgré le danger
de remplir alors un tel engagement, il y fut fidèle; il falloit, pour cela, une étonnante fermeté,
à l'âge qu'il avoit à cette époque. Enfin, quand la
royauté fut abolie, j'étois en Angleterre, et je n'ai
pas eu plus de part au parti que prit alors l'aîné
de mes élèves, que je n'en ai eu à sa liaison avec
M. Dumouriez. S'il m'eût consultée sur ces deux
choses et sur beaucoup d'autres, j'aurois assurément fait tous mes efforts pour l'en détourner!
Mais quand j'aurois *conseillé* toute la conduite de
l'aîné de mes élèves, il auroit toujours fait (en disant ce qu'on lui attribue faussement) une basses-

se aussi absurde que déshonorante, puisqu'elle lui
étoit absolument inutile. Ainsi c'est surtout pour
l'intérêt de sa réputation que j'applaudis au désaveu qui le justifie ; quant à moi, j'étois justifiée
d'avance par plusieurs lettres de lui que j'ai conser-
vées, et qu'il m'écrivit durant mon séjour en Angleterre, par mon *Journal d'éducation*, par mon
Précis de conduite, et par le témoignage que ne
m'auroient pas refusé plusieurs personnes qui exis-
tent, qui certainement, si j'en eusse eu besoin, auroient rendu cet hommage à la vérité, et je compte dans ce nombre M. de Montpensier et M. de
Beaujolois. Quoique ce dernier n'eût qu'onze ans,
quand je l'ai quitté, il étoit trop avancé pour son
âge pour ne pas se rappeler parfaitement combien
m'étoit odieuse *la démocratie* que l'on inspiroit à
M. de Chartres, et combien je m'intéressois à la
conservation de la monarchie ! Je n'ai point dissimulé, dans mon *Précis de conduite*, que l'abolition de la royauté m'affligea vivement, mais ce
regret n'ôte rien à la soumission que je crois devoir au gouvernement établi (1). Je n'ai ni les ta-

---

(1) D'ailleurs, ce regret étoit bien naturel, lorsqu'on
tomboit sous l'autorité de Robespierre. Il étoit aussi simple alors de regretter la monarchie, qu'il l'est aujourd'hui
de faire les vœux les plus ardens pour la durée du gou-

lens, ni les lumières, ni l'instruction qui peuvent
faire adopter raisonnablement un systéme politique; je n'ai jamais eu, sur les affaires publiques,
que des *sentimens*, et non des *opinions*; et comme la manière de sentir vient de l'âme et tient à
la morale, dans quelque situation que je puisse
me trouver, je ne cacherai jamais la mienne (1).

---

vernement actuel. Enfin, quand j'écrivois (en 1795) que
j'avois été affligée de l'abolition de la royauté, j'ajoutois
que l'humanité devoit empêcher de désirer une *contre-
révolution*, qui produiroit encore de nouvelles vengean-
ces et de nouvelles cruautés. Je n'ai varié ni dans mes
sentimens ni dans la manière de les exprimer. La première de ces deux notes fut écrite et imprimée à Berlin il
y a peu de mois, et je la fais réimprimer à Paris sans y
rien changer.

(1) Je terminerai cette note par la réfutation d'une
nouvelle calomnie, d'une étonnante absurdité. Il paroit
dans ce moment un ouvrage intitulé : *Correspondance
de Louis-Philippe d'Orléans*, ouvrage tronqué, rempli
d'inexactitudes, et de notes ineptes et calomnieuses. On y
donne quelques fragmens de lettres de moi, dans l'un des-
quels (qui n'a d'autre date que ce mot, *vendredi*) j'écris
à M. d'Orléans que je suis charmée qu'on lui ait dit du
bien de *mon journal*, et qu'en effet, conformément à la
vérité, je l'y ai peint constamment sous les traits du meilleur des pères, etc. Ce journal est mon *Journal d'éducation*, ou *Leçons d'une gouvernante*, qu'avant mon départ
pour l'Angleterre j'ai fait imprimer à Paris en 1790. L'édi-

teur de ces lettres, qui ne connoit apparemment pas cet ouvrage, dit, dans une note et dans la table des matières, que ce journal étoit *un journal que j'ai fait en Angleterre pour prôner M. d'Orléans;* c'est-à-dire, selon lui, des feuilles périodiques et anonymes, composées uniquement pour cet objet. Et voilà comment on écrit contre moi. Il est vrai qu'en général je ne suis traitée de cette manière que par la sottise ou par l'ignorance : et c'est ainsi que l'auteur du *Cimetière de la Madeleine* prétend que je détestois la cour, parce que *je n'ai jamais pu me faire présenter.* Je saisis cette occasion de lui apprendre que, par un hasard assez singulier, j'ai été présentée *trois fois* : la première, peu de temps après mon mariage (la feue reine, femme de Louis XV, vivoit encore); la seconde, comme *dame d'une princesse du sang;* et la troisième, comme *gouvernante d'une princesse du sang.* Seroit-il possible que la malveillance même pût ajouter quelque foi à des libelles remplis de bévues si étranges? On en pourroit relever bien d'autres dans ce *Cimetière de la Madeleine,* rempli de prétendus *discours historiques* évidemment composés par l'auteur, et de contes dénués de toute vraisemblance comme de toute vérité. Les bons esprits et les bons cœurs s'affligeront de ne pouvoir estimer un ouvrage dans lequel on trouve souvent le talent si rare de bien peindre, et quelquefois la sensibilité la plus touchante unie à la morale la plus pure. Mais comment un homme religieux peut-il se permettre de publier comme certaines des anecdotes ridicules, dont la fausseté est si évidente? Comment un philantrope peut-il se résoudre à noircir, sans aucune preuve, des gens qu'il ne connoit pas?..... Après neuf ans d'exil et de malheur un ennemi même deviendroit respectable; toute âme généreuse oublieroit alors d'anciens ressentimens, et croiroit s'abaisser en les conservant. Elles sont si longues les années écoulées dans l'infortune! et neuf ans, dans tous les temps, forment une partie si considérable de la vie humaine, qu'au bout d'un tel espace tout sentiment vindicatif doit paroitre atroce, sous quelque forme adoucie, c'est-à-dire, *adroite*, qu'il puisse se manifester; et que doit-on penser d'un écrivain qui, de sangfroid, calomnie le malheur, et qui ne connoît avec certitude de l'objet qu'il attaque, que des ouvrages dont les principes et les sentimens sont d'accord avec ceux qu'il professe lui-même?

LES
MÈRES RIVALES,
OU
LA CALOMNIE.

LETTRE PREMIÈRE.

De M. du Resnel, au vicomte de St. Méran.

De Gilly, le 10 avril 17**.

J'AI reçu votre lettre, mon ami, avec la sensibilité d'une amitié qui date de l'enfance, et que tout a dû fortifier depuis cette époque intéressante.

Enfin, vous voilà de retour ! Quel bonheur, après un long voyage en pays étranger, de revoir ses parens, ses amis ! Quel plaisir seulement de marcher sur sa terre natale, de retrouver les usages qu'on a toujours suivis, et d'entendre parler dans les rues sa langue maternelle......

J'espère que désormais il n'y aura plus de lacunes dans notre correspondance. Si vous n'avez pas reçu de mes nouvelles de-

1. I

puis cinq ou six mois, ce n'est pas ma faute; je vous ai écrit quatre lettres; j'en ai adressé deux à Pétersbourg, j'ai envoyé les autres à M. D***; mais je viens d'apprendre qu'il est à Londres, et qu'il n'en reviendra que dans six semaines.

Non, mon ami, je ne quitterai point *la ferme* de Gilly pour le superbe château de B***. Outre que je préfère la Bourgogne à la Normandie, j'aime mieux la simplicité que la magnificence.

Feu mon père (ainsi que tous les *parvenus*), attachoit un grand prix à l'espèce de considération que le faste donne toujours *aux millionnaires*; le luxe, il est vrai, fixe tous les yeux, les hommes sont toujours flattés d'attirer l'attention de la multitude, l'amour-propre se persuade si facilement alors, qu'*être regardé* et *être admiré* sont deux choses synonymes!

Mon père avoit mille vertus; il étoit humain, bienfaisant; mais son obligeance et sa libéralité lui valurent plus d'éloges qu'elles n'inspirèrent de reconnoissance; il fut entouré de flatteurs et de parasites; les gens de la cour vinrent en foule souper chez lui, plusieurs d'entre eux lui donnèrent *la preuve de confiance* de lui emprunter sou-

vent de l'argent, et il crut avoir des amis !
— Ce n'est qu'à force de modestie que les
bourgeois, favoris de la fortune, peuvent
échapper à l'envie, et même au ridicule ;
le peuple ne consent à être *éclaboussé* que
par les grands seigneurs, et ces derniers
ne veulent être surpassés en somptuosité
que par leurs égaux.

Au reste, si vous aviez vu ma charmante
habitation, vous avoueriez qu'il n'est pas
du tout nécessaire d'être un *philosophe stoï-
cien* pour s'en contenter, et qu'un épicu-
rien pourroit fort bien s'y plaire. La maison
n'a ni apparence ni régularité, mais elle
est grande, commode, et dans une situation ravissante. J'ai pu y placer ma collection d'histoire naturelle, et ce que j'ai conservé de tableaux, et j'ai en outre quatre
appartemens à donner. Mon jardin n'est
ni *à l'anglaise*, ni à la française ; il parti-
cipe des deux genres : on n'y rencontre
point ces petites montagnes sans majesté,
qui ne servent qu'à rendre la promenade
fatigante ; on n'y voit point ces tombeaux
vides, et ces ruines *toutes neuves* qui ne
retracent aucun souvenir ; mais on y trouve
de superbes ombrages, d'excellens fruits,
et les plus belles fleurs de la Bourgogne.

Quoique je ne sois que depuis huit mois dans cette province, j'y ai déjà formé des liaisons assez intimes pour m'y attacher. Gilly est placé entre les plus belles terres de ce canton, celles de Vordac et d'Erneville. Je suis à quatre lieues de l'une et de l'autre.

Le baron de Vordac est un vieillard spirituel et misanthrope, remarié en troisièmes noces, il y a cinq ans, à une jeune personne de vingt-deux ans. Sa misanthropie est excusable; il a passé sa jeunesse à la cour. Ses deux premières femmes furent extrêmement galantes; leurs profusions et les passe-droits de la cour le forcèrent de quitter le service et de se retirer dans sa terre. Après avoir été courtisan, homme à bonnes fortunes, et mari trompé, n'ayant recueilli, pour tout fruit des faveurs des princes et des belles, qu'une pension mal payée, beaucoup de dettes et la goutte, il croit être un *sage*, parce qu'il prend son mécontentement pour un noble détachement des grandeurs humaines, et son humeur pour de la philosophie. Sa femme est aimable et vertueuse.

Le marquis d'Erneville est un jeune homme de vingt-six ans, très-distingué à tous égards; il a une place au parlement

de Dijon, mais il passe sa vie dans sa terre.
Il y est fixé par le plus doux de tous les
liens, l'amour conjugal.

Son histoire est romanesque et très-singulière. Il a été adopté et parfaitement élevé
par la comtesse douairière d'Erneville, qui
lui a fait épouser, il y a deux ans, sa fille
unique, riche héritière et la plus charmante
personne que j'aie jamais vue. La comtesse
a donné aux deux époux la belle terre d'Erneville, à condition que son gendre quitteroit le nom d'Orgeval, pour prendre celui
d'Erneville. On a beaucoup blâmé la comtesse d'avoir donné sa fille, le plus riche
parti de la province et d'une maison très-
illustre, à un homme qui n'avoit ni fortune ni naissance. Les d'Orgeval sont d'une
famille de robe très-nouvellement anoblie.
Pour moi, j'approuve cette excellente mère, qui, pouvant marier sa fille à un grand
seigneur, a rejeté tous les projets frivoles
d'ambition et de vanité, pour ne s'occuper
que du bonheur de cette enfant chérie et
si digne de l'être.

Une des choses qui l'a, dit-on, détermi-
née, est la certitude que ce mariage fixera
pour jamais sa fille en province, et qu'elle
sera toujours ainsi à l'abri des dangers iné-

vitables auxquels se trouve exposée, à la cour et dans le grand monde, une jeune femme qui réunit à la beauté les grâces les plus séduisantes et des talens enchanteurs.

La comtesse est d'autant plus estimable, qu'elle n'a été dirigée par aucune vue d'intérêt personnel, pas même par le désir de ne se point séparer de sa fille; car, quoiqu'elle soit également chère aux deux époux, elle ne vit point avec eux; elle s'est retirée dans un couvent de Dijon, et s'y est consacrée pour toujours à la plus profonde retraite. Le ciel a jusqu'ici justifié ses desseins et béni son ouvrage. Rien n'égale le bonheur des deux êtres intéressans dont elle a formé l'union; leur intérieur offre le plus délicieux tableau que l'on puisse contempler, et, pour n'en être pas charmé, il faut avoir toute la morosité du baron de Vordac.

Vous trouverez peut-être que je suis *bien généreux* d'admirer sans mélange de chagrin et d'envie une telle félicité; mais je suis si parfaitement *guéri*, que le souvenir même de mes illusions ne me présente plus l'image du bonheur. Je me souviens seulement que j'ai été complétement la dupe de la plus profonde hypocrisie, et j'ai oublié mes plaisirs, mes peines et mes malheurs. Le plus juste mépris a totalement effacé de mon cœur la trace de mes anciens sentimens. D'ailleurs, rien ne peut me les rappeler auprès de M. et de Mme d'Erneville. Ce n'est pas *une passion ardente* qu'ils ont l'un pour l'autre, ils s'aiment depuis l'enfance ; la même éducation, les mêmes principes, les mêmes affections, ont formé entre eux une conformité de goûts, d'opinions et de sentimens, dont il résulte un attachement qui n'est pas de l'amour, mais qui est mille fois plus tendre et plus solide. La douce habitude, en ôtant à leur tendresse mutuelle tous les caractères de la passion, les a liés pour jamais d'une chaîne indissoluble. Il leur seroit impossible de se passer l'un de l'autre ; ce sont deux âmes qu'on ne pourroit désunir sans les déchirer !... Ils ont tous deux supérieurement d'esprit et de très-grands caractères ; la marquise, plus jeune que son mari *de six ou sept ans*, n'a que *dix-sept ans* ; avec l'esprit le plus cultivé, le plus brillant, et une sensibilité exquise, elle a une modestie et une ingénuité remarquables ; un mélange singulier d'instruction, de finesse et d'innocence, de raison et d'é-

lourderie enfantine, lui donne je ne sais
quoi de piquant et d'intéressant que je n'ai
vu qu'à elle... Ces deux heureuses créatures ont un enfant charmant, que sa mère
a nourri et qu'elle vient de sevrer. Une affaire importante a forcé le marquis de faire
un voyage à Paris. Il est parti il y a six semaines, il doit revenir dans quinze jours;
il ne différera sûrement pas son retour. Il
n'a point emmené sa femme, elle est res-
tée à Erneville.

Pour achever de répondre à toutes vos
questions sur mon *voisinage*, je dois vous
nommer encore quelques autres personnes
avec lesquelles je ne suis pas aussi lié qu'a-
vec celles dont je viens de parler. M. d'Orgeval, frère cadet de M. d'Erneville, jeune
homme de vingt-cinq ans, marié depuis
deux mois à Mlle Dupui, nièce du banquier
de ce nom, que vous connoissez. Ce d'Orgeval est très-inférieur à son frère à tous
égards; sa femme est assez agréable. Ils
sont logés chez le vieux Dupui, et passeront les étés dans une terre que ce dernier
possède à cinq lieues d'Erneville. Enfin, le
chevalier de Celtas, *le bel esprit* de la province, et l'homme *à la mode* de la ville
d'Autun. Il a passé quelques années à Pa-

ris où il dérangea une fortune très-médiocre ; comme il a un fort beau nom , et qu'il ne manque ni d'esprit ni d'agrémens , il conçut l'espoir d'épouser Mlle d'Erneville ; il demanda sa main , il fut refusé, ne montra aucune humeur et est resté l'ami de la famille. Il est particulièrement lié avec M. d'Orgeval , qui a pour lui la plus grande admiration. Le chevalier vient assez souvent chez moi. Sa conversation est amusante ; je lui trouve de l'esprit et de la gaîté, mais il est *caustique* et *persifleur* ; la désagréable expression de l'ironie invariablement fixée sur ses traits, donne à toute sa physionomie quelque chose d'équivoque et de faux , qui repousse la confiance.

Mes voisins viennent souvent dîner chez moi. Je les visite beaucoup plus rarement ; ils ne s'en formalisent pas , parce qu'ils connoissent mon goût pour la solitude. L'honnête Remi , qui a voulu me suivre, et qui , je l'espère, ne me quittera jamais , est infiniment moins sédentaire que moi. *Ses petits vers de société* lui procurent ici de grands succès ; il a déjà célébré les *vertus* et *les grâces* de toutes nos *dames de châteaux* ; c'est lui qui fait les *épithalames* et tous les *bouquets* pour les jours de fête ;

ses talens lui ont valu une conquête très-brillante, celle d'un cœur de trente-cinq ans, *tout neuf encore*. Mlle du Rocher, demoiselle de compagnie de la marquise d'Erneville, a pour lui tous les symptômes d'une *grande passion*, et je crois qu'il n'y est point du tout *insensible*. Je me suis aperçu de leur inclination mutuelle, par le redoublement excessif de leur gaîté, lorsqu'ils se trouvent ensemble. J'ai fait à ce sujet une remarque assez singulière; j'ai observé, depuis long-temps, que, chez les paysans et le peuple, et dans la classe des gens, qui, n'ayant point vécu dans le grand monde, n'ont aucune idée de ce que nous appelons des manières nobles et un *bon ton*, l'amour ne se manifeste jamais que par une augmentation d'enjouement, un badinage continuel, et l'apparence d'une joie vive et folle; tandis qu'au contraire, parmi les gens de *bonne compagnie*, l'amour s'annonce toujours par le sérieux, et même par la mélancolie. Les premiers traitent l'amour comme un amusement, et les seconds comme une importante affaire. Ceci peut conduire à penser que, sans les raffinemens de l'esprit et des mœurs, et l'exaltation de l'imagination, l'amour ne seroit point du tout une passion violente. Mais, à propos de *passion*, d'amour, et surtout d'*extravagance*, savez-vous que Mme du Resnel a eu l'audace de m'écrire, il y a quinze jours, pour me proposer un *raccommodement*? Aviez-vous l'idée d'une telle impudence? J'imagine que cette démarche est une suite du chagrin que lui causent des embarras d'affaires, des dettes, l'abandon éclatant du duc de Rosmond, et le dérangement de sa santé. Je n'ai pas, comme vous le croyez bien, pris la peine de lui répondre.

Adieu, mon cher vicomte, écrivez-moi, sur tout ce qui vous regarde, avec le détail que vous exigez de moi. Parlez-moi de vos plaisirs, de vos projets, de vos espérances, et n'oubliez pas que vous m'avez promis une copie de votre journal.

LETTRE II.

Du même au même.

Le 16 avril.

CROIREZ-VOUS, mon cher vicomte, que c'est très-sérieusement que Mme du Resnel forme le *vertueux dessein de se raccom-*

moder avec moi !… Assurément elle a tout-
à-fait perdu la tête. Elle a su, je ne sais comment, que le marquis d'Erneville étoit à Paris, et que j'étois fort lié avec lui. Elle l'a
fait prier de passer chez elle, et l'a tellement
intéressé en sa faveur, que le marquis m'a
écrit quatre grandes pages pour me prouver
que ma *philosophie* devoit me faire pardonner quelques *étourderies de jeunesse, ex-
piées par un repentir sincère et les sentimens
les plus touchans, etc.* Comme il ignore absolument mon histoire, sa lettre est d'un
bout à l'autre d'un ridicule risible. Sa femme, à laquelle il a écrit sur ce même sujet,
m'a envoyé chercher pour me parler aussi.
Je lui ai répondu que mon respect pour elle
m'empêchoit de lui détailler mes sujets de
plainte contre Mme du Resnel ; qu'il étoit
impossible de lui faire un tel récit, mais
que j'instruirois le marquis, et que j'étois
sûr qu'alors il ne verroit, dans les espérances actuelles de Mme du Resnel, qu'une effronterie absurde. En effet, j'écris au marquis, et je lui conte succinctement, mais
avec exactitude, les *étourderies de jeunesse*
de cette femme qu'il trouve si *intéressante*.
Sachez, je vous en prie, si elle est toujours
aussi belle. Elle n'a que vingt-sept ans.

Quand on ne la connoît pas, elle est si séduisante! le marquis est jeune et sans expérience, il a les passions vives!..... Grand Dieu! si les artifices de cette indigne femme!...... Ah! pourroit-il oublier un moment cet ange qu'il a laissé ici, qui ne pense qu'à lui, qui l'attend, qui compte les jours et les heures?.... Je vous assure que cette idée me tourmente beaucoup.

Enfin, le marquis connoîtra Mme du Resnel. Je ne lui cacherai rien, mais prenez toujours quelques informations sur elle. Vous le pouvez facilement par C*** qui la voit souvent. J'espère qu'elle est enlaidie, puisque sa santé est devenue si mauvaise. Mais, fût-elle dans l'éclat de cette beauté si fameuse, je ne concevrois pas que le mari de *Pauline d'Erneville* pût en être séduit un instant.

Ainsi donc, mon ami, vous voilà attaché à un prince du sang! C'est une sorte d'esclavage. Au reste, à moins de quitter le monde, ne faut-il pas toujours renoncer à sa liberté? Quand on veut faire son chemin, on n'a que le choix des chaînes; il est impossible de s'en affranchir dans quelque état que ce puisse être.

Adieu, mon ami, je vous quitte pour

achever la lettre énorme que j'écris au marquis d'Erneville, et qui, malgré toute ma diligence, ne sera finie que demain.

LETTRE III.

Du même au marquis d'Erneville.

Le 16 avril.

La femme artificieuse qui vous intéresse, mon cher marquis, vous a trompé sur tous les points. Votre erreur pourroit me donner à vos yeux l'air de l'injustice, ou du moins de la dureté. Votre estime m'est trop précieuse pour que je puisse résister au désir et au besoin de vous éclairer à cet égard, ce que je ne puis faire sans vous conter une histoire fort triste pour moi, mais qui est par elle-même également singulière, bizarre et comique. Je vous ferai grâce d'une infinité de détails; cependant, en me bornant aux faits principaux, cette narration sera toujours fort longue, et je n'aurois jamais le courage de l'entreprendre, si je ne mettois pas un aussi vif intérêt à ma justification. Lisez donc avec quelque attention et de suite, s'il est possible, cet étrange récit.

Après la mort de mon père, me trouvant

possesseur d'une fortune immense, je son-
geai sérieusement à me marier. On me proposa différens partis, entre autres Mlle de
M***, orpheline, âgée de dix-huit ans,
d'une grande naissance, belle comme un
ange, mais sans aucune fortune. Une vieille
tante l'avoit recueillie chez elle. On me
présenta et ma recherche fut agréée.

Cependant je voulus savoir si Mlle de
M*** épouseroit sans peine un homme de
finance, et si je lui convenois personnellement. J'eus avec elle, à ce sujet, une longue explication, qui fit mon bonheur, puisqu'elle me répéta plus d'une fois l'assurance
que le choix de sa famille s'accordoit parfaitement avec son inclination. Je l'épou-
sai, et je fus, pendant six mois, le plus
heureux de tous les hommes. Je possédois
la plus belle femme de Paris et la plus aimable, et je me croyois aimé.

J'étois obligé de voir et de recevoir souvent chez moi les parens de ma femme, et
par conséquent, des gens de la cour, ce qui
formoit dans ma maison deux sociétés fort
différentes, celle de Mme du Resnel et la
mienne. A l'exception du vicomte de saint
Méran avec lequel je suis lié depuis mon
enfance, je n'avois pour amis que des hom-

mes de mon état, ou quelques gens de lettres, et deux ou trois artistes. Mme du
Resnel étoit extrêmement polie avec eux,
c'est-à-dire, qu'elle leur demandoit *de
leurs nouvelles* lorsqu'ils arrivoient, et qu'à
souper elle leur offroit de tout ce qui étoit
sur la table. Du reste, les conversations
aimables étoient exclusivement réservées
pour le petit cercle choisi dont elle se faisoit entourer. Mes amis, de leur côté, venoient se ranger près de moi, et, tandis
que nous dissertions paisiblement sur les
arts et la littérature, Mme du Resnel et ses
convives parloient de la cour, de l'opéra,
de la pièce nouvelle et des modes. Il ré-
gnoit une grande gaîté dans ce comité
beaucoup plus nombreux que le mien, et
la vivacité, l'air animé de ces personnages
formoient un contraste plaisant avec notre uniforme tranquillité. Car, en général, ceux qui savent véritablement causer,
n'ont point toutes ces démonstrations exa-
gérées que l'on est convenu d'appeler *du
feu* et de *l'expression;* mais *les diseurs
de riens* sont comme les mauvais acteurs
qui mettent la pure pantomime à la place
du talent.

Je n'avois pas été fâché dans les commen-

cemens que Mme du Resnel se chargeât en
partie du soin d'entretenir des gens que je
connoissois peu, et dont la conversation ne
me plaisoit point; mais je trouvai que l'on
étendoit beaucoup trop l'espèce de liberté
qu'on me laissoit à cet égard. Je tâchai d'a-
bord de rendre de temps en temps la conversation générale; ce fut en vain : je me
mêlai plus d'une fois dans ce groupe qui
m'étoit presque entièrement étranger; on
m'y vit avec l'air de l'étonnement; je m'y
sentis mal à mon aise : on y parloit un langage dont toutes les finesses étoient perdues
pour moi; car je n'avois la clef ni des allusions, ni des plaisanteries de société. Enfin,
j'eus avec Mme du Resnel une explication
qui ne servit qu'à nous refroidir mutuelle-
ment. J'appris quelque temps après, que sa
cousine et son amie intime, Mme de P***,
plus âgée qu'elle de cinq ans, avoit une très-
mauvaise conduite : je demandai le sacrifice
de cette liaison. Ma femme pleura, c'étoit
me refuser : je n'eus pas le courage d'insister, mais je devins défiant et malheureux.
J'allois assez souvent à la campagne chez
l'oncle de St. Méran qui y passoit tout l'hiver. J'annonçai, un matin, que j'irois y
passer deux jours, et je partis en effet après.

I. 2

le dîner. Mais, sur le soir, il me prit envie de revenir secrètement à Paris, et j'exécutai ce dessein. J'arrivai chez moi à minuit et demi ; j'entrai par la porte de mon jardin dont j'avois une clef, n'ayant dans ma confidence qu'un seul domestique. Je montai sans bruit, par un escalier dérobé, dans mon appartement, et je sus, par mon laquais, que Mme du Resnel n'étoit pas encore rentrée. Je me déshabillai, et ensuite, passant dans la chambre de ma femme, je me couchai dans un grand lit à colonnes dont tous les rideaux étoient parfaitement tirés. Les femmes de Mme du Resnel, suivant leur coutume, étoient endormies dans leurs chambres en attendant leur maîtresse. A deux heures du matin, j'entendis frapper en maître ; un moment après, ma femme et son amie, Mme de P***, entrèrent dans la chambre. Mme du Resnel dit qu'elle se déshabilleroit seule, et renvoya ses femmes en leur ordonnant de se coucher. Mme du Resnel se débarrassa de son panier, de ses diamans ; ensuite elle s'établit à côté du feu, afin de causer tout à son aise avec son amie. Vous pensez bien que je ne dormois pas ; je ne perdis pas un seul mot de leur conversation, qui me découvrit, de la manière la plus positive, que Mme du Resnel avoit pour amant le frère de son amie, le baron de***. Mme du Resnel répéta plusieurs fois, durant cet entretien, qu'elle m'avoit épousé malgré elle, et qu'elle avoit eu *la franchise* de m'en avertir; elle fit à sa cousine beaucoup d'autres mensonges, mais les confidences de ce genre en sont toujours remplies : il faut, d'une part, excuser ses égaremens autant qu'il est possible, et de l'autre, il faut tâcher de faire un *roman intéressant*.

La douleur et la colère me suffoquoient; mais je formai la résolution de me contenir, afin de réfléchir mûrement au parti qui me restoit à prendre.

A quatre heures du matin, les deux amies se séparèrent. Mme de P*** sortit, et Mme du Resnel, après avoir achevé de se déshabiller, éteignit ses bougies, laissa brûler une lampe, et s'approcha du lit pour se coucher. Figurez-vous sa surprise et son effroi, lorsqu'elle m'aperçut en entr'ouvrant le rideau et en se mettant dans son lit.... J'étois immobile, j'avois les yeux fermés, et je paroissois être profondément endormi. Mme du Resnel, pendant quelques minutes, véritablement pétrifiée, n'osa faire le moindre

mouvement. Enfin, elle acheva de se glis-
ser dans le lit; un violent tremblement agi-
toit tout son corps...... elle se calma par
degrés, et sur les six heures du matin elle
s'endormit. Alors je me levai doucement,
et je volai dans ma chambre, ayant eu le
temps de réfléchir. Mon parti étoit pris : la
conversation des deux amies m'avoit appris
que tous les gens de Mme du Resnel, et même mon portier, étoient entièrement ou
en partie dans sa confidence. Sans perdre
un instant, je congédiai ses femmes de
chambre, ses deux laquais, son cocher et
mon portier, qui sortirent aussitôt de la
maison; et par le secours de mes gens, je
remplaçai, en moins de trois heures, tous
ces domestiques renvoyés.

Mme du Resnel sonnoit pour la seconde
fois, lorsque les deux nouvelles femmes de
chambre entroient dans mon cabinet; je les
envoyai à leur poste, et j'achevai de m'ha-
biller. Cependant Mme du Resnel, impatiente de ne point voir arriver ses femmes,
s'étoit levée pour les appeler; personne ne
répondant, elle se mit à une fenêtre qui
donnoit sur la cour, et appela ses gens.

Le nouveau portier sortant de sa loge,
lui demanda ce qu'elle vouloit. — Et vous-

même, dit-elle, qui êtes-vous? — Le portier de M. du Resnel, répondit-il. Cette
réponse l'interdit; cependant elle le char-
gea de lui envoyer ses femmes et ses gens,
et elle retourna dans sa chambre. Une minute après, elle vit entrer deux domestiques
inconnus qui lui demandèrent ses ordres;
elle se troubla, ne répondit rien, et les
deux nouvelles femmes de chambre paru-
rent. Alors son inquiétude fut au comble,
elle tomba dans un fauteuil, fondit en larmes, et fit signe qu'elle vouloit être seule.
A midi, elle sonna; on la trouva toute ha-
billée. Elle demanda où j'étois; on lui dit
que je venois de sortir. Elle ordonna que
l'on mît les chevaux; et quand on vint l'a-
vertir que la voiture étoit prête, elle donna
l'ordre de dételer. A deux heures, elle passa dans la salle à manger; la table étoit dres-
sée; il y avoit deux couverts..... Elle con-
sidéra cette table, et demanda au maître
d'hôtel, avec beaucoup d'émotion, si j'étois
rentré : il répondit qu'il n'en savoit rien.
Elle rentra dans sa chambre; un quart d'heure après on fut lui dire que le dîner étoit
servi. J'étois déjà dans la salle à manger,
assis devant la table, et mes gens, comme
à l'ordinaire, étoient placés derrière moi.

Mme du Resnel se fit attendre plus de dix minutes : enfin elle vint ; sa démarche avoit quelque chose d'égaré ; la rougeur de ses yeux et la pâleur de son visage la rendoient presque méconnoissable ; elle tenoit un flacon de sels, elle tressaillit en m'apercevant, et détourna les yeux ; elle s'assit, en balbutiant à demi-voix qu'elle avoit un violent mal de tête. Elle ne déplia point sa serviette.

Je fus un moment sans parler, ensuite je l'exhortai d'un ton calme, mais très-ferme, à *se vaincre* et à manger. Elle obéit : je parlai de choses indifférentes, elle se fit effort pour répondre ; mais elle ne put articuler que quelques monosyllabes, qui expiroient sur ses lèvres tremblantes. Je lui offris plusieurs fois des plats qui se trouvoient devant moi. A chaque offre elle me remercioit par une inclination de tête extrêmement humble ; ensuite elle tiroit son mouchoir et se mouchoit, pour cacher et pour essuyer ses larmes. Chaque instant sembloit accroître sa confusion, et la pitié s'insinuoit profondément dans mon cœur.

Sur la fin du dîner, elle hasarda de lever les yeux sur moi, et nos regards se rencontrèrent. J'éprouvai je ne sais quoi d'inexprimable ; il me sembla qu'elle venoit de

m'ouvrir son âme toute entière ; je venois
d'y voir ses anxiétés, ses craintes vagues et
sinistres, et l'excès de son repentir : ce regard timide et suppliant m'instruisoit mieux
et me touchoit plus que tout ce qu'elle auroit pu me dire. J'étois vivement ému ; je
bus un verre d'eau. Mme du Resnel mit ses
deux mains sur son visage, en reculant sa
chaise, comme si elle eût voulu sortir de
table ; je me levai, je m'approchai d'elle,
je la pris sous le bras ; elle se souleva avec
effort, elle pouvoit à peine se soutenir ; elle
serra fortement mon bras contre sa poitrine, ses sanglots lui coupoient la respira-
tion ; elle appuya sa tête sur mon épaule,
je l'entraînai ainsi dans le salon. Aussitôt
que nous fûmes seuls, elle se précipita à
mes pieds, en donnant un libre cours à ses
pleurs. Je la relevai, je la portai dans un
fauteuil, et je m'assis à côté d'elle. Je m'é-
tois proposé de lui parler avec une sévérité
calme et solennelle ; mais j'avois beaucoup
de peine à modérer mon attendrissement...
Elle tenoit mes mains, les pressoit dans les
siennes, et les arrosoit de larmes... Il y eut
un long silence ; enfin, rassemblant toutes
mes forces : Je puis, lui dis-je, pardonner
un premier égarement ; votre jeunesse, les

conseils qui vous ont entraînée, l'état où je
vous vois, tout me persuade que votre cœur
n'est point encore corrompu. Rompez,
sans délai, des liaisons criminelles, revenez sincèrement à la vertu; j'aurai sur vous
un œil attentif et clairvoyant, vous ne me
tromperez point : si votre âme est généreuse
et reconnoissante, nous pourrons encore
retrouver le bonheur; vous saurez expier
et réparer une faute dont vous ne deviez
jamais espérer le pardon. Je ne vous en
reparlerai plus, mais je vous observerai;
le temps seul peut vous rendre ma confiance, et jusque-là je ne serai pour vous
qu'un témoin vigilant et un juge inflexible.
A ces mots je me levai : elle tomba encore
à genoux, et comme je m'éloignois, elle
se traîna vers moi dans cette attitude. Sans
m'arrêter, je lui dis de se calmer, et je
sortis précipitamment.

Ce jour même, elle m'écrivit la lettre la
plus touchante. Cette lettre en enfermoit
une autre pour sa cousine, Mme de P***,
dans laquelle Mme du Resnél lui déclaroit
positivement, qu'elle ne la reverroit jamais.

Le lendemain je partis, avec ma femme,
pour ma terre de B***. Nous y passâmes
huit mois de suite, et durant tout ce temps,

je n'y reçus que mes amis intimes. Mme du
Resnel, devenue la plus humble, la plus intéressante de toutes les femmes, avoit repris
tous ses droits sur mon cœur. Il me sembloit
même que je l'aimois avec une affection plus
tendre qu'avant son égarement; et je crois
encore qu'à cette époque elle étoit digne,
en effet, d'inspirer un grand attachement.
Le repentir et la reconnoissance avoient
produit en elle la plus heureuse révolution.
Née avec un caractère facile et foible, des
passions impétueuses, une imagination brûlante et beaucoup d'esprit, elle passoit facilement d'une extrémité à l'autre, et ne pouvoit être médiocre et modérée, ni dans le
mal ni dans le bien. Elle s'étoit tournée,
avec ardeur, vers la dévotion; de retour à
Paris, elle loua un appartement dans un couvent, afin d'y aller quelquefois, dans les
temps solennels consacrés par l'Eglise, ou
quand j'irois sans elle à la campagne chez
mes amis. Elle ne vouloit plus mettre de
rouge; je l'exhortai à ne rien faire qui pût
la singulariser, et par la même raison, je la
forçai, en quelque sorte, à m'accompagner
de temps en temps à la comédie. Je l'obli-
geai à voir plus de monde qu'elle n'auroit
désiré en recevoir; enfin, ne pouvant sup-

porter la mélancolie que lui causoient des remords qu'elle nourrissoit avec soin, je ne négligeois aucune occasion de la relever à ses propres yeux. Je ne voulois que régler sa dévotion, et je la refroidis; et mes éloges imprudens finirent bientôt par effacer de son cœur le repentir salutaire, qui pouvoit seul y conserver le goût de la vertu. L'extrême générosité n'est jamais dangereuse avec les grands caractères, mais les âmes communes en abusent toujours.

J'aurois dû ne pas oublier que ce n'étoient, ni la passion, ni la sensibilité qui avoient égaré Mme du Resnel; elle n'avoit cédé qu'à l'exemple et aux mauvais conseils : ce genre de fragilité ne laissoit d'espérance que dans l'éloignement absolu des occasions dangereuses. J'aurois dû penser, qu'avec une jeunesse si brillante, une beauté si remarquable, une tête si vive, un caractère si léger, il falloit, pour la sauver de sa propre foiblesse, la soustraire au monde, ou du moins, à toute espèce de dissipation. Je ne fis point ces réflexions, et l'austérité de son extérieur, cette dévotion superficielle qui me rassuroient, contribuèrent principalement à la corrompre sans ressource ; car elle se trouva dans la nécessité, ou de

se trahir et de se perdre, ou de devenir la
plus audacieuse hypocrite. Son choix ne
pouvoit être douteux; elle eût choisi de
même avec beaucoup moins de risque, car
la seule crainte d'une scène embarrassante
a souvent fait prendre aux gens foibles le
parti de la perfidie.

Cependant Mme du Resnel se montrant
toujours semblable à mes yeux, obtint avec
ma plus parfaite estime celle de tous ceux
qui l'approchoient. Son aventure avoit fait
du bruit, mais le monde a l'indulgence d'oublier facilement, lorsqu'un mari pardonne.
On se défia d'abord de la dévotion d'une
femme charmante de vingt ans; ensuite,
lorsqu'on vit une conduite égale et soutenue, une austérité sans humeur, une vertu
aimable autant qu'irréprochable, l'admiration devint universelle. Trois ans s'écoulè-
rent de la sorte : depuis plus d'un an je ne
devois qu'à l'erreur le bonheur dont je jouis-
sois; on employoit pour me tromper, des
artifices trop bien combinés et trop odieux,
pour qu'il me fût possible de les soupçonner.

J'avois depuis ma première jeunesse la
passion des tableaux. Le plus fameux amateur de Paris, M. R***, venoit de mourir.

Parmi ses tableaux, il en étoit un surtout que je désirois vivement depuis long-temps, et dont j'avois offert vainement plusieurs fois une somme très-considérable. Aussitôt que j'appris la mort de M. R***, je chargeai Remi, mon secrétaire, d'aller à son inventaire acheter ce tableau qu'il me rapporta ; il me conta qu'il avoit trouvé à cette vente le jeune duc de Rosmond, qui ne s'y étoit rendu que pour faire l'acquisition de ce même tableau ; mais qu'en apprenant que je le désirois, il y avoit renoncé sur le champ, en disant, *que cette déférence étoit due au premier connoisseur de Paris*. Ce compliment flatta beaucoup mon amour-propre, et je trouvai le procédé si honnête, que je crus devoir aller me faire écrire chez le duc. Je le dis à Mme du Resnel, qui me répondit négligemment, qu'à son avis, il suffiroit d'envoyer Remi le remercier de ma part. Je persistai dans mon dessein, et comme je l'avois annoncé à ma femme, je fus le lendemain chez le duc, à l'heure du spectacle, imaginant qu'il ne seroit pas chez lui : mais on me fit entrer. Je trouvai le duc dans son cabinet, assis devant un bureau, et lisant ; il parut très-surpris en me voyant, mais il me reçut avec la grâce et la politesse qui le distinguent. Il me montra une très-belle galerie de tableaux, et je sortis de chez lui, charmé de sa personne et de son entretien.

Le duc de Rosmond, si célèbre par les agrémens de son esprit et de sa figure, et par sa profonde dépravation, est certainement l'être le plus dangereux de son espèce; rien en lui ne décèle la fatuité; ses cheveux toujours négligés, son air nonchalant et un peu distrait, ses manières simples et naturelles, annonceroient plutôt la bonhomie et l'insouciance de plaire.

Superficiel en tout, excepté dans l'art de séduire, il n'a que l'espèce d'instruction qui peut en imposer aux gens du monde; son esprit souple et fin manque d'étendue; son âme est absolument dénuée d'élévation et de sensibilité; il n'a qu'un seul genre de pénétration, mais qu'il possède à un degré supérieur; en étudiant les hommes, il ne sait démêler en eux que leurs foibles, leurs travers et leurs vices; les vertus lui échappent, il n'y croit pas. N'ayant aucune espèce de principes, il pense cependant, qu'on ne doit jamais laisser échapper l'occasion de faire le bien, quand on le peut sans risques personnels, et sans qu'il en coûte des sacri-

fices. Tout ce qui est au delà de cette morale et de cette sorte de bonté, n'est à ses
yeux qu'une folie; la délicatesse, la générosité, l'héroïsme ne sont pour lui que des
extravagances, ou l'effet de quelques cal-
culs secrets, auxquels il suppose toujours
l'intérêt personnel pour base; la vertu sublime ne lui semble que la duperie d'un
esprit borné, ou l'artifice adroit d'un génie profond.

L'usage du monde a fait connoître au
duc de Rosmond, que la flatterie la plus
délicate n'est pas la plus persuasive. Les esprits sont si raffinés, que les louanges ingénieuses, par leur agrément même, sont de-
venues suspectes. Le duc de Rosmond ne
montre de la finesse que lorsqu'il censure;
ses épigrammes sont remplies de sel et de
délicatesse; mais quand il flatte, il ne veut
que paroître sincère; ses éloges ont un la-
conisme et une sorte de grossièreté qui rendent leur effet irrésistible dans la bouche
d'un homme aussi spirituel. Il les donne
comme s'il n'exprimoit que des vérités tri-
viales généralement reconnues, et sa manière et son ton ne permettent pas de soupçonner, qu'il ait la moindre intention d'obli-
ger ou de plaire. Ses louanges sont reçues

par les gens les moins orgueilleux : il ne les
donne pas, elles lui *échappent; comment les
refuser?* Si par hasard on ose y trouver de
l'exagération, il n'insiste point, mais il a
l'air si étonné, que l'on rougit presque d'a-
voir été modeste; on craint d'être accusé de
fausse humilité. Tel est le dangereux personnage qui a toutes les grâces et tous les
vices nécessaires, pour parcourir avec éclat
la carrière de l'ambition et celle de la galanterie, mais qui dans toute autre n'eût
été qu'un homme extrêmement médiocre.

Au bout de quelques jours, le duc de
Rosmond vint me rendre ma visite. Il me
trouva seul avec ma femme, qui le reçut
avec une politesse très-sèche. Le duc de son
côté fut très-froid avec elle. Il me témoigna le désir de voir mes tableaux : je lui
demandai son jour; il m'en indiqua un très-
éloigné. Lorsqu'il fut sorti, Mme du Resnel
me dit, qu'elle espéroit que je ne me lierois
point avec lui, car, ajouta-t-elle, il a une
bien mauvaise réputation; c'est un homme
sans principes, et on m'en a conté des traits
abominables. J'avoue, répondis-je, que je
soupçonne beaucoup d'exagération dans le
mal qu'on en dit; j'ai toujours bonne opinion des jeunes gens de son état, qui ont

l'esprit orné et un goût passionné pour les
arts. Bon! reprit Mme du Resnel, il n'achète
des tableaux que par vanité, et je parie
qu'il ne s'y connoît pas le moins du monde.
C'est, répliquai-je, ce que je connoîtrai
lorsqu'il viendra voir mon cabinet; au reste, je n'ai nulle envie de l'attirer ici, je le
trouve beaucoup trop brillant pour nous;
mais il a eu pour moi un procédé très-
honnête, et je veux m'y montrer sensible.

Au jour indiqué, le duc revint à midi.
Ma femme ne parut point, et je lui fis seul
les honneurs de mon cabinet. Il examina
mes tableaux en connoisseur, louant particulièrement tous ceux que j'estimois le
plus, et nommant tons les peintres. Je fus
enchanté de son goût et de ses connoissan-
ces. Je le retins sans m'en apercevoir, jusqu'à l'heure du dîner; alors un valet de
chambre entra et lui dit, qu'on venoit de
s'apercevoir dans l'instant que le grand
cercle d'une des roues de son carrosse étoit
presque entièrement détaché, et que par
conséquent il falloit aller chez lui chercher
une autre voiture. Le duc parut très-fâché
de cet accident; il vouloit s'en aller à
pied, je l'invitai à dîner, il refusa d'abord;
j'insistai, et enfin il accepta. Mme du Resnel

ent l'air de la surprise en le voyant entrer dans le salon, et elle reçut avec beaucoup de froideur le compliment qu'il lui fit à ce sujet.

J'avois ce jour-là deux ou trois artistes à dîner. Le duc les charma par sa conversation; il se retira de fort bonne heure, et lorsqu'il fut sorti, chacun fit son éloge, à l'exception de ma femme qui garda le plus profond silence. Cependant elle me témoigna le désir de voir la collection de tableaux du duc; mais elle ne voulut absolument aller chez lui que lorsqu'il seroit à Versailles. Nous fûmes donc visiter son cabinet dans son absence. Mme du Resnel s'enthousiasma pour un grand tableau carré qui représentoit une Madeleine; elle me dit, qu'elle désiroit passionnément l'avoir pour le placer dans son *oratoire* (elle nommoit ainsi un petit cabinet *consacré à la piété*, dans lequel elle s'enfermoit tous les jours, trois ou quatre heures). Voilà, continua-t-elle, en me serrant la main et en poussant un profond soupir, voilà mon modèle; je voudrois l'avoir toujours sous les yeux. A ces mots, elle tira son mouchoir et s'en couvrit le visage. Je crus qu'elle essuyoit ses larmes, et les miennes coulèrent véritablement!...

Ce tableau, quoiqu'il fût charmant, n'é-
toit qu'une copie; ainsi je crus pouvoir,
sans indiscrétion, demander au duc de me
le céder. Il se préta à ce désir avec son obligeance accoutumée, et la Madeleine fut
portée chez moi. Mme du Resnel, quelque
temps après, me fit entrer dans son oratoire, pour y voir sa chère Madeleine qu'elle
avoit fait incruster dans le mur, dans un
enfoncement qui formoit une espèce de niche, sur le rebord de laquelle se trouvoient
des vases remplis de fleurs; au-dessous de
la niche étoit un petit bureau couvert de
livres de dévotion. Comme j'admirois l'é-
légance de cet arrangement, Mme du Resnel me remercia encore de lui avoir donné
ce tableau : c'est, dit-elle, le principal ornement de ce lieu qui m'est si cher, de
cette paisible retraite où s'écoulent les plus
doux momens de ma vie!....

Tous ces petits détails vous paroîtront
minutieux, mais la suite de mon récit vous
fera connoître, que je n'ai dû ni les oublier
ni les passer sous silence.

Nous reçumes un billet de la duchesse
de Rosmond qui nous invitoit à souper. Ma
femme refusa positivement; je crus devoir
accepter, et je me rendis seul chez le duc.

J'arrivai de bonne heure; je trouvai le duc tête à tête avec sa femme, jeune personne d'une figure agréable, dont il est adoré, et qu'il a trouvé le secret de rendre heureuse en l'abusant sur sa conduite, et en la traitant avec les plus grands égards et tous les témoignages de la tendresse. Je fis les excuses de madame du Resnel. Le duc les écouta froidement, ne parut ni surpris ni fâché, et parla sur-le-champ d'autre chose. Lorsque j'entrai, il étoit assis à côté de sa femme, tenant sur ses genoux son fils, enfant charmant, de deux ou trois ans. Plusieurs personnes survinrent successivement, et presque toutes de ma connoissance. A souper, la duchesse me fit placer à côté d'elle, et ne parut presque occupée que de moi. Elle me dit que le duc, passionné pour les arts et pour la littérature, étoit enchanté de mon entretien et de ma société, et qu'elle espéroit que je reviendrois souvent chez elle. La duchesse répétoit naïvement *sa leçon* sans y entendre la moindre finesse, et elle me persuadoit sans peine des choses qu'elle croyoit bonnement elle-même, et dont mon amour-propre étoit vivement flatté. Cette soirée acheva de m'attacher au duc de Rosmond; il m'accueilloit d'une

manière si aimable, il me paroissoit si bon
mari, si tendre père, si *bon homme*, que
de ce moment je regardai tous ses ennemis
comme des envieux et des calomniateurs.

Je retournai de temps en temps chez lui,
je l'invitai plusieurs fois à venir chez moi.
Il me répondit un jour, qu'il m'avouoit
franchement qu'il s'étoit aperçu que Mme du
Resnel avoit des préventions contre lui.
Je n'en suis pas surpris, continua-t-il,
beaucoup de gens disent du mal de moi,
et j'ai fait quelques étourderies dans les
commencemens de mon mariage ; mais un
attachement sincère m'a rendu sage, je
n'ai point de mérite à l'être, j'aime passionnément ma femme. Alors il me fit l'éloge
de la duchesse avec un tel enthousiasme
que j'en fus attendri. Il s'aperçut que j'a-
vois les larmes aux yeux, et me serrant affectueusement la main : Il m'est doux, me
dit-il, d'ouvrir ainsi mon cœur à un homme tel que vous ; mais je ne suis jamais
tenté de dire de semblables choses à ces
êtres dépravés dont le monde est rempli,
qui ne comprennent pas que l'on puisse
être amoureux de sa femme.

Mon admiration et mon amitié pour le
duc augmentoient chaque jour. Il venoit

quelquefois souper chez moi, ayant pris,
disoit-il, son parti sur les *froides réceptions*
de Mme du Resnel, qui le traitoit toujours
avec la même sévérité. Elle ne laissoit pas
échapper une occasion de m'en dire du mal,
et j'étois bien persuadé qu'elle l'avoit pris
dans un véritable guignon.

Nous avions pour voisin M. de***, vieillard très-riche, d'une telle avarice et d'un
caractère si vil, qu'il étoit universellement
accusé de faire l'infâme métier d'usurier et
de prêter sur gages. Sa maison touchoit la
mienne, nous avions même un mur mitoyen; mais malgré cette proximité, je n'a-
vois jamais mis le pied chez un homme si
méprisé, qui d'ailleurs ne voyoit personne.

Un soir, ma femme me dit, d'un air de
triomphe qu'elle avoit fait une découverte
charmante; c'est, poursuivit-elle, que le
duc de Rosmond va assez souvent chez notre voisin M. de***; nos gens l'en ont vu
sortir plusieurs fois, toujours seul, à pied,
et avec mystère. Il est évident, ajouta-t-
elle, qu'il ne va là que pour y emprunter de
l'argent à un intérêt usuraire; cela vous
prouve que ses affaires sont dans un déplo-
rable état; cet avis peut être utile, profitez-
en. J'assurai Mme du Resnel quee le duc n

m'avoir jamais fait entendre qu'il eût besoin
d'argent, elle secoua la tête : Je me trompe
peut-être, reprit-elle ; mais j'avoue que l'a-
mitié d'un grand seigneur prodigue et dérangé pour un financier m'est un peu suspecte. Ce raisonnement me frappa , car les
visites chez l'usurier y donnoient beaucoup
de poids ; je me tins sur mes gardes , je
sondai même le duc à cet égard ; il sortit
à son honneur de cette épreuve qui ne servit qu'à me donner la plus haute opinion
de sa délicatesse , de ses sentimens et de
son amitié pour moi ; car je finis par lui demander naturellement s'il étoit vrai qu'il
eût été chez M. de ★★★. Il en convint ; et il
ajouta, qu'il seroit même forcé d'y retour-
ner plusieurs fois , mais que c'étoit uniquement pour arranger une malheureuse affaire d'un de ses amis que cet usurier avoit
indignement friponné. Il me conta là-dessus une longue histoire dans laquelle il
jouoit un rôle qui me pénétra d'admiration,
d'autant plus qu'il me fit promettre le plus
profond secret. Charmé de cette confidence, je ne pus m'empêcher de dire à Mme du
Resnel , qu'en effet le duc alloit chez l'usurier, mais que j'en savois les raisons, et que
je les approuvois du fond de l'âme. Elle

sourit en me répondant : En vérité, il vous
fait croire tout ce qu'il veut. Le sourire
étoit très-naturel, et la réponse parfaitement juste.

J'étois intimement lié avec le duc de Rosmond depuis plus d'un an ; mon estime
pour lui ne pouvoit plus croître, elle alloit
jusqu'à l'enthousiasme. St. Méran essayoit
en vain de m'éclairer, en me disant que
cette liaison me donnoit des ridicules, et
faisoit tenir d'*étranges propos*. Je me fâchai
sans vouloir rien entendre, et je me refroidis pour l'ami sincère qui vouloit me dessiller les yeux. Le duc, si profondément
dissimulé, si fourbe avec moi, n'avoit pu
résister au plaisir de se vanter de ses succès. La fatuité ne peut se taire, et, malgré
tous les stratagèmes de la plus étonnante
hypocrisie, tout le monde soupçonnoit la
vérité. J'étois seul dans l'erreur, mais je
m'y livrois aveuglément.

Nous étions sur la fin du carême, et madame du Resnel, suivant sa coutume, fut à
cette époque s'enfermer dans son couvent,
afin d'y passer une semaine dans *une retraite absolue*.

Deux ou trois jours après son départ, le
hasard me fit découvrir un excellent peintre

en miniature, nouvellement arrivé d'Italie.
Je fus chez lui un matin, de très-bonne heure, et je le priai de me montrer quelques
portraits de son ouvrage. Je m'assis auprès
d'une table, et, tandis qu'il cherchoit dans
un porte-feuille, mes yeux tombèrent sur
un mouchoir des Indes, posé sur la table, et
remarquable par son extrême finesse et l'éclat des couleurs de sa bordure. Ce mouchoir fixa toute mon attention, parce que
j'en avois donné de semblables à Mme du Resnel. Je me sentis ému sans trop savoir pourquoi. Je pris le mouchoir, je cherchai la
marque, et je trouvai une M et une R, le
chiffre de Mme du Resnel!.... Le peintre
voyant que j'examinois ce mouchoir, me dit
qu'il appartenoit à une jeune et belle dame
qui venoit se faire peindre chez lui. Je dissimulai mon trouble, et je lui demandai comment ce mouchoir se trouvoit entre ses
mains. La jeune dame, répondit-il, l'a oublié
hier, et je n'ai pu le lui renvoyer, parce que
j'ignore son nom et son adresse; elle vient ici
avec beaucoup de mystère, et après chaque
séance elle emporte avec elle son portrait.
A ces mots, un violent battement de cœur
m'empêcha un moment de continuer mes
questions. Enfin, reprenant la parole : il est

clair, dis-je, que cette dame se fait peindre
pour un amant. Au contraire, repartit le
peintre, c'est pour un mari qu'elle veut surprendre agréablement le jour de sa fête, qui
est, dit-elle, à la St. Marc. Je tressaillis à
ce nom, parce qu'en effet St. Marc est mon
patron. Et comment se fait-elle peindre,
demandai-je encore? *En Madeleine*, répond
le peintre, avec des draperies pourpres et
lilas. A ces mots je respirai, ne doutant
point alors que ce portrait, imitant le tableau *de l'oratoire*, ne me fût réellement
destiné. Cette idée me parut à la fois naturelle, ingénieuse et touchante. Cependant,
j'avois besoin de me recueillir et de réfléchir à cette aventure, car j'éprouvois encore au fond de l'ame une inquiétude vague qui m'oppressoit. J'abrégeai ma visite;
comme je m'en allois, le peintre me demandant mon nom, je lui en dis un supposé,
et je le quittai en promettant de revenir.

Je rentrai chez moi. Une foule de réflexions inquiétantes s'offrit à mon esprit;
plus j'y pensois, et moins il me paroissoit
vraisemblable, qu'une personne aussi prudente, aussi timorée que Mme du Resnel,
fît une démarche aussi suspecte, dans la
seule vue de me causer une petite surprise

agréable. Il ne me sembloit que trop pro-
bable, que la confidence faite au peintre sur
ma fête, n'étoit qu'une précaution adroite-
ment prise pour se mettre à couvert à tout
événement. J'imaginai même que Mme du
Resnel, remportant toujours le portrait,
le faisoit peut-être copier à mesure, afin
d'en avoir deux, et que, par conséquent, le
don de ce portrait, le jour de ma fête, ne
seroit pas pour moi une preuve positive de
son innocence, puisque je serois toujours
en droit de soupçonner, qu'elle n'avoit formé cette intrigue qu'afin de pouvoir disposer à son gré d'un second portrait. Cependant ce costume de Madeleine sembloit in-
diquer que le tableau n'étoit fait que pour
moi ; mais la copie destinée *à l'amant* seroit peut-être différente !......

 Comment faire pour éclaircir des doutes
si cruels ? Aller chez le peintre surprendre
Mme du Resnel, n'apprendroit rien ; Mme du
Resnel répéteroit qu'elle se faisoit peindre
pour moi. Attendre ma fête, comme je l'ai
déjà dit, ne m'instruisoit pas davantage. Il
falloit donc garder à jamais cette affreuse
incertitude ! Quelle pensée désespérante !
D'un autre côté, je me reprochois mes soupçons, en songeant à la conduite austère et

parfaite de Mme du Resnel, depuis plus de
trois ans. Enfin, quel amant pouvoit-elle
avoir? L'idée du duc de Rosmond ne se
présenta pas même à mon esprit, et je ne
voyois, d'ailleurs, aucun objet qui dût raisonnablement m'inspirer l'ombre de la défiance. J'étois donc obligé de supposer que,
si Mme du Resnel avoit un amant, cet amant
m'étoit totalement inconnu. Mais comment
auroit-elle pu former cette liaison ? A l'exception de quelques jours de l'année qu'elle
passoit dans son couvent, elle ne me quit-
toit presque jamais', elle ne sortoit qu'avec
moi, et, en général, elle étoit extrêmement
sédentaire; elle se renfermoit tous les jours
trois ou quatre heures dans son oratoire,
mais ce cabinet au bout de mon appartement et à l'extrémité de notre maison, n'a-
voit point d'issue secrète : placé au-dessus
d'un entre-sol, il n'avoit qu'une seule fenêtre à un premier étage, excessivement
haut et donnant sur une grande rue très-
passante ; et pour y entrer, il falloit traverser tous nos appartemens. Je me perdois dans ces différentes réflexions.

Poussé par une inquiétude insurmontable,
je fus dans *l'oratoire* de Mme du Resnel;
je l'examinai soigneusement, et je n'y dé-

couvris, que des sujets d'édification. J'ou-
vris les tiroirs du petit bureau placé au-
dessous du tableau de la Madeleine, et j'y
trouvai un livre blanc relié en maroquin,
dans lequel elle avoit écrit quelques maximes et des vers de sa composition, qu'elle
ne m'avoit jamais montrés. Je les lus, ils
étoient faits sur le tableau de la Madeleine,
et je fus charmé des sentimens de piété qu'ils
sembloient exprimer; j'étois loin d'en comprendre le double sens. Je les relisois avec
plaisir, lorsque j'entendis un grand bruit
près de moi; j'écoute avec une extrême surprise. Le mouvement que j'entendois, se
passoit derrière le tableau de la Madeleine;
la niche qui le contenoit, étoit placée dans
le mur mitoyen qui séparoit ma maison de
celle de mon vieux voisin; mais je connoissois l'épaisseur de ce mur, et elle étoit telle,
que l'enfoncement de la niche n'en devoit
prendre qu'une très-petite partie; ainsi je
ne concevois pas que l'on pût entendre aussi
distinctement ce qui se passoit derrière cette
muraille. Mais imaginez, s'il est possible,
ce que je dus éprouver en voyant tout à
coup le tableau de la Madeleine s'ébranler,
rentrer dans le mur, disparoître, et laisser
une large ouverture, une espèce de fenêtre,

donnant dans une grande chambre et me découvrant vis-à-vis de moi un jeune homme inconnu, bien mis et d'une fort jolie figure, qui fit, en m'apercevant, un éclat de rire immodéré!... Rien ne peut donner l'idée de la fureur dont je fus transporté! Infâme suborneur! m'écriai-je. En disant ces mots, je renversai le bureau, afin de passer par l'ouverture et de m'élancer sur ce jeune homme. Dans ce moment, un grave personnage, ayant une énorme perruque, et vêtu d'une longue robe noire, s'avance, se place devant l'ouverture, en me disant : *M. du Resnel, vous vous trompez, je vous assure.*

Cette nouvelle vision, bouleversant toutes mes idées, me rendit immobile. Je regardai fixement cet homme, et je le reconnus pour le commissaire du quartier. Tandis que je le considérois avec un étonnement stupide, il m'apprit que le vieil usurier, mon voisin, étoit mort subitement la nuit passée; que le jeune homme que je venois de voir, héritant de tous ses biens, étoit venu dans la maison avec des gens de justice pour faire mettre les scellés. Il faut que vous sachiez encore, poursuivit le commissaire, que les gens de feu M. de *** nous ont assuré qu'un trésor devoit être caché dans ce lieu, parce qu'au

commencement de l'été dernier, le défunt
y avoit fait travailler secrètement des ou-
vriers, et que, depuis ce temps, il gardoit
soigneusement la clef de cette chambre, et
n'y laissoit entrer aucun domestique. Nous
avons donc visité cet appartement mystérieux. L'héritier du défunt, en apercevant
ce paneau de menuiserie, a cru découvrir
l'armoire qui renfermoit le trésor, mais il y
cherchoit en vain une serrure ; enfin, ap-
puyant par hasard la main sur un ressort
caché, le panneau s'est ouvert en rentrant
dans la coulisse pratiquée dans le mur.

A près avoir écouté ce récit, je priai le
commissaire de refermer le panneau, ce
qu'il fit sur-le-champ. La Madeleine repa-
rut, et moi, ne pouvant plus me soutenir
sur mes jambes, je tombai sur une chaise
dans un état impossible à décrire....

Au bout de quelques minutes, je repris les
vers de Mme du Resnel, ces vers sur le tableau de la Madeleine que j'avois lus avec
tant d'édification. Je voulus les relire, ils
sont assez curieux pour les transcrire ici,
les voici :

Dans ce réduit mystérieux,
Qu'il m'est doux de cacher ma vie,
Et sur cette image chérie
D'attacher ma pensée et de fixer mes vœux !

Ici, tremblante, éperdue, attendrie,
Je m'abandonne au charme heureux
D'une touchante rêverie,
Et d'un espoir délicieux.
Je ne vois que l'objet auquel je sacrifie,
Ce monde si vain que j'oublie :
Tout, jusqu'à ce tableau, disparoît à mes yeux !....
Ah ! c'est alors que mon âme est ravie,
Et que pour moi s'ouvrent les cieux !....

C'est ainsi que cette audacieuse hypocrite, sous le voile d'une piété mystique, avoit eu l'art de détailler avec exactitude tout le mystère de son intrigue criminelle !... La certitude de sa perfidie me jetoit dans un étonnement que chaque souvenir augmentoit !.. Tout venoit de s'éclaircir pour moi. Il ne m'étoit pas difficile de deviner quel étoit son amant. En me rappelant les fréquentes visites du duc de Rosmond à mon vieux voisin, il ne falloit pas une grande pénétration pour imaginer que l'usurier séduit par de l'argent, s'étoit prêté à tout ce qu'on avoit exigé de lui. Je voyois alors par quel motif Mme du Resnel m'avoit instruit des liaisons du duc avec l'usurier. Par cette adroite délation elle prévenoit tous les soupçons que pouvoient faire naître les visites de son amant, si d'autres personnes les eussent remarquées ; elle me confirmoit dans l'opi-

nion que j'avois de son aversion pour le
duc, et elle trouvoit un moyen d'augmen-
ter encore mon estime pour lui.

Quoique je fusse vivement frappé de la
scélératesse du duc de Rosmond, il me parut que Mme du Resnel le surpassoit infiniment en duplicité. Quand je me rappelois
tous les détails de sa conduite, je ne trouvois rien de comparable à la profondeur de
ses artifices et de sa dissimulation. Auprès
d'une femme véritablement pervertie, le
Lovelace le plus fourbe et le plus séduisant
ne sera jamais qu'un écolier.

Il s'agissoit de prendre un parti; j'avois
grand besoin de conseil, j'envoyai chercher
St. Méran, qui vint aussitôt. Je lui contai
tout. Il me dit que depuis long-temps il soupçonnoit la vérité, d'autant plus que le duc
s'étoit permis plusieurs plaisanteries sur
mon affection et *sur l'antipathie* de ma femme pour lui. J'aurois désiré, continua St.
Méran, vous éclairer sur le caractère du duc
de Rosmond, sans vous désabuser sur celui
de Mme du Resnel, puisqu'après tout je
n'avois pas de preuves positives de son infidélité; mais vous n'avez jamais voulu m'entendre.... Laissons-là le passé, interrompis-je, songeons au présent. — Avez-vous le

projet de faire renfermer Mme du Resnel? — Non, je hais les lettres de cachet,
je n'en demanderai point. — Cependant
vous vous séparerez d'elle? — Assurément,
et dès aujourd'hui ; mais je veux auparavant
la confondre, la démasquer et la punir.
Alors j'entrai dans le détail de mes idées
à cet égard. St. Méran en approuva plusieurs, en rectifia quelques-unes, et nous
combinâmes un plan qui fut exécuté comme
vous l'allez voir.

La maréchale de G***, tante de Mme du
Resnel, étoit une femme respectable, d'un
esprit très-borné, mais d'une piété sincère,
et la seule personne de sa famille qui fût
présque entièrement retirée du monde. Depuis son mariage, elle avoit perdu sa fille
unique, morte sans enfans. Cet événement
donnoit à Mme du Resnel l'espoir très-fon-
dé d'hériter un jour d'une partie des biens
de la maréchale, dont elle cultivoit soigneusement l'amitié. La prétendue dévotion de
madame du Resnel la faisoit chérir de sa tante, et je crois que cette vue d'intérêt contri-
buoit beaucoup à fortifier l'hypocrisie de la
nièce.

D'après le plan auquel je m'étois arrêté,
St. Méran écrivit un billet à madame du

1. 5

Resnel pour lui mander que j'avois été fort malade d'une espèce de coup de sang; qu'on m'avoit saigné, que j'étois mieux, mais très-foible et très-souffrant encore. Il écrivit la même chose à la maréchale de G****, et envoya ces deux billets par deux hommes à cheval. On fit la même histoire à la plus grande partie de mes gens, et ceux qui m'approchoient de plus près furent prévenus. Nous primes d'ailleurs toutes les précautions nécessaires à l'exécution de notre dessein.

Mme du Resnel arriva la première, j'entendis sa voix de très-loin. Cette voix qui peu de jours auparavant me causoit de si douces sensations, auroit encore malgré moi produit sur mon cœur une émotion passagère, si le son en eût été naturel; mais malgré la distance, je distinguai parfaitement l'altération que lui donnoit l'accent hypocrite de la plus grande douleur. Cette fausseté qui m'en rappeloit tant d'autres, me rendit tout le sang froid du plus profond mépris. J'étois en robe de chambre, assis dans un fauteuil....... La porte s'ouvre, Mme du Resnel échevelée et toute éplorée, vint se précipiter à mes genoux. Je la relevai en lui disant, que j'avois beaucoup souffert;

Hélas, reprit-elle, en sanglotant, on le voit bien ! Comme vous êtes changé !.... Je dois l'être en effet, répondis-je. Dans ce moment on annonça la maréchale.

Mme du Resnel voulant montrer à sa tante toute son *affection conjugale*, fit une scène pathétique qui finit par une attaque de nerfs. La maréchale se pendit aux sonnettes, pour demander à grands cris de l'eau de fleur d'orange.... Elle ne pouvoit se lasser d'admirer l'extrême sensibilité de sa nièce, en répétant toujours : *Ah ! monsieur du Resnel, vous êtes bien heureux, surtout dans le siècle où nous sommes !....* St. Méran représentoit que dans l'état de foiblesse où j'étois, l'attendrissement pourroit me faire beaucoup de mal. Mme du Resnel se calma.

Il falloit, pour l'exécution de notre projet, trouver un moyen naturel de conduire la tante et la nièce dans l'*oratoire*; mais Mme du Resnel nous épargna la peine d'employer l'expédient que nous avions imaginé. Au bout d'un moment elle se leva, et sortit par la porte qui conduisoit à l'oratoire. Sa tante lui demanda où elle alloit; elle répondit, d'un air mystérieux, qu'elle reviendroit dans un moment. St. Méran

devina sur-le-champ ce nouveau trait d'hypocrisie, et s'adressant à la maréchale : Je
parie, dit-il, que Mme du Resnel ne vous
quitte si brusquement, qu'afin d'aller pleurer et prier, sans contrainte, pour notre
malade..... Oh! c'est un ange! interrompit
la maréchale. Allons la surprendre, dis-je
en me levant. A ces mots, donnant la main
à la maréchale, je l'entraînai dans l'oratoire.
Comme nous marchions sans précaution,
et que la maréchale répétoit tout haut : *c'est
un ange!* il étoit impossible que Mme du
Resnel ne nous entendît pas. En effet, nous
la trouvâmes *tout en larmes* aux pieds de
la Madeleine, et priant avec une *telle fer-
veur*, que nous eûmes le temps de la contempler avant d'en être aperçus. Une
bruyante exclamation de la maréchale la
tira de son extase. Elle nous regarda avec
l'air de l'étonnement et de la confusion
d'avoir été surprise ainsi. O la pauvre petite, s'écria la maréchale, comme elle est
déconcertée! Mais, mon enfant, poursuivit-elle, c'est un tour de votre mari : cela
n'est-il pas bien méchant?.. A ces mots,
Mme du Resnel, vint se jeter dans les bras de
sa tante, qui l'embrassa mille fois. St. Méran approche des sièges, et nous nous

établissons dans l'oratoire. Alors nous examinons tout ce qui se trouve dans ce cabinet; la maréchale admire le choix des livres, elle en veut lire tous les titres; Mme du Resnel et St. Méran s'empressent de les lui présenter; cet examen fini, St. Méran ouvre le tiroir du bureau, et, voyant le livre blanc qui contenoit les vers sur la Madeleine : Ah! dit-il, voici encore un volume ! A ces mots, Mme du Resnel dit que ce livre est un manuscrit, et qu'il ne contient que *ses pensées* et quelques *mauvais vers*; la maréchale veut en entendre la lecture, *l'auteur* se défend foiblement. Enfin, cédant au désir que nous témoignons tous, elle lit effrontément et posément des maximes à double sens, parfaitement bien faites dans leur genre, et ensuite les vers sur la Madeleine. Pendant cette lecture, la maréchale attendrie s'écria plus de vingt fois : cela est charmant!... quel ange!... quel ange!... Impatient d'arriver au dénoûment, je me levai, et, me tournant vers la maréchale : Madame, lui dis-je, vous ne savez pas encore combien ces vers sont ingénieux ; regardez bien ce tableau. En disant ces paroles, je donnai le signal convenu; Remi, mon secrétaire, placé derrière le panneau,

toucha le ressort, et la Madeleine rentra
dans le mur. En même temps je jetai les
yeux sur Mme du Resnel; elle frémit, et son
visage se couvrit d'une pâleur effrayante...
Eh bien! Madame, continuai-je, en m'adressant toujours à la maréchale, n'est-ce pas
là une jolie mécanique?... Que signifie ceci,
interrompit la maréchale?... Que Mme votre nièce, répondis-je, a imaginé ce stratagème, afin de recevoir tous les jours le duc
de Rosmond son amant. Ah! M. du Resnel,
s'écria douloureusement ma femme, ne
pouvez-vous satisfaire votre passion criminelle et vous séparer de moi sans me déshonorer!... Comment, madame, interrompis-
je, que voulez vous dire? Non, reprit-elle
avec force, malgré vos égaremens, malgré
vos torts avec moi, je ne puis croire que
cet indigne complot soit de votre invention... O ma chère tante, poursuivit-elle, en
se jetant aux pieds de la maréchale, vous
qui me restez seule dans l'univers, m'aban-
donnerez-vous? Il est vrai, j'ai manqué
de confiance; mais il est si douloureux de
dévoiler la honte d'un mari, et cet homme
cruel m'étoit si cher!... Enfin il faut parler:
sachez donc la vérité.

Alors, sans reprendre haleine, Mme du

Resnel, avec une inconcevable volubilité, compose sur-le-champ la fable la plus dénuée de fondement. Elle conte que, depuis dix-huit mois, je suis éperdument amoureux de mademoiselle✱✱✱, danseuse de l'opéra, que je l'entretiens et que je me ruine pour elle. Je la laissai débiter toutes ses calomnies sans l'interrompre ; outre que j'étois pétrifié d'étonnement, j'éprouvois une extrême curiosité de voir jusqu'à quel point elle pourroit pousser l'imposture et l'effronterie. D'ailleurs, je me croyois bien sûr de la confondre, lorsqu'à mon tour je conterois toute l'histoire. St. Méran, ne pouvant contenir son indignation, voulut l'interrompre ; taisez-vous lui dit-elle, ami perfide, qui après avoir tenté vainement de me corrompre, m'avez menacée de me perdre. C'est vous qui, profitant de votre ascendant sur l'esprit de M. du Resnel et de sa passion pour une courtisane, c'est vous qui avez ourdi cette trame odieuse ; c'est vous qui, tandis que j'étois enfermée dans un couvent, avez fait percer cette muraille... Avec quel art abominable m'avez-vous ensuite attirée dans le piége ! Par quelle fausseté vous avez engagé ma tante à se rendre ici !... M. du Resnel a été saigné *deux fois*, m'avez-vous écrit : qu'il montre les marques de ces saignées !... Non, madame repris-je ; en effet je n'étois point malade... Vous l'entendez, s'écria Mme du Resnel; voyez ma tante, de quel côté est le mensonge! Véritablement, M. du Resnel, dit la maréchale, voilà un mensonge avéré. Je trouvai cette remarque si bête, que je restai stupéfait. Le duc de Rosmond, mon amant! reprit Mme du Resnel, grand Dieu! osez-vous, M. du Resnel, soutenir une telle calomnie, quand vous connoissez si bien mon aversion pour lui, quand j'ai tout fait pour vous empêcher de le recevoir!... Quoi! madame, dit enfin St. Méran en s'approchant d'elle avec un visage enflammé de fureur, je vous ai fait des déclarations d'amour? Monstre! répondit Mme du Resnel, pouvez-vous avoir l'audace de m'interroger? et n'osâtes-vous pas, l'été dernier, vous cacher dans ce cabinet?... Rappelez-vous vos violences et vos menaces. Ici la maréchale fit un geste d'indignation, qui nous prouva qu'elle croyoit toute cette fable. Nous restâmes pétrifiés, St. Méran et moi, en nous regardant fixement, et Mme du Resnel se tournant vers moi: Et vous, monsieur, dit-elle, nierez-vous aussi votre amour adultère pour

Mlle***, quand, au mépris de toute décence, vous ne rougissez pas d'avoir son portrait dans votre chambre !.... Ah ! M. du Resnel, me dit d'un ton sévère, la maréchale !... Mais, madame, repris-je, daignez m'écouter à mon tour.... Il faut d'abord, monsieur, répliqua-t-elle, vous justifier sur ce point : Est-il vrai que vous ayez dans votre chambre le portrait de Mlle *** ! Oui, madame, répondis-je, mais... Il suffit, monsieur, interrompit la maréchale avec dignité, en me lançant un regard foudroyant, tout est parfaitement éclairci pour moi ; je ne veux rien davantage. Quel parti prendrez-vous ? ma nièce pourroit encore, j'en suis sûre, oublier le passé ; voulez-vous rentrer en vous-même et reconnoître vos torts, ou voulez-vous plaider en séparation ? A ces mots Mme du Resnel tira son mouchoir, et l'appliqua sur ses yeux en sanglotant. Là-dessus la maréchale lui dit gravement : Vous êtes bien foible, ma nièce ; en vérité, vous êtes bien foible !... Mais, mon ami, s'écria St. Méran, envoyons chercher le commissaire.... Il vouloit parler du commissaire qui avoit mis les scellés chez l'usurier, et qui étoit un témoin non suspect ; mais la maréchale crut qu'il s'agissoit d'une procédure juridique, et trouvant sa dignité compromise, elle regarda dédaigneusement St. Méran. La menace est de bon goût, lui dit-elle, je crois réellement que la tête vous tourne! Venez, ma nièce, poursuivit-elle en se levant, sortez de cette maison où vous n'auriez jamais dû entrer. Je vous prends sous ma protection, et si M. du Resnel veut se réconcilier avec vous ou veut plaider, il pourra vous écrire ou s'adresser à mes gens d'affaires, qui me rendront compte de ses démarches. A ces mots, elle prit Mme du Resnel sous le bras, et sortit avec elle.

St. Méran étoit si transporté de colère, qu'il vouloit s'élancer vers la porte, afin d'empêcher la maréchale de sortir. Restez, lui dis-je; n'êtes-vous pas sûr que la maréchale sera désabusée ce soir? Je vais lui écrire..... Comment! s'écria St. Méran, doutez-vous que Mme du Resnel ne trouve le moyen d'intercepter vos lettres, et de vous interdire tout accès auprès de sa tante, qu'elle va désormais gouverner à son gré? Eh bien! repris-je; après tout, que m'importe? Je suis débarrassé pour jamais de cette femme abominable; c'est au fond tout ce que je désirois. A l'égard de ma ven-

geance, je la remets au ciel. Soyez certain
que tôt ou tard le vice est puni, et que l'hypocrisie finit par se trahir elle-même.

Je parlois sincèrement; car en effet, je
me contentai d'envoyer à Mme du Resnel
ses diamans, et tout ce qui lui appartenoit,
et de lui faire dire, qu'on lui paieroit avec
exactitude la pension de dix mille francs
que je lui avois assurée pour son douaire.

Je dois revenir sur la calomnie de Mme du
Resnel, relative à ma prétendue *passion
adultère*. Voici la vérité : je n'avois de ma
vie parlé à Mlle ★★★; mais à la vente des
tableaux de M. R★★★, j'avois publiquement
acheté un très-beau portrait de cette fameuse danseuse, peint par Vanloo, et qui
représentoit la muse de la danse. C'étoit assurément la chose du monde la plus simple pour un amateur de tableaux ; vous
avez vu l'ingénieux parti que Mme du Resnel sut tirer de ce fait.

Le duc de Rosmond étoit à Versailles,
et n'en devoit revenir que le lendemain. Le
soir même de la scène dont je viens de vous
rendre compte, je lui écrivis un billet con-
çu dans ces termes :

« Il n'est pas dans mes principes de pro-
« poser un duel ; mais quand on m'attaque,

« je sais me défendre. Je serai demain ma-
« tin, à six heures, avec le Vicomte de St.
« Méran, au bois de Boulogne, dans l'allée
« de Madrid. J'y retournerai huit jours de
« suite, à la même heure. Si vous désirez
« me rencontrer, vous pouvez vous y ren-
« dre avec un témoin ; vous y trouverez
« l'homme du monde qui vous méprise le
« plus, et qui vous craint le moins. »

Je me rendis effectivement au bois de
Boulogne, avec St. Méran, pendant huit
jours consécutifs. Le duc n'y vint point, et
ne me fit aucune réponse. Il passe cependant
pour avoir du courage. J'imagine que l'intérêt de Mme du Resnel l'emporta sur le ressentiment que devoit lui inspirer un défi
aussi outrageant ; car il ne pouvoit se battre
avec moi sans compromettre sa maîtresse,
même aux yeux de la maréchale, et, grâce
à l'imagination féconde de Mme du Resnel
et à la crédulité de sa tante, l'histoire de
notre séparation se contoit généralement
dans le monde, à mon désavantage ; le témoignage d'une femme aussi vertueuse et
aussi considérée que la maréchale étoit d'un
si grand poids, que tout cet éclat, loin de
nuire à Mme du Resnel, rétablit en quelque
sorte sa réputation, qui depuis quelque

temps, commençoit à devenir très-douteuse. Mme du Resnel, logée chez sa tante, parut complétement justifiée; de mon côté
je ne pouvois, sans me couvrir de ridicule,
conter et répandre mon histoire; je n'avois
d'autre parti à prendre que celui du silence.

Il fut donc décidé, à la cour et à la ville,
que j'avois un caractère et des vices mons-
trueux, et que Mme du Resnel étoit la femme
la plus malheureuse et la plus intéressante.
Le pauvre St. Méran fut enveloppé dans
ma disgrâce; il eut beau dire, et malgré
mes prières entrer dans le détail des faits,
on ne l'écouta pas. Sa foible voix fut étouffée par les clameurs des vieilles dévotes,
amies de la maréchale, et par les récits im-
posteurs des nombreux partisans de Mme du
Resnel et du duc de Rosmond. On assura
que St. Méran étoit un *homme affreux*,
qu'il avoit joué un *rôle odieux* dans cette
affaire; les jeunes femmes, surtout, se dé-
chaînèrent contre lui. Presque toutes les
portes lui furent fermées. On ne le traita
pas mieux à la cour; on ne lui donna plus
le bougeoir (1), il ne fut plus appelé dans

_____

(1) Le roi à son coucher nommoit un seigneur
de la cour pour tenir un bougeoir pendant sa toilette; c'étoit une faveur distinguée.

les petits appartemens (1). Je m'affligeai véritablement des injustices dont St. Méran étoit l'objet : mais cet excellent ami les supporta avec autant de philosophie que de fierté ; il se consola avec les Muses, ou pour mieux dire, il se félicita sincèrement d'avoir beaucoup plus de temps pour les cultiver.

J'avois depuis long-temps le désir d'aller en Italie ; je me déterminai à faire, sans délai, ce voyage intéressant. Je partis sur la fin du mois de mai, et je passai trois années entières en Italie. Au bout de ce temps je revins en France, décidé dès lors à m'aller établir en province. Le jour même de mon arrivée à Paris, j'appris que la maréchale de G*** étoit à l'extrémité, d'une fluxion de poitrine ; elle mourut deux jours après. Tout le monde étoit persuadé que Mme du Resnel seroit son héritière, et Mme du Resnel elle même n'en doutoit pas. On trouva un testament, en bonne forme, que la défunte n'avoit fait que deux mois avant sa mort. Toute la famille se réunit pour assister à l'ouverture du testament. Mme du Resnel, *baignée de pleurs*, y étoit comme

_____

(1) Pour souper avec le roi et la famille royale.

les autres : mais quelle fut sa surprise et
celle de toute l'assemblée, lorsque les premières lignes du testament déclarèrent le
marquis de *** *légataire universel* de la
maréchale ! Ce fut pour Mme du Resnel un
terrible coup de foudre ; mais jugez de
sa confusion et de sa rage, lorsqu'elle en-
tendit lire les clauses suivantes :

« Ayant la plus grande vénération pour
« le caractère de M. du Resnel, je le nom-
« me mon exécuteur testamentaire, et je
« le prie d'accepter une de mes tabatières
« à son choix.

« Je lègue à M. le vicomte de St. Mé-
« ran, comme une foible marque d'une
« parfaite estime, un diamant de vingt
« mille francs. »

Le reste du testament, dicté par la justice et la charité, contenoit beaucoup d'autres legs ; et dans cet écrit Mme du Resnel
n'étoit ni nommée ni désignée.

Ce testament fit le plus grand bruit, et
déshonora sans retour Mme du Resnel. Il
étoit évident que sa tante avoit nouvellement découvert la vérité, et l'espèce de réparation qu'elle nous faisoit, à St. Méran
et à moi, en étoit la preuve certaine. Ce
fut ainsi que Mme du Resnel, frustrée de ses

espérances, et perdue dans l'opinion publique, se trouva réduite, pour surcroît de
malheur, à vivre d'une modique pension
qui, dans ses idées de représentation et de
faste, lui parut à peine l'absolu nécessaire.

Aussitôt que je fus informé de cet événement, j'écrivis un billet de quatre lignes à
Mme du Resnel, pour lui annoncer que j'aug-
mentois de vingt mille francs sa pension.
Je ne sais si cette générosité à laquelle elle
s'attendoit si peu, lui donna la folle espérance de me regagner, mais elle eut l'audace de venir chez moi et d'insister pour
me voir. Je fus obligé de lui faire dire par
un valet de chambre, que cette tentative
me paroissoit inconcevable, et que je la
priois de ne pas la renouveler. Le lendemain elle m'écrivit; je lui renvoyai la lettre
toute cachetée.

Je restai encore un an à Paris; j'arran-
geai toutes mes affaires, et ensuite je partis pour la Bourgogne.

Voilà, mon cher marquis, par quel en-
chaînement d'événemens bizarres, devenu
à trente-cinq ans philosophe à mes dépens,
je me suis pour toujours consacré à la retraite et au repos. Jugez maintenant, si
une *réconciliation* entre Mme du Resnel et

moi, est une chose possible, ou seulement proposable.

Adieu, hâtez-vous de quitter le théâtre dangereux des faux plaisirs et de la dépravation. Revenez au séjour de l'innocence et de la vertu ; le bonheur le plus pur vous y attend, et vous n'en trouverez même pas l'image aux lieux où vous êtes. Venez jouir des premiers beaux jours de l'année. Nous n'avons point encore de feuilles ; je m'en plaignois à Mme d'Erneville en lui demandant si elle n'en étoit pas étonnée. *Non, dit-elle, car le printemps ne doit commencer pour moi que dans quinze jours !* Ce mot touchant m'apprit l'époque fixée pour votre retour. Ah ! ne le différez pas ; revenez !

LETTRE IV.

De la marquise d'Erneville, à son mari.

D'Erneville, le 19 avril.

Je reçois dans l'instant ta lettre datée du 15. Quoi ! cher ami, ton retour est différé, *et de cinq ou six semaines au moins !* Nous aurons été séparés près de quatre mois, *un tiers de l'année !* Encore hier je comptois les jours avec tant de

plaisir ! encore ce matin je disois en m'é-
veillant : *Je le verrai dans douze jours !...
de lundi en huit !........* et puis on m'ap-
porte cette triste lettre !...... Ces mau-
dites affaires ! que je les hais !.. Je suis bien
sûre que ce retard t'afflige autant que moi ;
tout ce que je sens, ne l'éprouves-tu pas ?

Du moins ne soit pas inquiet de ma santé ; elle est excellente, je t'assure ; mon lait
est tout-à-fait passé, et je me porte à merveille. Mon petit Maurice souffre un peu
de ses dents depuis deux jours, mais il dort
et mange bien. Il est encore embelli depuis
ton départ, il te ressemble à charmer. Cher
enfant, que je l'aime !

Ma belle sœur est ici ; c'est une bonne
et aimable personne, elle a bien de l'amitié pour moi, nous nous promenons beaucoup, nous travaillons, nous lisons ensemble, nous faisons de la musique ; et le
temps se passe aussi agréablement qu'il
peut s'écouler dans ton absence. Mme de
Vordac doit venir ici mardi prochain. J'attends demain à dîner le chevalier de Celtas.
Nous irons dimanche passer une partie de
la journée chez M. du Resnel. Tu vois que
je suis tes conseils, et que *je me dissipe*
autant que tu le désires. Mais quand je ne

sortirois pas, et que je serois toute seule, pourrois-je m'ennuyer ? Tu sais combien il m'est doux de cultiver ces petits talens qui te plaisent, et que je dois à notre ex-cellente mère et à tes soins. Je suis l'élève du sentiment, et mon bonheur sera tou-jours de me rappeler sans cesse les leçons si chères que j'ai reçues, et de les suivre constamment. Toi, le jeune instituteur de ta Pauline, toi, mon Albert, crains-tu l'oisiveté pour elle ? Tout ce que je sais, tout ce que je fais, me rappelle tes bien-faits et ceux de ma mère ? Je trouve dans chaque occupation un souvenir délicieux !. Mais *écrire* est toujours celle que je préfè-re. J'ai fini enfin l'histoire de ma mère et de ton adoption; j'en suis assez contente, quoique ma mère en ait retranché, par modestie, près de la moitié. Mlle du Rocher la recopie pour ma belle-sœur, telle que *notre cher censeur* me l'a renvoyée, mais je te garde l'original.

Maintenant je vais écrire l'histoire de notre enfance, de notre éducation et de nos amours, jusqu'à la naissance de Maurice. Oh ! quel plaisir de fixer sur le papier, et de remettre sous mes yeux tant de traits in-téressans, si bien gravés dans ma mémoi-

re ! Qu'il est doux d'épancher ainsi son
cœur, et d'en détailler tous les sentimens !..... Cet ouvrage achevé, je sens
que j'en composerai d'autres du même genre. Mon ami, je puis bien, suivant ma promesse, ne pas lire de romans ; mais je crois,
je te l'avoue, que je ne pourrai jamais me
passer d'en écrire. Si je pouvois toujours
causer avec toi, j'y penserois bien moins ;
et cependant je regretterois encore que ces
entretiens si chers ne fussent que des discours fugitifs ; j'aimerois encore à les conserver, à les recueillir sous mille formes
différentes. Car tout ce que j'écrirai n'offrira jamais que la peinture de nos cœurs et
de nos sentimens ; les héros et les héroïnes
de mes romans seront toujours *Albert* et
Pauline. Je ne présenterai point de *con-
trastes*, je ne connoîtrai pas les méchans,
puisque je ne vivrai jamais à la cour et
dans le grand monde, et je ne m'instrui-
rai pas à cet égard par la lecture ; car les caractères odieux, tels que nous les voyons
dans les livres, sont absolument hors de la
nature, et je n'y trouve aucune espèce de
vraisemblance.

Adieu, mon premier ami, mon tendre
frère, mon époux, dirai-je encore *mon*

amant ?.... Oh non ! ce titre d'un moment
n'est pas fait pour une tendresse telle que
la nôtre ! Les seuls noms dignes de nous
sont ceux que nous pourrons nous donner
jusqu'au tombeau, puisqu'ils doivent exprimer l'immuable constance du sentiment le plus pur et le plus sacré.

LETTRE V.

De la même au même.

Le 20 avril.

LA poste ne part pas aujourd'hui, n'importe, il faut que j'écrive à l'ami de mon
cœur, il faut que je lui dise que nous venons de nous apercevoir que Maurice a
deux dents de plus, et qu'il se porte à merveille. Aussitôt qu'en examinant sa bouche j'ai senti ces deux chères petites dents,
je l'ai nommé; je t'appelois de premier
mouvement; mais, hélas ! tu n'étois pas
là ! et en soupirant je me suis mise à mon
écritoire ! O mon ami ! il n'y a point sans
toi de joie parfaite pour Pauline !.... Je
saurois supporter seule les chagrins, et même, s'ils étoient véritablement amers, il

me seroit affreux de te les voir ressentir,
et pour t'en épargner le poids, j'aurois le
courage de te les cacher; mais mon bonheur
t'appartient, et quand tu le partages tu le
doubles. C'est surtout, lorsque j'éprouve
une sensation agréable, que je te désire
auprès de moi, et que je m'afflige de ne t'y
point trouver. Que l'absence est cruelle,
mon ami! elle brise les nœuds si doux de
la sympathie; du moins elle en suspend
tous les effets; on ne sent plus, on ne
jouit plus ensemble. Quand je m'applaudis
d'une chose heureuse, tu t'inquiètes peut-
être; la mélancolie se peint sur ton front,
et le mien est serein! Quand je m'attriste,
tu t'amuses peut-être!.... Il n'y a plus d'accord entre nous! cette idée est affreuse.

Tu peux du moins te représenter ta Pauline dans tous les instans; tu connois le
plan de ma journée, et je suis plus exacte
que jamais à l'observer. C'est la seule manière que j'aie encore de me placer en
quelque sorte sous tes yeux. Tu me vois
dessiner, jouer de la harpe, ton imagination peut me suivre à la promenade; le
matin dans ce jardin rempli des monumens
de notre amitié, ce jardin qui nous a vus
croître ensemble, que nous avons cultivé

tous deux dans les paisibles jours de notre
enfance ; et le soir tu me vois dans ce bois
charmant où nous avons cueilli tant de
muguet, de violettes et de fraises, où ta
main a fait tant de bouquets, tant de cou-
ronnes pour Pauline, où tu m'as donné
les premières leçons de botanique!.... Et
moi je ne puis me représenter l'appartement et même la ville que tu habites! Je
n'ai été à Paris que dans mon enfance....
Tes plaisirs même me sont inconnus; je
n'ai pas idée des spectacles, et surtout de
l'opéra. Du moins, puisque ton retour est
différé, envoie-moi le plan de ta chambre;
je sais déjà que le meuble en est bleu, mais
je voudrois en connoître parfaitement tout
l'arrangement. N'oublie pas de marquer la
place où tu m'écris; dessine-moi ce plan
en miniature, de manière qu'il puisse tenir
dans une lettre sans être ployé.

J'ai oublié de répondre à l'apostille de ta
dernière lettre, dans laquelle tu me demandes mes commissions. Tu me feras plaisir
de m'apporter de la musique nouvelle, surtout de jolies romances, et puis des pas-
tels et un assortiment de soie pour broder.
Quant aux chiffons, choisis pour moi ceux
qui sont de ton goût; tu sais bien à qui je

veux plaire, et pour qui seulement j'aime
à me parer.

Ma belle-sœur m'a montré la jolie lettre
qu'elle a reçue de toi. Je ne suis pas encore accoutumée à te voir donner à une autre
que moi le titre de *sœur*; il me semble toujours que c'est une infidélité que tu me fais.
Ce titre m'est si cher, il fut notre premier
lien! Tu sais combien dans les commencemens de mon mariage, il me paroissoit
étrange d'appeler M. d'Orgeval *mon frère*;
mais enfin il est le tien, voilà une bonne
raison; au lieu que Denise n'est pas ma
sœur. Ne vas pas croire pour cela que je
sois jalouse. Oh! jamais, jamais! un des
grands charmes du sentiment que j'ai pour
toi, c'est une sécurité parfaite, et que rien
au monde ne sauroit troubler. Qui pourroit te connoître et t'aimer comme moi?..
et l'être que nous aimons le mieux n'a-t-il
pas l'heureux droit de compter sur la préférence?

Adieu, mon véritable frère, mon Albert; quand tu m'écris, fais-moi bien des
détails. Une des choses qui me cause le plus
de peine, c'est que tout ce qui t'environne
me soit étranger. *Le vague* est odieux quand
il s'agit de toi. Je voudrois pouvoir me re-

présenter la rue, la maison, l'escalier où tu passes tous les jours, comme je me représente ce carrosse de remise gris-de-lin, doublé de velours vert, que tu as préféré, parce que le chiffre de Pauline se trouvoit par hasard sur ses panneaux ?.....

A propos, je t'avertis que jusqu'à ton retour je serai toujours mise de la manière suivante : une robe blanche de mousseline, une ceinture de ruban lilas, un grand fichu de linon; rien dans la tête, mes cheveux tressés, relevés avec un peigne, et quand je sortirai un chapeau de paille. Il va sans dire que j'aurai toujours au cou ce médaillon dont l'absence augmente encore le prix! Tel est *l'extérieur* de la Pauline; pour *l'intérieur* je n'ai pas besoin de te le peindre! m'occuper de toi, bénir la Providence, apprécier mon bonheur, en remercier le ciel; voilà mes sentimens et mes pensées, tu les connois, tu les partages !...... Mais plus heureuse que toi, je n'ai point d'affaires, rien ne me distrait de ma félicité, je suis à toi dans tous les momens de ma vie. Combien le sort des femmes est préférable à celui des hommes! elles n'ont que des devoirs de sentiment. C'est sans doute ce qui a fait penser que la nature leur a don-

I. 7

né plus de sensibilité ; je suis plus juste envers ton sexe, cher Albert ; tu sais aimer autant que moi, mais tu as plus de courage. Loin d'être humiliée de ta supériorité, je m'en enorgueillis ; il m'est si doux de t'admirer, que je trouve un charme inexprimable à reconnoître combien en tout je te suis inférieure.

Adieu, mon ami, je te quitte pour parler de toi, c'est-à-dire, pour écrire l'histoire de Pauline et d'Albert.

LETTRE VI.

Du duc de Rosmond, au comte de Poligni.

De Moulins, le 20 avril.

Oui, mon cher Poligni, Moulins est une garnison assez agréable. En général, les femmes y sont jolies et la chasse y est fort belle. Mon début dans cette ville a été extrêmement orageux ; *la terreur* de mon nom engageoit toutes les mères et tous les maris à me fermer leurs portes. A l'égard des jeunes femmes, je crois que ma réputation leur inspiroit plus de curiosité que d'effroi. Toutes les femmes aiment naturellement *les mauvais sujets* : est-ce dans l'espoir de les convertir ou de les surpasser ?

Voilà une grande question, au moins très-douteuse, et que je ne déciderai point. Quoi qu'il en soit, l'*intendance* a été ici mon seul refuge pendant plus de quinze jours. L'intendant est assez aimable *pour un homme de robe*; sa femme, âgée d'une trentaine d'années, a une petite voix claire, toutes les manières des dames du Marais, et elle se pique d'aimer son mari, chose à laquelle je ne m'oppose jamais quand on a son âge et sa tournure. J'ai vu dans cette maison la société la plus brillante de Moulins; j'ai causé un profond étonnement : on s'attendoit au maintien et aux discours des *petits maîtres* peints par Crébillon et par Marmontel ; on a été fort surpris de me voir simple et poli, enfin *un bon homme*. Nous avons beaucoup d'obligation, mon cher Poligni, aux auteurs qui, n'ayant jamais vécu dans le grand monde, ont la prétention de le peindre ; grâce à leurs portraits fantastiques, nous pouvons faire des dupes tant qu'il nous plaît, surtout en province. Personne n'ayant notre véritable *signalement*, qui pourroit se défier de nous et nous reconnoître ?

J'ai séduit d'abord toutes les vieilles femmes; dans les règles de l'art, c'est par là

que l'on doit commencer. Je joue avec elles
au *quadrille* et au *tri*, et elles assurent que
je suis l'homme du monde *le plus solide*.
Enfin toutes les *préventions* sont détruites,
et mes succès sont tels que je commence à
être plus fatigué qu'enivré de ma gloire.
Mais j'ai un grand projet que je vais exécu-
ter très-incessamment. Il existe à sept lieues
de cette ville une jeune dame de château,
jolie, dit-on, comme un ange, et qui s'appelle la marquise d'Erneville. Elle a dix-sept
ans, *elle adore* son mari; ce mari est à Paris, la mère est à trente lieues dans un couvent. Les circonstances, comme tu vois,
paroissent favorables. Cependant il y a
quelques difficultés; cette jeune personne
ne voit que ses parens et d'anciens amis; les
officiers en garnison, même les *colonels*
sont impitoyablement exclus. Tant mieux.

     L'aiguillon de l'amour est la difficulté (1).

    A propos, sais-tu que ce pauvre diable
de du Resnel est aussi dans cette province?
Il *vit en sage*, c'est-à-dire, comme un ours,
dans une petite terre à quinze ou vingt
lieues d'ici. Il est toujours *amateur* de tableaux, mais j'imagine que les *Madeleines*

---

(1) La Ménardière.

sont pour jamais bannies de ses collections. Conçois-tu qu'un homme renonce au monde et s'enterre ainsi tout vif, parce que sa femme a pris un amant ?

Mme du Resnel m'écrit toujours de temps en temps des lettres parfaitement ridicules. Ses plaintes sont très-injustes ; je veux bien rester son ami, mais l'amour *ne se commande pas* ; les liens de *l'estime* sont désormais les seuls qui puissent nous unir. Au vrai, je n'ai jamais eu de constance qu'avec elle. Notre liaison a duré près de cinq ans. Tant que la maréchale a vécu, madame du Resnel protégée, prônée, admirée par toutes les dévotes de la cour, étoit un être fort singulier et une maîtresse très-piquante ; mais depuis l'époque de ce maudit testament, il faut convenir qu'elle est devenue une personne très-commune.

Adieu, mon cher Poligni ; mande-moi si l'on parle toujours d'une promotion de brigadiers. J'espère qu'enfin j'y serai compris ; les injustices que j'éprouve depuis deux ans sont inconcevables, et c'est ce qu'on sent vivement à trente-deux ans ; car lorsque les goûts et les sentimens sont épuisés, l'ambition devient une espèce de ressource.

LETTRE VII.

De la marquise d'Erneville à sa mère, la comtesse d'Erneville.

Le 12 mai.

CHÈRE maman, il nous est arrivé une espèce d'aventure que je veux vous conter.

A sept heures du soir, nous étions tous rassemblés dans le salon, notre bon curé, ma belle-sœur, mademoiselle du Rocher et moi. On est venu nous dire qu'une voiture avec des chevaux de poste s'étoit brisée et renversée à cent pas de l'avenue; que le maître de la voiture fort blessé, envoyoit demander du secours. Là-dessus j'ai donné l'ordre à nos gens de courir bien vite dans l'avenue, et le curé y est allé avec eux. Une demi-heure après nous voyons reparoître le curé suivi du pauvre étranger qui nous a fait bien peur, car ses habits étoient tout ensanglantés; les glaces de sa voiture sont cassées, il a été blessé au cou, à la jambe, il a un bras foulé, il boite; enfin, il étoit dans un pitoyable état. Heureusement qu'il n'a rien du tout au visage. Le curé, qui de

son autorité nous l'amenoit, me l'a présenté en disant : Madame, voilà M. le duc de
Rosmond que ses postillons ont égaré, dont
la voiture renversée sur le bord du grand
étang est en pièces ; il ne vouloit pas absolument venir vous demander l'hospitalité,
mais j'ai pensé que vous seriez charmée de
la lui offrir. Au lieu de répondre à cette ha-
rangue, je me suis informée de l'état du blessé, qui alors a pris la parole pour nous rassurer à cet égard, et pour m'exprimer avec
beaucoup de grâce et de politesse la crainte
qu'il éprouvoit de m'importuner. J'avoue
qu'en l'absence d'Albert j'aurois désiré pouvoir honnêtement me dispenser de le recevoir ; mais j'avois envoyé mes chevaux et
ma voiture à Luzi au chevalier de Celtas et à
madame Regnard, qui devoient venir dîner
avec nous le lendemain. J'oublie de vous
dire que des deux chevaux attelés à la chaise
du duc, l'un a rompu ses traits, est tombé
dans l'étang de la hauteur prodigieuse de
la chaussée, et faute de secours s'est noyé ;
l'autre est grièvement blessé. Réellement
cet accident pouvoit être bien tragique, et
fait frémir. J'aurois pu offrir des bœufs pour
conduire jusqu'à Parey, car M. de Rosmond
alloit à Autun ; mais la voiture manquoit,

et l'on me disoit que celle de M. de Rosmond étoit si brisée, qu'il faudroit au
moins trois ou quatre jours pour la raccommoder. D'ailleurs, il étoit tout-à-fait nuit,
et le chemin d'ici à Parey est affreux; ainsi il fallut bien offrir à M. de Rosmond un
souper et un gîte pour la nuit. Cependant,
ne voulant pas qu'il restât plus long-temps,
je le prévins que j'allois envoyer sur-le-
champ un exprès à l'un de mes voisins,
M. du Resnel, pour le prier de me prêter des
chevaux et une voiture pour le lendemain
matin. Le duc a positivement refusé cette
offre, en disant qu'il partiroit à cheval le
lendemain, qu'il loueroit dans le village
un cheval, et que le postillon qui l'avoit
amené lui serviroit de guide.

Le duc de Rosmond n'est point un jeune homme, mais il est encore très-beau: il
a les manières les plus nobles et les plus
agréables. Sa simplicité est extrême et remplie de grâce. J'imaginois que les gens de
la cour étoient beaucoup plus brillans, mais
je ne me les représentois pas aussi aimables.
Il est en garnison avec son régiment à Moulins, et il alloit à Autun, uniquement pour
y voir les antiquités, ce qui a charmé
Mlle du Rocher, qui est *bien fière que sa*

ville natale reçoive l'honneur d'une telle visite. Quant à moi, chère maman, j'ai été horriblement mal à l'aise toute cette soirée, et pour une raison que vous ne devineriez jamais, c'est que la présence de *ce grand seigneur* (comme dit Mlle du Rocher) a donné à tous les habitans du château une affectation tout-à-fait étrange. Premièrement, tous mes gens étoient aussi effarés que s'il nous fût survenu vingt étrangers à la fois. Ils ne savoient auquel entendre, ils alloient, venoient, se heurtoient, se querelloient; je n'ai jamais rien vu de pareil.

J'avois sur-le-champ donné tout bas l'ordre de loger M. de Rosmond dans la chambre meublée d'indienne du petit pavillon neuf. Mlle Jacinthe a trouvé qu'il étoit impertinent de faire traverser deux cours *à un duc*, et en conséquence elle est venue dans le salon me dire à l'oreille que sûrement *La Pierre s'étoit trompé* en lui donnant cet ordre de ma part. Je l'ai renvoyée fort sèchement. Mlle du rocher a disparu; un moment après elle est revenue, et il y a eu un long *chuchotage* entre elle et ma belle-sœur : à la suite de cette conférence, Mlle du Rocher s'est approchée de moi pour me représenter tout bas *qu'il seroit plus convenable d'établir M. le duc dans la chambre de damas bleu.* J'ai répété avec humeur ce que j'avois déjà dit deux fois, et Mlle du Rocher s'est retirée fort scandalisée. Au bout de quelque minutes, La France et La Pierre ont traversé le salon, portant un grand fauteuil qu'ils avoient pris dans le cabinet vert. J'ai demandé ce que c'étoit que cela? On m'a répondu que l'on transportoit ce fauteuil *dans la chambre de M. le duc.* Mlle du Rocher continuoit toujours ses allées et venues, sortant et rentrant sans cesse; et malgré mes ordres et toute mon impatience, on a retardé le souper de deux grandes heures. Mais ce n'est pas tout : figurez-vous, chère maman, quelle a été ma surprise, lorsqu'en entrant dans la salle à manger je l'ai vu illuminée comme elle l'étoit le jour de mes noces ! le lustre, les girandoles, les bras, tout étoit allumé; on avoit mis pour cinq personnes que nous étions la table de trente couverts, afin d'y établir le beau surtout et les charmantes porcelaines que vous nous avez données.... J'étois véritablement en colère; Mlle du Rocher *avec cet air modestement triomphant* qu'elle a dans de certaines occasions, se frottoit les mains en regardant de côté

M. le duc , pour voir l'effet que produisoit
sur lui ce brillant appareil. J'ai témoigné
mon étonnement du ton le plus calme que
j'ai pu prendre, et très-froidement j'ai rame-
né la compagnie dans le salon , où j'ai fait
dresser une petite table sur laquelle nous
avons soupé. Mlle du Rocher étoit *bien mor-
tifiée* , mais *M. le duc* avoit vu l'illumination
et le beau surtout ; c'étoit une grande consolation. Le souper n'a pas été plus agréable
pour moi. Notre bon curé absorbé dans le
profond respect que lui inspiroit *un duc et
pair* , n'osoit ni parler ni manger, Mlle du
Rocher faisoit des phrases et des complimens inconcevables , et je vous avouerai,
chère maman , que ma belle sœur me paroissoit aussi bien ridicule. Le désir de plaire gâte absolument son aimable naturel ,
et jamais je ne l'ai vu si affectée. Elle me
faisoit des caresses extraordinaires , venant à toutes minutes m'embrasser ou me
faire de petites niches.

Pendant tout le souper elle a continuellement ri aux éclats ; entendant finesse à
tout , rappelant des mots et des plaisanteries de société , que M. de Rosmond ne pouvoit comprendre , répétant toujours : *ma
sœur sait bien ce que je veux dire; ma sœur*

m'entend bien ! .... Elle se moquoit aussi
beaucoup et avec très-peu de finesse des
complimens de Mlle du Rocher, et, voulant éviter sa fadeur et montrer de l'ai-
sance, elle tomboit dans l'extrémité contraire et manquoit de politesse. Ma froideur
et mon sérieux n'ont pu lui faire prendre
un meilleur ton, et elle m'a causé toute la
soirée le plus désagréable embarras que j'aie
éprouvé de ma vie. Comme M. de Rosmond
paroît aimer les arts, je lui ai conseillé de
se détourner d'une lieue demain pour aller à Gilly voir le cabinet de M. du Resnel, qui sûrement lui montreroit avec plaisir une collection très-intéressante....
Mlle du Rocher m'a coupé la parole pour
dire que, sans doute, M. du Resnel seroit fort honoré de recevoir *M. le duc*,
mais que, certainement, *M. le duc* avoit
vu des cabinets *bien autrement curieux*
que celui de M. du Resnel. Là-dessus ma
belle-sœur s'est mise à plaisanter Mlle du
Rocher sur son inclination pour M. Remi,
et les éclats de rire et les allusions de société ont recommencé de plus belle. J'étois
réellement au supplice, et j'ai vu finir le
souper avec un plaisir inexprimable. Je
l'ai fort abrégé, car on avoit préparé *un*

festin en toute règle, et j'ai fait servir tout
à la fois ; mais je n'ai pu éviter le *service
des glaces*, parce que je ne l'avois ni commandé ni prévu. En sortant de table, j'ai
donné sur-le-champ le signal de la retraite.
On a conduit M. de Rosmond au petit pavillon neuf, et je suis rentrée dans ma chambre, ou j'ai grondé tout le monde, mes
gens, Jacinthe, et même Mlle du Rocher.
Je n'ai rien osé dire à Denise ; mais malgré
moi, j'étois bien froide avec elle. Aujour-
d'hui, à neuf heures du matin, on s'est ras-
semblé pour déjeuner dans le cabinet vert.
J'avois sur mes genoux mon petit Maurice,
que M. de Rosmond a trouvé charmant ;
après le déjeuner, nous avons été dans le
jardin, et M. de Rosmond me demandant l'explication des *fabriques* et des ins-
criptions mystérieuses, j'ai excessivement
rougi.... Je ne dois, je ne veux rien cacher
à ma mère, à mon amie, et je vais lui confier une petitesse dont je ne puis faire l'aveu
qu'à elle seule.... J'ai rougi, parce que j'ai
pensé qu'un homme de la cour, un homme
qui a passé sa vie à Paris et à Versailles,
trouveroit bien ridicules tous ces monumens d'affection conjugale ; j'ai rougi de
ce qui fait mon bonheur et ma gloire, j'ai

rougi de la vertu !.... Si j'ai eu cette mauvaise honte, ce vilain mouvement avec un
étranger qui passe et que je ne reverrai jamais, que peut donc produire la société ha-
bituelle de ces gens qui dédaignent les sentimens les plus sacrés de la nature, ou qui trouvent qu'il est de mauvais goût de les montrer et de s'en glorifier ? Ah ! chère maman,
que vous avez eu raison d'exiger de votre
Albert et de votre Pauline de se fixer pour
jamais dans les lieux chéris qui les ont vu
naître, loin du grand monde et de la corruption, dans cet asile fortuné où tout
leur rappelle vos leçons, vos vertus, vos
bienfaits !... Au reste, mon cœur a désavoué sur-le-champ ce sentiment si peu digne de votre fille et de votre élève ; j'ai donné l'explication des fabriques avec beaucoup plus de détail que je ne l'aurois fait
sans cette *vilaine rougeur ;* je suis sûre
que j'avois un ton fier ; je trouvois du plaisir à vaincre le respect humain le plus honteux ; il me sembloit qu'en disant toutes
ces choses à un *courtisan*, je bravois avec
courage la dépravation de la ville et de la
cour. Pendant tout ce temps, ma belle-
sœur ricanoit, éclatoit et paroissoit se moquer de moi ; mais M. de Rosmond m'é-

coutoit attentivement, et en vérité je crois
qu'il étoit attendri.

Après avoir parcouru le parc, nous avons
été dans le délicieux petit jardin *des deux
amies*. Oh! c'est là que ma fierté a redoublé
bien naturellement? J'ai conté les traits
principaux de votre histoire et de la naissance d'Albert; nous étions assis sous l'*ombrage sacré* des deux saules pleureurs!...
Je vous assure que M. de Rosmond a été
profondément touché : eh! qui ne le seroit
pas en écoutant un tel récit!....

L'arrivée du chevalier de Celtas et de
Mme Regnard a mis fin à cette conversation; on est rentré au château, et au bout
d'une demi-heure on s'est mis à table. Ma
belle-sœur, qui s'étoit extrêmement modérée dans le jardin *des deux amies*, a repris
à dîner le ton et les airs de la veille; elle y
a joint de plus une familiarité que je ne lui
ai jamais vue avec le chevalier de Celtas;
elle étoit placée entre lui et M. de Rosmond,
et elle avoit réellement le maintien et les
manières de la coquetterie la plus extravagante.

Le chevalier paroissoit être moins à son
aise qu'à l'ordinaire; je crois que M. de
Rosmond lui en imposoit un peu. Il affec-

toit de le remarquer à peine ; cependant il
n'a parlé que de Paris et de la cour, et de
ses *anciens amis ;* il ne vouloit pas qu'on
le prît pour un homme qui n'a jamais quitté la province. En même temps, il cherchoit à montrer de l'esprit ; il a dit beaucoup de *bons mots* ; mais le naturel y manquoit, jamais il ne m'a paru aussi peu aimable. Pour la pauvre Mme Regnard, elle
étoit tout-à-fait décontenancée, et elle m'a
fait une honte mortelle, en nous mettant
à table, parce qu'en répondant à une politesse du duc de Rosmond, elle l'a appelé
monseigneur.

Un quart d'heure après le dîner, le duc
de Rosmond est parti à cheval, nous laissant tous charmés de lui, à l'exception du
chevalier qui ne lui trouve point *de trait
dans l'esprit*, et qui prétend qu'il a la réputation d'être un fat et un homme fort dangereux. Je l'ai défendu sur la fatuité, et
tout le monde a été de mon avis ; car il est
impossible d'avoir plus de simplicité et
moins de prétention. Il a fait quelque chose
de bien honnête ; le curé a été le voir ce
matin dans sa chambre. M. de Rosmond a
voulu lui remettre quinze louis pour les
pauvres de la paroisse. Le curé, par une délicatesse que j'approuve, *a répugné*, dit-il,

à recevoir cet argent *de la main à la main*;
il l'a positivemeut refusé, en disant que la
bienfaisance de M. d'Erneville suffisoit aux
besoins des pauvres ; mais j'ai su ce soir,
par le curé, que M. de Rosmond, quittant
le château, s'est rendu à l'église pour y
mettre les quinze louis dans le tronc des
pauvres. Cette action est très-noble. A quelques détails près, j'ai rendu compte de tout
ceci à notre Albert, auquel je viens d'écrire.

J'attends ces jours-ci M.ᵐᵉ de Vordac. Cette
excellente et chère amie me dédommagera
des impatiences que m'a causées ma belle-
sœur depuis hier. Cependant Denise est
bonne et aimable : en général, je n'attribue ses petits travers qu'au manque d'éducation. Si elle avoit une mère comme la
mienne, elle seroit peut-être beaucoup
moins imparfaite que votre Pauline; mais
je sens qu'elle ne m'inspirera jamais le sentiment que j'ai pour une amie de l'enfance,
qui vous est chère, et qui a tant d'esprit et
de vertus. M.ᵐᵉ de Vordac sera toujours *ma
seconde amie;* et pourois-je d'ailleurs en
désirer une troisième ?

Adieu, mère bien-aimée! imaginez avec
quelle impatience j'attends Albert, puisque je dois aller au-devant de lui jusqu'à

Dijon, et que je jouirai du double bonheur de me trouver en même temps dans
vos bras et dans les siens!

* * * * *

LETTRE VIII.

Du chevalier de Cellas à M. d'Orgeval.

De Gilly, le 13 mai.

TANDIS que vous êtes à Dijon, mon
cher d'Orgeval, il se passe de grandes scènes à Erneville. J'y ai dîné hier, et j'y ai
trouvé *tout établi* le duc de Rosmond, colonel du régiment de****, qui est à Moulins. J'ai beaucoup connu sa famille à Paris; son père a été tué à la bataille de*** ;
sa mère, femme très-galante, est morte il
y a huit ou neuf ans, et n'a laissé que ce
fils et une fille infiniment plus jeune que
son frère. Quant au duc, c'est un homme
d'environ trente ans, d'une superbe figure,
très-médiocre dans la société, mais auquel,
dit-on, nulle femme jusqu'ici n'a résisté.
Avec le tact que vous avez, vous vous seriez certainement fort amusé hier au château
d'Erneville : vous auriez vu *la douce Pauline*, avec sa petite coquetterie ingénue,

répondre *naïvement* aux regards expressifs
du duc ; le *sourire céleste* se trouvoit souvent sur ses lèvres ; pour ce qui étoit dans
son cœur, je l'ignore, et je crois qu'au vrai
personne ne le sait bien. La du Rocher étoit
plus *phrasière* que jamais, et se frottoit les
mains à outrance. La grosse Regnard rou-
gissoit, se déconcertoit et s'émerveilloit.
Mme d'Orgeval persiffloit de temps en temps
avec beaucoup de finesse, et le duc ne
voyoit et n'entendoit que la jeune et jolie
dame du château. Vous me demanderez
comment, malgré les défenses *du frère
bien aimé, de l'époux adoré*, on a pu ainsi
recevoir un *colonel*, un *duc*, un fat, un véritable *roué*. Eh quoi ! ne devinez-vous pas
que sa voiture a cassé dans l'avenue ? Vou-
liez-vous que la sensible Pauline refusât
de recevoir un héros blessé, beau comme
le jour ? Vouliez vous que l'élève *de la sublime comtesse* fût barbare, *inhumaine* ? Oh
c'est ce qu'elle n'est point du tout, et si le
marquis, votre frère, s'avise de se fâcher, on
lui prouvera qu'il n'a pas le sens commun,
parce que *les absens on toujours tort.*

— Je suis venu hier coucher chez du Resnel. Une drôle de chose, c'est que, lorsque je lui ai conté la visite *de hasard* du

duc de Rosmond, il n'a pu s'empêcher de
faire une mine diabolique; et le philosophe
est depuis ce moment plus distrait et plus
taciturne que jamais. Avois-je tort quand
je vous disois qu'il est éperdument amoureux de la marquise?

Adieu, mon cher d'Orgeval, je pars demain pour Autun. Adressez-y désormais
vos lettres.

Je suis très-curieux de savoir comment
le grand Albert prendra tout ceci; quand
vous le saurez, mandez-le-moi.

LETTRE IX.

Le duc de Rosmond au comte de Poligni.

Le 15 mai.

JE suis caché dans une chaumière à six
lieues d'Erneville, et je ne puis passer le
temps plus agréablement qu'en t'écrivant,
mon cher Poligni.

Je l'ai vu; j'ai passé avec elle une soirée et une matinée. Ah! Poligni! qu'elle
est charmante! Elle n'a pas la beauté frappante et régulière qu'avoit Mme du Resnel,
mais je n'ai jamais vu tant de grâces réu-

nies! Une noblesse, une élégance, une
fraîcheur! une modestie naturelle, une candeur si intéressante! un sourire d'un charme inexprimable, un son de voix qui s'in-
sinue jusqu'au fond du cœur! enfin, c'est
une créature véritablement ravissante.

Tu vas te moquer de moi, n'importe; il
faut que j'en convienne, Poligni! je l'ai
quittée, non-seulement sans avoir fait de
déclaration, mais sans avoir osé lui donner
le moindre soupçon de mes sentimens, et
je suis amoureux comme un fou; ajoute,
si tu veux, comme un sot: j'y souscris. Elle
m'a rendu timide, pourquoi ne me ren-
droit-elle pas humble? Je ne connois qu'u-
ne femme qu'on puisse lui comparer pour
les grâces et pour la figure, c'est ma sœur;
mais madame d'Erneville joint à la même
ingénuité, aux mêmes charmes, beaucoup
plus de finesse et un esprit plus cultivé. Je
te le répète, elle m'a tourné la tête. J'en suis
honteux, j'en suis irrité!... A mon âge, après
tant de succès brillans, si j'allois échouer auprès d'une enfant, d'une provinciale de dix-
sept ans!... Mais, Poligni, toutes ces femmes que nous avons subjuguées, on savoit
comment s'y prendre pour les séduire, la
marche étoit connue: il falloit tour à tour les

flatter et les inquiéter, tout le secret consis-
toit à intéresser ou à piquer leur vanité; ici,
c'est toute autre chose. Je me trouve tout
neuf, je suis absolument novice dans l'art de
gagner un cœur sensible, innocent et pur,
uni à l'esprit le plus délicat et le plus éclairé.
Avons-nous jamais rien vu de pareil!....
Cependant il est un point sur lequel toutes
les jolies femmes se ressemblent, elles aiment tout ce qui leur paroît extraordinaire et romanesque, et j'ai vu que Pauline
n'est pas exempte de cette manie.

Pour mon instruction particulière, je n'ai
jamais manqué de demander aux femmes
qui m'ont aimé, quelle étoit la chose qui
les avoit principalement décidées en ma faveur; et j'ai constament reconnu par leurs
réponses, que c'étoit toujours l'action la
plus téméraire et la plus folle, et par conséquent celle qui pouvoit le plus exposer
leur réputation. Les coups de tête, les imprudences, les déguisemens les enchan-
tent; elles cherchent surtout en amour les
incidens et les matériaux d'un roman, et les
femmes les moins corrompues sont dans ce
genre les plus *aventurières.*

J'ai déja été cruellement déçu dans mon
attente? Croirois-tu qu'arrivant blessé, éclo-

pé, estropié, avec une voiture en pièces,
un cheval noyé, etc., on a eu la barbarie
de me renvoyer le lendemain sur un mauvais cheval de louage ? Je comptois passer
là cinq ou six jours ; vain espoir !... Néanmoins je n'y ai pas tout-à-fait perdu mon
temps, j'ai gagné la femme de chambre favorite, une Jacinthe, aussi traitable que sa
maîtresse est innocente. Afin de connoître
sans me compromettre le caractère de la
suivante, j'avois chargé Brunel mon cou-
reur de lui *conter fleurette*. Il m'a dit qu'elle
étoit de fort *bonne composition;* il me restoit
à savoir jusqu'où pouvoit aller son désinté-
ressement. Comme elle remplit dans le château les fonctions de concierge, elle est venue tout naturellement le matin dans ma
chambre. J'ai causé avec elle ; et je lui ai dit
que j'avois une jeune sœur à laquelle je désirois donner une gouvernante, mais que la
corruption de Paris étoit telle que je voulois
une personne de la province ; j'ai ajouté que
je serois heureux d'en trouver une qui eût
les manières, le langage et l'éducation de
Mlle Jacinthe, et je lui ai demandé si elle avoit
une parente ou une amie dont elle pût me
répondre. Je n'ai pas oublié de dire que je
donnerois cinquante louis par an à cette gou-

vernante, et que ma sœur logeroit à Paris
dans ma maison. J'ai vu clairement à l'air
émerveillé de Mlle Jacinthe, qu'elle mouroit
d'envie de se proposer elle-même, et après
quelques préambules, c'est ce quelle a fait
effectivement. Je lui ai répondu que je don-
nois ma parole de la prendre chez moi, et de
lui assurer *pour sa vie* douze cents livres de
pension, si elle vouloit me rendre un service auquel j'attachois le plus grand prix.
Alors j'ai pris la liberté de lui offrir *à comp-*
te trente louis, qu'elle a reçus avec autant
de joie que d'étonnement. Ensuite, je lui
ai confié ma passion pour la marquise, en
l'assurant que mes sentimens étoient *très-*
purs, et que je ne prétendois qu'au bonheur
d'être aimé. Mlle Jacinthe de son côté m'a
protesté que sans cette assurance elle ne s'en-
gageroit certainement pas à me servir, mais
qu'elle ne pouvoit *suspecter* l'honnêteté
d'un seigneur tel que moi. Après avoir ainsi
mis *nos principes* à couvert et rassuré nos
consciences, j'ai questionné cette fille, qui
m'a dit que la marquise n'avoit pour son
mari que de l'amitié, qu'elle n'éprouvoit absolument pour lui que le sentiment qu'on
a pour un frère; et c'est ce que mes observations m'ont confirmé. Voilà un grand mo-

tif d'espérance. On dit cependant que cet heureux mari est jeune, spirituel et beau, et puisqu'il a été élevé avec Pauline, il a sans doute un ton et des manières agréables; mais enfin sa femme n'a point d'amour.... et rien ne me paroît moins surprenant. Ceux qui ont été élevés ensemble et qui se connoissent depuis l'enfance, ne sont jamais des amans véritablement passionnés. On appelle *amour* un sentiment tendre entre deux personnes de différent sexe, qui n'en ont point d'autre; mais cet amour prétendu né dès l'enfance n'est que de l'amitié. L'amour sans enthousiasme ne peut subsister dans une longue intimité qui blase sur le charme des perfections, et qui fait connoître nécessairement des défauts inséparables de la nature humaine.

On est enthousiasmé des héros et des grands hommes tant qu'on n'a pas vécu dans leur intérieur; on les croyoit en toutes choses supérieurs à l'humanité, car l'enthousiasme raisonne ainsi; mais en les voyant de près, on se détrompe et on se refroidit. Il en est ainsi de l'amour : l'objet qu'on aime n'a point de défauts, c'est un être parfait, un être unique; on le pense jusqu'à ce qu'on ait passé six mois, ou par impossible un an ou deux, à le voir à toute heure et sans contrainte. Aussi (même pour les dupes les *plus sentimentales*) il n'y a de passion durable qu'une passion malheureuse qui n'a laissé que la possibilité d'entrevoir son objet.

Les poëtes ont eu tort de donner un bandeau à l'amour: il n'est point aveugle, mais il ne voit qu'à demi; il ne veut regarder que pour admirer, et qui peut admirer avec ivresse en voyant tout? L'amour est un rêve enchanteur produit par la seule imagination; il ne peut se passer d'illusion, il n'embrasse avec transport que des chimères; plus il est insensé dans son attente, plus il est violent et sublime; et c'est parce qu'il est infini dans ses espérances, qu'il n'est rien dans la réalité.

Le mystère, les craintes, les obstacles, étant nécessaires à l'amour, comment pourroit-il subsister entre deux personnes unies par un lien indissoluble! Aussi voyons-nous qu'il ne dure entre les amans qui se marient que lorsque l'un des deux donne à l'autre de vives inquiétudes; le calme parfait ne convient qu'à l'amitié, il anéantit l'amour. Ne me trouves-tu pas bien savant sur ce sujet! car jusqu'ici j'ai eu à cet égard moins de théorie que de pratique; mais

cette créature céleste m'a fait faire une foule de réflexions nouvelles, elle n'est pas faite
pour n'être aimée qu'un moment. La terre
de***, à dix lieues de la sienne est à vendre, je l'acheterai; mon projet n'est pas de
m'y enterrer, mais j'y viendrai souvent,
Poligni, je suis fatigué de l'intrigue et du
vice; je veux me reposer *dans les bras de
la vertu*; ce dessein n'est-il pas loua-
ble?......

Tu veux savoir mon plan, il est dans
le grand genre, rien de plus romanesque;
le voici:

Instruit par Jacinthe, je dois attendre ici
que la marquise se retrouve toute seule
dans son château. Elle attend une Mme de
Vordac, son amie intime, qui doit rester
avec elle jusqu'au premier de mai; ensuite
elle sera seule au moins pendant huit jours.
Alors sous l'habit d'un soldat du régiment
de***, en garnison à Châlons, je me rendrai dans la forêt d'Erneville, à un quart
de lieue du château; là se trouve un hermite révéré dans le canton, auquel je demanderai l'hospitalité pour quelques jours,
en disant que je vais rejoindre le régiment,
et que je suis accablé de fatigue, etc. Il
faut savoir que la marquise loge au rez de

chaussée, que son cabinet donne sur le jardin, que pour peu que le temps soit beau
elle en laisse la porte ouverte, que tout le
monde dans le château est couché à dix ou
onze heures, que la marquise veille seule
pour écrire jusqu'à minuit et demi, qu'elle
aime le clair de la lune (circonstance qui
me charme) et que si le ciel est serein,
elle quitte de temps en temps son écritoire, et va rêver dans le jardin. Jacinthe
viendra les matins se promener dans la forêt
avant le réveil de la marquise. Je suis convenu avec elle de certains signaux, par lesquels je serai averti du jour favorable !.....
J'ai la clef d'une petite porte du jardin,
mais je soutiendrai que j'ai *escaladé* le mur
ce qui est beaucoup plus touchant, d'autant
mieux qu'il est d'une hauteur prodigieuse.
Introduit dans le parc, je ne tenterai point
d'entrer dans le cabinet, on auroit là des
sonnettes, et je dois m'attendre à une réception orageuse..... D'ailleurs, je ne veux
pas perdre l'avantage *du clair de lune*.....
Quand j'arriverai à onze heures et demie,
vraisemblablement elle écrira à son mari,
elle viendra de renouveler le serment d'une
inviolable fidélité... N'y a-t-il pas une audace sublime à choisir un tel moment ! et si

le succès couronne ma témérité, cet exploit
n'effacera-t-il pas tous les autres?

J'ai tout le temps nécessaire pour terminer cette aventure. Mon lieutenant-colonel
me remplace à Moulins, et j'ai obtenu un
congé d'un mois *pour voyager* dans la province.

Adieu, mon cher Poligni, je ne t'écrirai plus qu'en quittant l'hermitage. J'ai
d'heureux pressentimens; pour la première fois me tromperoient-ils?

LETTRE X.

De la comtesse d'Erneville à la marquise sa
fille.

De Dijon, le 18 mai.

VOTRE lettre peint à merveille, ma chère
enfant, l'effet que produit en général, sur
des provinciaux, *un seigneur de la cour.*
Cette description m'a fait rire, elle est plaisante et vraie. Cependant je suis fâchée que
le duc de Rosmond ait été admis un moment chez ma Pauline; car le chevalier de
Celtas a raison pour cette fois; tout ce qu'il
vous en a dit, est vrai; le duc de Rosmond

a perdu une infinité de femmes, et il passe
pour l'homme de la cour le plus dépravé.
Ceci déplaira à mon fils, j'en suis sûre ;
peut-être trouvera-t-il que vous n'auriez
pas dû garder cet étranger à dîner le lendemain. Albert vous connoît parfaitement ;
ainsi il vous estime autant qu'il vous aime ;
mais il a dans le caractère une sorte d'inquiétude qui demande de grands ménagemens, osons dire le mot, (Pauline ne s'en
effraiera pas) il est né méfiant. Ce défaut
est excusable ; il ne vient que de sa modestie et de son extrême sensibilité ; il est naturellement porté à la mélancolie; il se trouble, il s'affecte si facilement ! Souvenez-
vous de tous ses chagrins chimériques durant les trois mois qui précédèrent votre
mariage ; quelle peine nous eûmes à le dissuader que *la seule obéissance* vous engageoit à l'épouser ! Combien de fois, dans
ce temps ne m'a-t-il pas répété que sans
mon affection pour lui, vous auriez peut-
être préféré le chevalier de Celtas ? N'étoit-
ce pas pousser la modestie jusqu'à un excès
ridicule, que d'imaginer, de bonne foi ,
qu'il fût possible de lui préférer le chevalier de Celtas ? Et quand je lui retraçois
toutes les preuves de tendresse que vous

lui aviez constamment données. Oui, sans
doute, disoit-il, elle m'aime, mais seulement *comme un frère*. Je répondois qu'un
tel sentiment étoit mille fois préférable à
l'amour. Je le crois, reprenoit-il en soupirant ; mais Pauline a l'imagination si vive, un sentiment si paisible lui suffira-t-il
toujours ? Je pense, comme vous, qu'il
ne sera jamais possible qu'Albert puisse
soupçonner votre conduite, mais il faut
vous attendre à lui voir quelquefois de lé-
gères inquiétudes sur vos sentimens. Vous
lui supposez cette confiance parfaite, cette
inaltérable sécurité que vous avez vous-même, vous vous trompez : vos deux âmes
sont absolument semblables, mais vos caractères sont très-différens. Il a des femmes
en général une très-mauvaise opinion ; feu
son père avoit eu la jeunesse la plus dissi-
pée, et lui a conté (bien malgré moi) des
anecdotes et des aventures scandaleuses,
qui ne firent que trop d'impression sur un
jeune homme qui n'avoit alors que dix-sept
ou dix-huit ans. Depuis ce temps, les récits
du baron de Vordac n'ont pas affoibli ces
premières préventions. Albert est persuadé
qu'un fat adroit triomphera toujours des
principes d'une jeune personne. Pauline

sans doute, n'est pas comprise dans ce jugement rigoureux et certainement injuste;
mais enfin elle est femme; elle est jeune,
jolie, naïve et sensible; c'en est assez pour
lui inspirer des craintes vagues que son
cœur désavoue vainement.

Ce que vous me mandez de votre belle-
sœur me fait beaucoup de peine et ne m'é-
tonne pas; elle a peu d'esprit, et elle est
excessivement vaine. Son mari ne rectifiera
pas en elle ce dernier défaut. Vivez bien
avec ces deux personnes, mais ne vous y
fiez jamais. M. d'Orgeval, malgré les procédés généreux de son frère, et j'ose dire
les miens, ne peut surmonter une envie secrète qui le ronge depuis l'enfance : il ne
pardonne à son frère ni sa supériorité, ni
sa fortune, ni son bonheur. Tous les vices
sont en général plus exaltés dans le grand
monde qu'en province, à l'exception de
l'envie : cette honteuse passion est plus violente et plus noire dans un cercle borné,
qu'au milieu d'une grande dissipation. En
province, rien n'en distrait; les occasions
qui l'excitent, sont sans cesse renaissan-
tes, et l'objet en est toujours sous les yeux.

Je ne veux point juger mal du chevalier
de Celtas, il s'est très-bien conduit à l'épo-

que de votre mariage ; cependant il a bien des prétentions ; il est bien médisant, et je vous avoue d'ailleurs que son intime liaison avec M. d'Orgeval me le rend extrêmement suspect. Soyez sûre que les amis de cette maison ne seront jamais les nôtres.

Adieu, chère Pauline, parlez-moi de vos lectures, de vos occupations. Comment va l'école des petites filles ? comment se porte le bon hermite ? *Les deux amandiers* sont-ils en fleurs ? Parlez-moi de toutes ces choses qui me rappellent de si chers souvenirs.

Mille amitiés de ma part à Mme de Vordac ; mes complimens à Mlle du Rocher.

LETTRE XI.

Du marquis d'Erneville à sa femme

De Paris, le 19 mai.

Le duc de Rosmond a passé vingt-quatre heures au château d'Erneville ! Pauline a reçu le duc de Rosmond !.... J'avoue que rien au monde ne m'a causé plus d'étonnement.

N'avons-nous pas dit cent fois, chère Pauline, qu'une jeune femme attachée à sa

réputation, ne doit jamais recevoir les visites des officiers en garnison ? Ne m'aviez-
vous pas promis formellement que, sous
aucun prétexte, vous ne feriez une telle imprudence ? Ne prenez point ceci pour un
reproche, ce n'est que l'expression d'une
surprise extrême...... Quand vous ne serez point telle que mon cœur vous désire,
je ne pourrai jamais que m'étonner et
m'affliger.

*Le duc de Rosmond n'est plus jeune, c'est
un homme très-aimable et sans aucune prétention.* Je sais qu'en effet, il est beau, aimable et très-séduisant; mais j'ignorois qu'à
trente ans on fût un vieillard. Quant à son
honnêteté et son peu de *prétention*, vous en
pourrez juger par une lettre de M. du Resnel que je vous envoie, et qui contient une
histoire, dont le duc de Rosmond est le
principal personnage. Vous verrez s'il est
possible de pousser plus loin la fourberie,
la trahison et la scélératesse.

Se peut-il que vous ayez été la dupe d'un
stratagème si connu, si usé, de cette voiture brisée dans votre avenue ? Cet homme
qui souille ou qui profane tous les lieux où
il est admis, vouloit vous voir dans l'espoir
de vous corrompre, ou dans l'intention de

s'en vanter. Que ne dira-t-il point après avoir passé deux jours à Erneville, dans mon absence, et quand je suis à cent lieues de vous!......

Chère Pauline, je connois ton cœur et tes sentimens : c'en est assez pour mon bonheur et pour ma tranquillité ; mais c'est en toi seule que j'ai placé mon amour-propre et ma gloire ; et la plus légère atteinte à ta réputation, seroit pour moi une flétrissure insupportable.

Adieu, ma sœur, adieu, ma douce et tendre amie ; mon cœur est oppressé!.... Je ne veux point te faire partager mon insurmontable mélancolie!.... Adieu, ma Pauline, je t'écrirai une bien longue lettre par le prochain courrier.

LETTRE XII.

Réponse de la marquise.

D'Erneville, le 24 mai.

Ton cœur est oppressé! voilà tout ce qui me frappe dans ta lettre!..... O mon Albert, cette odieuse aventure a pu t'affliger! J'ai donc tort!..... Ah! pardonne ; je sens

mon imprudence. Oui, j'aurois dû dire que
je ne pouvois le loger, j'aurois dû surtout
ne pas souffrir qu'il restât le lendemain à dîner..... Cependant, cher ami, ma faute
n'est pas si grande que tu le dis ; il faut que
tu aies lu ma lettre précipitamment ; et que
tu ne l'aies pas bien comprise. Je n'ai pas
reçu la visite de cet homme affreux, le curé
me l'amena sans m'avoir consultée là-dessus. Il n'a point passé *deux jours* à Erneville ; il arriva le soir, à sept heures et demie,
et partit le lendemain à deux heures après-
midi, en sortant de table. Et puis je ne t'ai
pas dit qu'il fût *un vieillard* ; je lui ai donné trente-sept ou trente-huit ans, et j'ai
dit qu'il n'étoit plus de la première jeunesse. Je vois par la lettre de M. du Resnel
qu'il n'a que trente-deux ans ; il paroît beaucoup plus âgé : cela est tout simple, le vice
doit vieillir ! O quel homme abominable !.... Il avoit rencontré dans cette horrible Mme du Resnel une femme digne de
lui. Cette histoire me paroît aussi incroyable que celles des géans et des ogres. Pauvre M. du Resnel ! qu'il est à plaindre ! et
avec quelle générosité il s'est conduit ! Mais
rassure-toi, mon tendre ami, ceci ne peut
faire de tort à la réputation de ta Pauline ;

j'avois heureusement des témoins de ma conduite !..

O quel monstre que cet homme ! Je n'en reviens pas, car je t'assure qu'il a l'air de la plus parfaite honnêteté. Grand Dieu, que nous sommes heureux de vivre loin des gens capables de tant de perfidies ! Je ne recevrai de ma vie des étrangers, et je ne verrai jamais des méchans.

Mon frère, mon Albert, écris-moi bien vite que tu n'es plus *oppressé* !....Jusqu'au moment où je recevrai une bonne longue lettre, ô combien *ton oppression* pèsera sur mon cœur !....

LETTRE XIII.

De la même à la baronne de Vordac.

D'Ernéville, le 30 mai.

Ah ! chère amie, quel est mon trouble !... Ce monstre dont vous avez lu l'indigne histoire, il n'est que trop vrai qu'il ne venoit ici qu'avec les plus noires intentions : écoutez un récit qui vous fera frémir.

Ce matin le bon hermite a demandé à

me parler en particulier, et il m'a conté
qu'un soldat, avec une uniforme jaune et
bleu, étoit venu lui demander un gîte, en
lui disant qu'ayant fait à pied une longue
route, il s'étoit foulé un nerf de la jambe,
qu'il avoit besoin de plusieurs jours de repos, et qu'il lui demandoit l'hospitalité;
qu'en disant cela il lui avoit offert un écu.
L'hermite trouvant qu'un pauvre soldat venant de faire une longue route, et devant
encore aller à Châlons, ne devoit pas donner si légèrement un écu, a considéré ce
soldat, et a deviné sur-le-champ, à la *blan-
cheur de ses mains*, et à sa *contenance*, que
c'étoit un homme déguisé. En conséquence
il a positivement refusé de le recevoir. Le
soldat a paru désespéré, et après avoir sup-
plié, et même menacé vainement, il lui a
offert une bourse *pleine d'or* pour le garder seulement *huit jours*, en lui faisant une
autre fable, *avouant* qu'il est officier, qu'il
s'est *battu en duel*, et qu'il est obligé de se
cacher, etc. L'hermite a persisté dans ses
refus, et l'inconnu furieux a été obligé de
s'en aller. Une demi-heure après, l'hermite
qui avoit pris le chemin le plus long pour
venir ici, parce qu'il avoit peur de trouver
l'inconnu dans la forêt, l'a rencontré à l'en-

trée du petit village. L'inconnu s'est approché de lui, et lui a demandé d'un ton menaçant où il alloit; l'hermite doublant le pas et entrant dans le village, lui a crié : *A Erneville, pour avertir M*^me *la marquise.* L'inconnu, avec *une mine terrible*, a fait un mouvement pour s'élancer sur lui; mais dans ce moment l'hermite est entré dans la première maison du village. Au bout d'une heure, l'hermite a pris un compagnon pour se rendre ici, et il n'a plus rencontré l'inconnu. Je n'ai pas oublié de lui faire des questions sur la figure de cet étranger, et ses réponses ont achevé de me confirmer dans mes soupçons. L'hermite est convaincu que cet homme est un chef de voleurs; il ne se trompe assurément pas en le prenant pour un brigand et pour un scélérat. Je voudrois que la vérité ne fût pas sue, car il faut éviter tout ce qui fait histoire; et puis une aventure de ce genre affligeroit ma mère et mon mari. D'ailleurs, Albert, qui revient dans un mois, pourroit aller à Moulins demander raison d'une telle insulte au méprisable auteur de cet infâme complot! Cette idée me fait frissonner!.... En conséquence, j'ai dit à l'hermite que sa conjecture ne me paroissoit pas

fondée, que les duels entre militaires
étoient si communs, qu'il se pouvoit fort
bien que l'histoire contée par l'inconnu fût
vraie. Vous avez très-bien fait, ai-je ajouté, de ne le point recevoir; et s'il revient,
j'exige que vous persistiez invariablement
dans cette résolution; mais en même temps,
dans l'incertitude où vous êtes, vous ne
devez point ébruiter cette histoire, parce
que vous risqueriez de nuire à un infortuné.
Le bon hermite a été frappé de ma réflexion; il m'a donné sa parole (et l'on y
peut compter) de ne parler de tout ceci
à qui que ce soit au monde. Nous sommes
convenus qu'il diroit seulement qu'il a entendu la nuit des sifflets dans la forêt; qu'il
a peur, et qu'il habitera le village pendant
une quinzaine de jours.

Certainement le *monstre* me sachant ins-
truite ne retournera pas à l'hermitage, mais
qui sait s'il ne fera pas des tentatives d'un
autre genre?.... Grâce au ciel je suis sur
mes gardes. Ce bruit vague de voleurs ré-
pandu par l'hermite, me donne le droit de
prendre d'utiles précautions; je ferai *monter la garde* toutes les nuits dans le jardin,
je supprimerai toutes mes promenades noc-
turnes, je ferai coucher Jacinthe dans ma

chambre, j'établirai La France et la Pierre dans la petite galerie, et je ne sortirai dans le jour que bien accompagnée.

Concevez-vous, chère amie, que sans passion, sans aucun amour, on puisse faire de telles choses? Cet homme, quand il est venu ici avec le projet de me séduire, ne me connoissoit pas, il ne m'avoit jamais vue; il savoit seulement que ce château étoit habité par une créature innocente et heureuse; il savoit que deux êtres unis dès le berceau goûtoient ici la plus pure félicité; et comme Satan, il a voulu s'introduire dans *le paradis terrestre*, afin d'en bannir la vertu et le bonheur... Ah! chère amie, je vois qu'on a bien tort d'attribuer aux passions, aux sentimens tous ces honteux égaremens qui troublent si souvent l'ordre de la société. Tous ces crimes viennent, non du cœur, mais de la tête et d'une imagination dépravée.

C'est avec peine que je me vois forcée de cacher ceci à ma mère et à mon mari. Voilà le premier mystère que je leur fais; mais pourquoi inquiéter, affliger inutilement ma bonne et sensible mère, quand il n'y a plus de conseils à demander? Pour Albert, je suis presque sûre qu'il voudroit tirer ven-

I. 10

geance de cette indignité ; que d'ailleurs il craindroit pour ma réputation, car la seule apparition de l'odieux personnage lui a beaucoup déplu. Oh! combien je me repens d'avoir reçu cet imposteur!... Malheur aux voitures d'étrangers qui désormais pourront se casser naturellement dans mon avenue! Les *voyageurs élégans* ne me trouveront à l'avenir ni hospitalité ni politesse...

Adieu, chère amie, je vous envoie un exprès. Que je serois heureuse, si vous étiez ici! oh! si vous pouviez revenir! Ou bien si vous pensez que cela n'importune pas M. de Vordac, j'irois passer huit ou dix jours chez vous ; je dirois que la rougeole est dans le village, et que je la crains pour mon petit Maurice. Chez vous je serois si tranquille!... Voyez si vous pouvez arranger cela. Je vous embrasse du fond de mon âme.

LETTRE XIV.

Réponse de la baronne à la marquise.

Le 30 mai au soir.

Mon Dieu, chère amie, quelle surprise et quels battemens de cœur me cause votre lettre !.....

M. de Vordac est chez M. du Resnel, et n'en revient que demain au soir. Je ne doute point qu'il ne soit charmé de vous voir arriver chez lui ; mais vous le connoissez, vous savez que je ne puis rien *proposer* sans son consentement, et il est plus sûr de lui demander de vive voix que par écrit, parce que son premier mouvement est toujours de refuser. C'est pourquoi au lieu de lui écrire, je me décide à attendre son retour ; mais je suis certaine, chère Pauline, que vous pourrez venir après demain. Aussitôt que j'aurai obtenu le *oui* désiré, je vous enverrai Simon, qui prendra un cheval en passant chez M. du Resnel, qui a si souvent ainsi favorisé notre correspondance.

Toute votre conduite est parfaite, et vous êtes folle de vous reprocher d'avoir reçu ce vilain homme. Pouviez-vous faire autrement quand le curé vous l'amenoit et qu'il étoit dans votre salon ? Non, mon cher ange, je ne veux pas que vous soyez humble et douce jusqu'à vous donner des torts imaginaires.

Assurément il faut cacher ceci; Albert a une âme sublime, un esprit supérieur, mais il s'inquiète aisément. Votre maman qui le connoît mieux que vous, m'a dit mille fois qu'il est naturellement méfiant. Et puis, comme vous le remarquez, la connoissance de l'entière vérité pourroit occasionner une affaire entre lui et *l'esprit infernal.*

A propos, chère amie, je pense qu'il seroit très-possible que l'on eût corrompu quelques-uns de vos gens; tout le monde ne refuse pas comme le bon hermite des *bourses pleines d'or.* Êtes-vous bien sûre de Jacinthe ?

Simon est prêt, je ne veux pas le faire attendre. Adieu, mon ange; oh ! que je voudrois être à lundi !

LETTRE XV.

Réponse de la marquise à la baronne.

Le 31 mai.

SIMON veut repartir dans la matinée, et quoique j'aie l'espérance de voir demain mon amie, je vais toujours lui répondre par cette occasion bien sûre, d'autant plus qu'il seroit possible que M. de Vordac s'en tînt à son *premier mot*, c'est-à-dire, au refus.

Non, chère amie, ma mère *ne connoît pas mieux que moi* le caractère d'Albert. Personne au monde ne connoît Albert aussi bien que moi. Ma mère l'aime passionnément; cependant lorsqu'elle dit qu'il est *défiant*, elle se trompe : mais dans ce cas, c'est plutôt une crainte qu'elle exprime, qu'un jugement qu'elle prononce. Non, Albert est trop généreux pour être défiant. Ce qu'on prend pour de la défiance n'est que de la délicatesse. Jamais, jamais Albert ne se défiera de Pauline; il ne sauroit non plus me soupçonner que me haïr. Nos âmes sont tel-

lement confondues ensemble, qu'il est impossible que nous puissions douter un instant l'un de l'autre. Il veille sur ma réputation, il en est le gardien naturel; c'est son
bien, c'est son honneur; ses précautions à
cet égard ne me prouvent que sa tendresse
et sa prudence; il n'agit en cela que pour
les autres, mais jamais il n'éprouvera l'ombre d'une inquiétude sur mes intentions et
sur mes sentimens. Quand des événemens
(qui grâce au ciel ne peuvent arriver) me
feroient paroître coupable à ses yeux,
quand toutes les aparences me condamne-
roient, il devineroit l'erreur sans la pouvoir
expliquer, et je serois pleinement justifiée
dans son opinion, avant d'avoir dit un seul
mot pour ma défense. Voilà comme nous
nous aimons; un tel attachement est à l'é-
preuve de tout.

Votre réflexion sur mes gens est très juste; il est bien possible qu'on ait eu l'idée
de les corrompre; mais je les crois tous
honnêtes, surtout ceux qu'Albert m'a donnés. Quant à Jacinthe, c'est une fille vertueuse, qui m'est sincèrement attachée,
dont je suis parfaitement sûre, et qui, pour
tous les trésors du monde, ne se prêteroit
pas à une infamie.

Adieu, ma chère amie; Simon s'impatiente, adieu. J'espère qu'il reviendra demain avec une bonne réponse, et que l'obligeant M. du Resnel lui donnera un cheval frais.

LETTRE XVI.

Du duc de Rosmond au comte de Poligni.

Le 8 juin.

Un incident auquel je ne m'attendois pas, étoit de rencontrer un hermite incorruptible. Je comptois sur un hypocrite : point du tout, ce diable d'homme s'avise d'être honnête et ferme. Il a fallu quitter l'hermitage au bout d'un quart d'heure. J'ai erré dans la forêt ; j'ai passé quarante-huit heures dans une chaumière ; j'ai eu une entrevue avec Mlle Jacinthe, qui m'a dit que la marquise avoit *doublé sa garde* et établi des sentinelles de nuit dans le jardin. Elle a deviné le point de l'attaque ; c'est le discernement d'un grand capitaine. Au reste, d'après la délation de l'hermite, elle étoit forcée de se mettre sur la défensive, et malgré tout cet appareil, Jacinthe m'assure qu'elle est *pensive, rêveuse*, et qu'elle *soupire*. D'ailleurs, elle n'a confié ce secret à personne; elle a ordonné à l'hermite de se taire, et de dire simplement qu'il a entendu *des sifflets dans la forêt*, et qu'il a peur des voleurs. Cela n'est pas *désespérant*. La marquise est allée passer quelques jours chez son amie Mme de Vordac, et moi je suis établi à deux lieues dans un petit village. A présent je vais écrire des lettres bien respectueuses, bien romanesques. Jacinthe n'ose et ne veut pas les donner elle-même; mais elle trouvera des moyens de les faire parvenir. Malgré ces longueurs inattendues je crois l'affaire en bon train. Si la marquise eût sincèrement voulu se débarrasser de moi, elle eût dit à l'hermite de porter sa plainte au bailli du lieu, elle eût conté hautement cette histoire, et j'aurois été forcé d'abandonner sans délai le champ de bataille. Mais elle se tait, elle prescrit le silence, elle *rêve*, elle *soupire!....* Elle se doute bien que je suis toujours dans son voisinage; elle m'y tolère; c'est m'encourager, c'est m'attendre. J'imagine qu'elle va chez son amie pour se débarrasser de la surveillance d'une demoiselle de compagnie, une duègne ridicule qu'elle a laissée au château. Tout cela n'est pas mal combiné.

Je resterai encore ici huit ou dix jours ; mais j'y reviendrai, et j'ose m'en flatter, sous de meilleurs auspices. Adresse-moi les lettres à Autun ; mande-moi les nouvelles intéressantes, c'est-à-dire, toutes les histoires scandaleuses. Rien n'est moins rare et moins curieux, je le sais ; mais ce sont de ces lieux communs dont on ne se lasse point.

LETTRE XVII.

Du chevalier de Celtas à M. d'Orgeval.

D'Autun, 16 juin.

J'ai d'étonnantes choses à vous conter, cher d'Orgeval, mais bien entre nous ; car au vrai ceci passe la plaisanterie, et dans le fond je suis trop attaché à votre famille pour traiter légèrement de certaines choses. Je puis me moquer de quelques petits travers, de quelques *petites faussetés ;* mais je cesse de badiner dès qu'on attaque l'honneur, je ne dis pas de mes amis, mais

I. II

seulement des personnes avec lesquelles
j'ai quelque liaison. C'est donc avec chagrin que j'entends tout ce qui se débite
ici contre votre belle-sœur.

Le duc de Rosmond est dans cette ville
depuis huit jours ; il y a déjà perdu deux
femmes, Mme D★★★ et la petite C★★★. On
croit que cette dernière *le fixera* jusqu'à
son départ annoncé pour le trente de ce
mois. La petite C★★★ confie à qui veut
l'entendre, que le duc lui a conté qu'il
avoit passé quinze jours déguisé en *capu-
cin mendiant* aux environs d'*Erneville*, et
qu'il se louoit extrêmement de l'*hospitalité* et de la *charité* de la dame du château, qu'il a trouvée, dit-il, la plus *humaine* personne du monde.

Cette histoire fait fortune ; jugez des
brocards ! Le duc est un fat, et par conséquent, il doit être un menteur ; je suis
persuadé qu'il se vante beaucoup trop ;
mais il y a un *fond vrai*, c'est de quoi
l'on ne peut douter. Le duc a totalement
disparu pendant plus de quinze jours, et
ses gens disent qu'il a passé tout ce temps
dans *l'hermitage de la forêt* et à *Malta*.
Enfin, le duc a un personnel très-séduisant, et il est certain qu'il a causé à la mar-

quise une grande admiration. On en peut juger par l'*éclat de la réception du soir* dont Mme d'Orgeval nous a fait une description si plaisante; cette *illumination*, cette *table de trente couverts;* l'*étalage du beau service de Sèvres*, ce *repas de noces*, tous ces frais extraordinaires prouvent au moins que la jeune tête étoit un peu tournée. Au reste, on peut bien ne voir, dans tout cet appareil ridicule, qu'une vanité d'enfant; mais, une chose beaucoup moins enfantine, ce fut la manière d'être *du lendemain.* Je n'ai rien vu de plus indécent et de *plus clair* que l'expression des regards du duc; jamais la *fleur des champs* n'a été si jolie et si *fraîche*, et malgré ces couleurs naturelles si vantées, on voyoit évidemment qu'un rouge artificiel en rehaussoit encore l'éclat. Peut-être cependant le rouge ne sauroit-il embellir ce teint éblouissant : mais il déguise la rougeur d'une pudeur provinciale; (l'on rougit encore!) et si cet artifice n'a pas été employé par la coquetterie, il a pu l'être par la prudence.

J'ai pensé que l'amitié me faisoit un devoir de vous instruire des bruits qui se répandent. Il me semble que vous feriez bien

d'en avertir le marquis, ou du moins de
prendre là-dessus les conseils du baron de
Vordac et de du Resnel. Il s'agit de l'honneur de votre frère ; un tel intérêt vous
oblige nécessairement à ne point passer tout
ceci sous silence, et surtout à en parler à
vos voisins, afin de leur bien montrer que
vous et M⁽ᵐᵉ⁾ d'Orgeval n'approuvez nullement une semblable conduite. Ne me citez
point, mais dites que dix lettres d'Autun
vous en parlent, et en effet, cette scanda-
leuse histoire est devenue ici le sujet de
toutes les conversations. Je parle franchement avec vous, mais en public je défends
vivement la marquise. Je me suis déclaré
son chevalier, et tous les jours je romps
pour elle une infinité de lances. Je combats
avec chaleur, avec courage, mais sans aucune espérance de remporter la victoire.
M. et M⁽ᵐᵉ⁾ d'Erneville ont beaucoup d'ennemis ; vous êtes généralement aimé, parce
qu'avec infiniment de tact et d'amabilité
vous n'avez aucune prétention, et que l'on
sait combien les *grands airs* du *grand Albert* vous paroissent ridicules. On adore
la franchise et la gaîté de M⁽ᵐᵉ⁾ d'Orgeval ;
les femmes même lui rendent justice ; mais
on ne pardonne point à votre frère de re-

mer, d'abjurer le nom de ses pères ; d'avoir pris le titre de *marquis*, de se croire l'égal des nobles les plus distingués de cette province, et de chercher à les écraser par un faste que n'a jamais eu le feu comte d'Erneville. Le pauvre homme étoit un sot, entièrement mené par sa femme, mais il avoit la naissance la plus illustre ; petit-fils d'un maréchal de France et fils d'un cordon bleu (1), il vivoit modestement et ne se piquoit nullement de magnificence. Votre frère, devenu par le caprice le plus bizarre, l'héritier de sa fortune, auroit dû suivre un tel exemple, et montrer encore plus de simplicité. Quant à la marquise, on lui reproche des singularités et des affectations qui doivent naturellement déplaire ; outre cet étalage de piété filiale *et d'amour conjugal*, on lui reproche une *douceur* qui ressemble à la fausseté, une *humilité* qui tient de l'hypocrisie ; car, avec une très-jolie figure, beaucoup d'esprit et de talens, il n'est ni naturel ni possible de n'avoir au-

_____

(1) C'est un provincial qui parle ; un homme de la cour eût dit un *chevalier de l'ordre*. On désignoit ainsi *l'ordre du St. Esprit*, ce qui signifioit *le premier des ordres*, *l'ordre* par excellence.

cun amour-propre, aucune envie de plaire
et de briller. Le mari et la femme prétendent *à la perfection*, et tout le monde révolté contre une telle prétention, est charmé de recueillir les faits qui la déjouent.
Ce fut ainsi que *la sublime comtesse* dans
son temps eut aussi beaucoup d'ennemis;
sa fille a plus d'esprit et plus de grâces,
mais elle a tout son orgueil et toute sa
profonde dissimulation.

Pour nous, mon cher d'Orgeval, qui sommes de bonnes gens, qui n'avons le désir,
ni de nous singulariser, ni d'exciter l'admiration, on ne nous encense pas, mais on
ne nous hait point, et nous pouvons par-
fois paroître assez aimables. Ainsi nous devons philosophiquement nous consoler de
notre *médiocrité*, en songeant que les brillans succès produisent souvent de fâcheux
revers.

Adieu, mon cher; mes hommages, je
vous prie, à Mme d'Orgeval.

P. S. N'oubliez pas de me mander l'opinion *du misanthrope* et *du philosophe* sur
cette histoire.

LETTRE XVIII.

Du comte de Polignii au duc de Rosmond.

Fontainebleau, le 16 juin.

Qu'es-tu donc devenu, mon cher Rosmond? J'attends vainement *la conclusion du roman;* tu ne m'écris plus. Es-tu toujours chevalier errant? *La dame de tes pensées* a-t-elle enfin récompensé tant d'amour et de persévérance? Elle n'est pas faite, dis-tu, pour n'être aimée qu'un moment, et tu veux acheter la terre de ***. Je m'oppose à ce projet, qui n'a pas le sens commun. Tu serois bientôt ennuyé d'une femme dont les grâces et la beauté resteroient ensevelies dans le fond d'une province. L'amour se nourrit des éloges donnés à l'objet qu'on aime. Crois-tu que sans la célébrité de M.ᵐᵉ du Resnel, ta passion pour elle eût duré quatre ans? Les moyens les plus simples sont toujours les plus ingénieux; il faut que la nouvelle maîtresse se sépare juridiquement *de l'époux adoré,* il faut que tu nous l'amènes à Paris: voilà un dessein raisonnable.

La cour est à Fontainebleau depuis douze

jours. Tout y va comme de coutume ; on y joue un jeu d'enfer, on s'y ruine, on y chasse beaucoup, on s'y fatigue à mourir, on y fait les tracasseries, les intrigues et les noirceurs ordinaires, et l'on assure que *le voyage est charmant*. C'est une mode d'aimer Fontainebleau, qui est le plus affreux séjour que je connoisse, et de médire de Versailles, dont le palais est si magnifique, et dont les jardins sont admirables ; et l'on a délaissé St.-Germain, la plus délicieuse habitation de nos rois ! Connois-tu rien de plus sot, de plus insensé que *la mode*? Voilà pourtant ce qui nous régit tous ! Le caprice et la vanité sont les régulateurs du monde. Je crois que la prédilection pour Fontainebleau vient de son isolement et de la longueur des voyages ; cinq ou six semaines forment un espace de temps dont la mesure est suffisante pour des affaires d'ambition et des engagemens d'amour, et n'est pas assez longue pour gâter les unes et dénouer les autres. Les femmes ici sont davantage avec leurs amans ; à Versailles, les courses fréquentes à Paris détruisent tout l'agrément de la société. Ici, on se voit, on se connoît davantage, on ne s'en estime pas mieux, mais on y cause, on y médit, on y intrique tout à l'aise et sans distraction ; les jolies femmes y font plus d'effet, les tracasseries particulières y sont plus multipliées, et tout cela compose ce que nous appelons un *voyage charmant.*

Le sage St. Méran est ici avec son prince. Toutes les femmes se sont mises à raffoler de lui, c'est-à-dire, toutes celles qui veulent passer pour avoir de l'esprit, prétention qu'elles ont rarement dans la première jeunesse ; de sorte que le cercle des admiratrices de St. Méran est un peu suranné, et je ne crois pas qu'il y perde son flegme *vertueux* et sa noble indifférence.

Nos spectacles sont très-brillans, les décorations sont superbes, les ballets ravissans, et la salle toujours pleine. On nous a déjà donné plusieurs nouveautés, *deux tragédies* et *trois comédies,* que nous avons élevées *aux nues,* et que le public de Paris, suivant sa coutume, ne manquera pas de siffler cet été ; car il a pris l'habitude, depuis long-temps, d'applaudir ce que nous rejetons, et de bafouer impitoyablement ce que nous avons admiré. N'es-tu pas frappé de cette espèce de révolte si constante du peuple de Paris contre la cour? Cette guerre ouverte n'existoit point du

tout dans le siècle dernier. Il est vrai qu'a-
lors de grands ministres protégeoient de
grands talens, et que Louis XIV avoit plus
de goût que messieurs les gentilshommes
de la chambre. Il n'est pas nécessaire qu'un
roi soit un bon littérateur; mais il doit sur
ce point, comme sur tant d'autres, ne donner sa confiance qu'à des gens en état de
le bien diriger. Il perd de sa considération
personnelle quand il paroît goûter et pro-
téger des platitudes, ou même des ouvrages médiocres qui n'ont que le mérite de
l'agrément, et non celui de l'utilité. Le
premier peintre du roi est le plus mauvais
peintre de l'académie; son architecte est
un homme sans aucun talent; son historio-
graphe est un faiseur de mauvais romans;
son surintendant des bâtimens et des arts,
quoique frère d'une ancienne favorite, est
un sot et un ignorant; les juges des pièces
de théâtre, pour les spectacles de la cour,
sont de grands seigneurs presque tous hors
d'état de sentir la mesure d'un vers. Faut-il
s'étonner que la cour, loin d'en imposer au
peuple, soit devenue l'objet de sa moquerie et de sa dérision ? Car, non-seulement
les Parisiens se plaisent à révoquer les jugemens littéraires de Versailles et de Fon-

tainebleau, mais ils ne laissent pas échapper une occasion de tourner la cour en ridicule. Avec quel transport et quelle unanimité, aux spectacles, ils applaudissent les traits qui peuvent offrir des allusions piquantes contre les princes et les courtisans ! On ne peut pas réprimer, avec des lettres de cachet, l'insolence du parterre de l'opéra et de la comédie ; cependant ce manque de respect établit une dangereuse habitude. Souvent, à la comédie, je suis effrayé quand je considère cet acharnement du parterre. Chacun des individus qui composent cette masse audacieuse, pris séparément, se prosterneroit devant la puissance souveraine ; mais ces mêmes hommes, dès qu'ils sont réunis, acquièrent la hardiesse et la force, et jouissent de l'impunité.

Adieu, mon ami ; finis ton roman, et reviens à nous. Il est inutile de te dire combien on te désire, et combien tu nous manques. Ne sais-tu pas que si l'on peut te *suppléer*, on ne sauroit te remplacer ?

M.me du Resnel *se distrait*, dit-on, avec S***, mais ne se console pas. Je l'ai rencontrée, il y a trois semaines ; elle a toujours de l'éclat et les plus beaux yeux du monde, mais sa maigreur est excessive.

Tu ferois bien de lui écrire, et à ton retour de l'aller voir. Elle joue toujours le rôle *d'une amante abandonnée*. Les femmes commencent à s'attendrir sur son sort.

César, prends garde à toi!

On te fera passer pour *un monstre*, si tu négliges cet avis. Mais quelques soins, c'est-à-dire, quelques visites, étoufferont toutes ces clameurs; en observant dans les ruptures certaines règles de bienséance, on s'en tire toujours avec honneur.

Adieu; tâche de revenir avant la fin du voyage.

LETTRE XIX.

Réponse du duc.

D'Autun, le 19 juin.

Je pars d'ici après-demain, mon cher Poligni; j'irai passer une semaine à Moulins, de là, je ferai une *petite course particulière* de deux ou trois jours; ensuite je partirai pour Paris, où je serai certainement le 13 ou le 14. Voilà ma marche sur laquelle tu peux compter. Tu me demandes de *nou-*

veaux détails, et il m'est impossible de t'en donner; oui, impossible !

Écoute, Poligni, ceci n'est pas une aventure ordinaire; il ne s'agit ni d'une *prude* ni d'une *coquette*.... Enfin j'ai promis, je me suis promis à moi-même de garder à l'avenir un silence absolu sur cette intrigue, et j'exige de ton amitié de respecter un engagement que je ne veux point rompre, et de ne me faire désormais aucune question à cet égard. Cette discrétion te surprendra; elle te paroîtra ridicule : pense tout ce que tu voudras, mais ne m'en parle plus.

On m'écrit de Paris que Dercy s'est retiré des affaires, et qu'il est auprès de Senlis, enfermé dans une petite maison avec une jeune personne, sa pupille, qu'il veut épouser, et qui est, dit-on, belle comme le jour. On ajoute qu'il est absolument semblable aux tuteurs de comédie, et qu'il tient la jeune personne renfermée dans une véritable prison. As-tu entendu parler de cette histoire? J'espère que Dercy n'a pas fait banqueroute. J'ai déposé chez lui deux cent mille francs; s'il ne me les rend pas, j'enleverai sa pupille, car il me faudra bien un dédommagement.

Adieu, mon cher Poligni; je pense avec

plaisir que nous nous reverrons dans le cours du mois prochain.

LETTRE XX.

De la baronne de Vordac à M. du Resnel.

Le 19 juin.

La démarche que je fais, Monsieur, vous prouvera mon estime, et ses motifs seront son excuse. Ne pouvant vous parler en particulier, je prends le parti de vous écrire sur la chose du monde qui m'intéresse le plus. Il s'agit de Mme d'Erneville, de cet ange qui n'a vécu que pour la vertu ; de cette personne aussi intéressante par son innocence, sa pureté et les admirables qualités de son âme, qu'elle est brillante par ses charmes, par son esprit et ses talens. Tant de perfections ont depuis plus d'un jour excité la plus noire envie, et l'on ose enfin la calomnier !... M. d'Orgeval ne rougit pas de répandre les bruits les plus injurieux à mon amie, et de débiter une histoire absurde, qu'il feint de croire, afin d'avoir le droit d'en paroître alarmé et de la publier. Sous prétexte *de consulter* M. de

Vordac, il est venu lui conter ces horreurs
inventées à Autun (on devine aisément par
qui). M. de Vordac, avec d'excellentes
qualités, a l'injustice de croire facilement
tout ce qui se dit *contre les femmes* ; il se
glorifie même de penser ainsi. D'après ce
caractère trop connu, M. d'Orgeval s'est
flatté qu'on l'écouteroit avec une joie maligne ; il s'est trompé. M. de Vordac a froidement répondu : *Cela n'est pas impossible.* Ces mots qui seroient *un blasphème*
dans toute autre bouche, expriment dans
la sienne une parfaite incrédulité. Au reste,
a continué M. de Vordac, quoi qu'il en
soit, vous devez imposer silence à ceux qui
osent vous conter de telles histoires dont
je ne vois aucune preuve positive. Mme d'Erneville est très-jeune, elle est bonne parente, c'est une très-aimable voisine, elle
se conduit avec une grande décence, elle
rend son mari fort heureux ; tout cela mérite bien qu'on ait pour elle des égards particuliers. Cette réponse a confondu M. d'Orgeval ; il a protesté qu'il *aimoit* sa belle-
sœur, que ses intentions étoient pures, etc.
Voilà ce qui s'est passé ici ce matin. M. d'Orgeval fera sans doute auprès de vous la
même démarche ; je suis certaine que vous

lui montrerez le plus profond mépris pour cette infâme calomnie, mais cela ne suffit pas : daignez lui faire sentir combien le rôle *qu'on lui fait jouer* est odieux ; qu'il comprenne bien que votre porte sera fermée aux ennemis de Mme d'Erneville, et que vous engagerez M. de Vordac à se conduire ainsi. Je rougis de le dire ; mais la crainte de ne plus jouir d'une maison telle que la vôtre, fera plus d'effet sur ces âmes étroites et basses que toute autre considération. Représentez-lui encore, que l'on ne viendra jamais à bout de désunir *Albert et Pauline*, et que si la dernière est informée de ces méchancetés atroces, comme elle a autant de franchise que de bonté, il lui sera impossible de témoigner la même amitié à ceux qui la déchirent ; qu'alors on ne pourra plus faire au brillant et hospitalier château d'Erneville *ces longues résidences* qui sont si commodes et si agréables. Toutes ces réflexions feront prendre le parti du silence, et Pauline ignorera toujours ces horreurs ; ce que je souhaite ardemment, car il est très-vrai, malgré son excessive douceur, que si elle les savoit, elle n'en dissimuleroit point son indignation ; questionnée par Albert

elle lui diroit tout, ce qui produiroit beaucoup de chagrins intérieurs et la brouille-
rie des deux frères, dont on ne manqueroit pas de faire un tort à mon amie. Alors
les envieux n'ayant plus de ménagemens à
garder, se livreroient à tous les emporte-
mens de la haine et de la vengeance.....
C'est vous seul, Monsieur, qui pouvez prévenir tous ces malheurs. Je remets en vos
mains l'intérêt le plus cher ; c'est avec la
confiance que doivent inspirer vos lumières et votre parfaite honnêteté. Croyez-
moi, Monsieur, l'orgueilleux chevalier de
Celtas ne pardonnera jamais à Pauline de
lui avoir préféré celui qu'elle aimoit depuis son enfance ; il a juré au fond de son
âme une haine implacable aux trois personnes les plus dignes de l'estime de tous
ceux qui savent apprécier le mérite, la comtesse, Albert et Pauline. M. d'Orgeval,
comblé des bienfaits de la comtesse et d'Albert, mais naturellement *envieux*, est jaloux de son frère depuis le berceau ; la supériorité, les succès, la fortune et le bonheur d'Albert ont successivement exalté ce
noir sentiment, qui est devenu sa passion
dominante. Mme d'Orgeval aussi peu sensible que son mari, a tout autant de vanité,

L2

et n'a pas plus d'esprit. La charmante figure
de Pauline auroit suffi pour exciter son
aversion, jugez de ce que doivent produire
la réunion de tant de grâces et de talens.
Enfin, Pauline est petite-fille d'un maréchal de France; le grand-père de Mme d'Orgeval étoit marchand de vin; la maison de
l'avare et riche Dupui est triste, vilaine et
mal meublée; le château d'Erneville est le
plus brillant et le plus élégant de la province : que de sujets d'envie, que de motifs de haine !

   Si Pauline avoit une véritable confiance
en de telles personnes, je l'éclairerois à leur
égard, mais c'est ce qui n'arrivera jamais.
Sa bonté la porte à les aimer, un instinct
secret l'empêche de les estimer. Elle ne se
défie point d'eux, et de sa vie elle n'aura la
tentation de leur ouvrir son cœur. Laissons-
lui sa douce sécurité; cette aimable confiance qui vient d'une ame si pure, est en
elle une vertu touchante et un charme de
plus. Ah ! Monsieur, si vous connoissiez
comme moi cette âme incomparable !...
ce fonds inépuisable de sensibilité, de générosité, de délicatesse !... Avec autant de
brillantes qualités, Pauline est humble avec
sincérité, parce qu'elle est reconnoissante;

elle attribue à la seule éducation jusqu'aux dons enchanteurs qu'elle a reçus de la nature; elle ne croit pas avoir plus d'esprit qu'une autre, elle pense seulement qu'il a été mieux cultivé; elle ne s'enorgueillit d'aucune vertu, parce qu'aucune ne lui coûte, et qu'elle satisfait ses plus doux penchans en les pratiquant toutes. Une âme profondément aimante lui fait apprécier tout son bonheur, et lui donne cette bienveillance universelle, cette douceur enchanteresse, cette égalité d'humeur qui rendent son commerce si délicieux. Les grands exemples qu'elle a reçus de sa mère, la connoissance du caractère généreux de son mari, et l'étude de son propre cœur lui ont donné une idée malheureusement très-exagérée de la nature humaine. Elle voit tout en beau, ne se défie de rien, et se croit elle-même à l'abri de tout soupçon. S'il est une créature parfaitement heureuse sur la terre, c'est Pauline; son bonheur est si pur et si touchant, qu'il en est respectable, et ne devant jamais quitter les lieux qu'elle habite, ne peut-elle pas le conserver toujours? Le troubler, l'altérer par de tristes avertissemens, me sembleroit une profanation, et seroit certainement une cruauté. Veillons sur elle, prévenons les noirs desseins de ses envieux, faisons-les échouer ; mais qu'elle les ignore ; laissons-lui ses douces illusions et son angélique sérénité. La vie est pour elle un enchantement : ô puisse une telle erreur se prolonger long-temps ! que du moins l'amitié n'ait pas la barbarie de la lui ravir !

J'ai été moins heureuse qu'elle, et j'ai cinq ans de plus ; je suis *bien vieille* en comparaison de Pauline ; car je vois les objets tels qu'ils sont, et je sens tous les jours que c'est un grand malheur, surtout dans la jeunesse. Cette espèce de raison donne une triste prévoyance, et jette un voile bien sombre sur un long avenir?....

Adieu, Monsieur ; je me flatte que votre amitié pour M. et Mme d'Erneville et la noirceur de leurs envieux vous feront ex-cuser cette importunité, et je trouve un grand plaisir à donner cette preuve de con-fiance à la personne de notre voisinage que je crois le plus sincère admirateur de ma chère Pauline, et que par conséquent j'es-time le plus.

LETTRE XXI.

Réponse de M. du Resnel à la baronne.

De Gilly, le 19 juin.

Vous êtes, Madame, une parfaite amie. Cet éloge renferme tous les autres, tous ceux du moins qui sont dignes de vous. J'ai reçu la lettre dont vous m'avez honoré, avec une reconnoissance bien sincère, et je l'ai lue avec un profond attendrissement. J'ai mieux fait encore que suivre vos ordres, Madame; je les avois prévenus. Votre lettre n'est arrivée qu'une heure après mon entrevue avec M. d'Orgeval, que j'ai renvoyé excessivement mécontent, et qui m'a laissé rempli de la plus juste indignation.

Afin de pouvoir connoître parfaitement ses intentions, je n'ai pas d'abord repoussé sa confidence; au contraire, je lui ai laissé dire tout ce qu'il a voulu conter, ne l'interrompant que pour lui faire des questions. Lorsqu'on n'est pas aveuglé par la passion, et qu'on a de l'expérience, il est beaucoup plus facile qu'on ne le croit de lire dans

l'àme des méchans qui veulent jouer la
bonté. Plus on est honnête, sensible et délicat, plus on les pénètre aisément. Il échap-
pe toujours à ces ames avilies, des traits
qui les décèlent; l'expression et le ton de
la vérité leur manquent, et souvent ils se
trahissent grossièrement sans en avoir le
moindre doute. Je voyois si clairement les
perfides intentions de M. d'Orgeval, qu'il
me paroissoit inconcevable qu'il pût avoir
l'espérance de me les déguiser. Après l'a-
voir écouté plus de trois quarts d'heure,
j'ai pris enfin la parole pour lui dire exactement tout ce que j'ai lu dans votre lettre.
Il a paru fort surpris et très-décontenancé;
il est convenu que j'avois raison, qu'il falloit mépriser ces *bruits*, etc. Mais figurez-
vous, Madame, qu'il m'a demandé *si son
devoir ne l'obligeoit pas* à écrire ces détails
à son frère et à la comtesse?... J'ai répondu à cette demande de manière à lui
faire perdre une telle envie; alors il m'a
dit qu'il y avoit un si *grand déchaînement*
contre la marquise, qu'il craignoit que son
frère et la comtesse ne fussent informés de
tout par des *lettres anonymes*. Si l'on fait
une semblable infamie, ai-je repris, cela
sera bien malheureux pour vous, Mon-

sieur. — Comment? — Oui, je vous le dis franchement, tout le monde accuseroit de cette horreur le seul homme qui puisse haïr la marquise, s'il n'est pas équitable et généreux, le chevalier de Celtas; et comme il est votre ami intime, la honte de cette accusation retomberoit sur vous. — Le chevalier de Celtas est parfaitement honnête, et je me flatte que vous en êtes persuadé! — Assurément je le trouve très-aimable, et je le vois avec grand plaisir; mais nous parlons ici tête à tête et en toute confiance, et je vous avouerai naturelle-ment que si le marquis ou la comtesse re-cevoient des lettres anonymes contre la marquise, je n'attribuerois cette atrocité qu'à la rage secrète d'un amant rebuté. En un mot, je croirois que Celtas est l'auteur de ces lettres; je le dirois hautement, et je ne le verrois de ma vie. — Ce seroit juger bien légèrement. — C'est un défaut assez commun. Vous-même, mon cher d'Or-geval, malgré votre tendresse pour votre angélique belle-sœur, malgré sa conduite exemplaire, ne penchiez-vous pas tout à l'heure à la croire au moins imprudente et coquette? — Celtas a du cœur, et l'a prouvé; il ne souffriroit pas tranquillement

que l'on attaquât son honneur. — Eh bien,
M. d'Orgeval, je vous permets de lui dire
dès à présent ce que je viens de vous confier, et s'il en est choqué, il peut venir ici,
il m'y trouvera. A ces mots, d'Orgeval
s'est épuisé en protestations d'amitié; je
lui ai dit que je les croyois très-sincères,
et nous nous sommes séparés fort *amica-
lement*. Rassurez-vous, Madame; ils se
tairont désormais, ils sont aussi lâches,
aussi bas que méchans.

J'irai demain vous faire ma cour, je cau-
serai de tout ceci avec M. de Vordac, et
je ferai tout ce qui dépendra de moi pour
le maintenir dans ses bonnes dispositions.
Il a trop d'esprit pour être la dupe d'une
méchanceté si visible et si absurde.

Oui, Madame, *veillons sur elle!* Que ce
mot est touchant, et qu'une telle association m'honore! Formons une *sainte ligue*
pour défendre l'innocence et la vertu, et
comptez à jamais sur le zèle le plus ardent et sur un dévouement sans bornes.

LETTRE XXII.

De la marquise à son mari.

D'Erneville, le 19 juin.

J'attends à chaque instant, à présent, l'annonce de ton retour. Je m'éveille de meilleure heure les jours de poste, comme si les lettres devoient en arriver plus tôt. Tous mes préparatifs sont faits pour aller au-devant de toi. Avec quel délice je me retrouverai entre mon ami et notre excellente mère ! Que de choses nous aurons à dire ! et après une si longue absence !....

Erneville s'embellit tous les jours, il semble se parer pour te recevoir ; le parc est ravissant, jamais *les bosquets de Pauline* n'ont été si verts et si touffus ; mais tu n'auras pas vu les fleurs charmantes *des deux amandiers* et la jolie corbeille de violette et de muguet !.... Tous les jours je vais relire tes lettres sur *notre banc*, auprès de l'arbre creux ; je ne soupire plus en regardant la place vide ; je me dis : il y sera sous peu de jours ! J'établis mon petit Maurice

1. 13

dans le creux de l'arbre, il se trouve si bien là ! Je lui donne de la mousse et des fleurs, il joue, je le contemple; il me regarde et sourit !.... Ce tableau m'en retrace un que je ne puis me rappeler, mais dont mon imagination me fait jouir. Je me représente mon Albert à huit ou neuf ans, déposant ainsi, dans ce même arbre, sa Pauline encore au berceau; je vois Albert attendri, je l'entends dire en soupirant : *Chère enfant, ô ma sœur, m'aimeras-tu toujours autant ?* C'est ainsi que je m'empare de tes souvenirs, et que je les confonds avec les miens. Que j'aime Erneville ! tout m'y parle de toi; lieux chéris, délicieux Eden, dont nous ne serons jamais bannis !... Ah! mon ami, quand je réfléchis à mon bonheur, j'en suis quelquefois effrayée; car enfin on assure qu'il faut toujours avoir quelques peines dans la vie ! Cependant j'ose encore former un désir, ingrate que je suis ! Mon incomparable petit Maurice ne me suffit pas, je voudrois encore avoir une fille ! Mais si le ciel me la refuse, tu m'as promis de m'en laisser adopter une : puissé-je alors être aussi heureuse en *adoption* que l'est ma mère !.....

Je donne toujours les mêmes soins à mon

école de petites filles ; outre le bien qui en résulte pour ces pauvres orphelines, c'est une chose très-utile pour une jeune mère, que cette douce occupation ; j'apprends à enseigner, à connoître les enfans, et je prends l'habitude de la patience. Mlle du Rocher me seconde avec zèle et intelligence ; elle est bien charitable et bien bonne. Toutes ces petites filles me sont extrêmement attachées ; la reconnoissance est un sentiment si naturel, que je ne crois pas plus aux ingrats qu'aux athées. Suzette est toujours ma favorite.

Nos bals champêtres ont recommencé, comme à l'ordinaire, le premier de juin ; mais je n'y danse point. Je me ressouviens, quoique je n'eusse alors que sept ou huit ans, que pendant les dix-huit mois que nous avons passés à Paris pour ton éducation, tu t'appliquois extrêmement à la danse, que tu n'aimois pas dans ce temps, afin, disois-tu, de pouvoir *devenir l'unique maître de danse de Pauline.* Tu es devenu le meilleur écolier de Gardel ; et mon goût pour la danse ne vient certainement que du plaisir que j'ai eu à te voir danser et à recevoir tes leçons. La preuve en est que sans toi la danse me paroît la chose du monde la plus insipide ;

et puis, que me font les éloges qu'on me donne pour ce talent frivole, quand tu ne les entends pas? Je ne sens le prix des louanges que lorsque Albert est là pour les recueillir, et que j'en vois l'effet si doux dans ses yeux satisfaits.

Je t'attends aussi pour reprendre l'exercice du cheval; mon beau-frère m'a obligeamment offert de m'y faire monter, mais je ne veux recevoir des *leçons* que de mon *véritable maître...* *Mon maître!* que j'aime à te donner ce titre dans sa signification la plus étendue! Toi, mon souverain *par élection*, toi que j'ai choisi, que je me suis donné pour maître avec tant de joie! Pouvoir suprême du sentiment! il fait mieux qu'ennoblir la dépendance, il la rend délicieuse! O que la nature fut sage et bienfaisante en nous créant foibles et timides, et en ne donnant qu'aux hommes la force, le courage et la supériorité! C'était préparer les liens d'une union touchante et sacrée, formée d'un côté par la protection généreuse, et de l'autre par le besoin d'appui et par la reconnoissance. L'être le plus foible n'aime pas mieux, sans doute; mais il doit aimer avec plus de dévouement: il a de plus le sentiment d'une douce gratitude, et l'o-

béissance n'est pas seulement son devoir,
elle est encore sa sûreté. Son attachement
peut se comparer à l'affection si vive et si
soumise d'un enfant; et celle de l'homme
généreux ressemble à la tendresse sublime
d'une mère. Tel est, tel doit être l'amour
conjugal! Eh! puis-je être affligée de sentir
ma foiblesse, quand ta force me soutient?...
O combien il m'est plus doux d'avoir besoin de toi, de t'appeler à mon secours, de
me mettre sous ta garde, qu'il ne me le
seroit de pouvoir me suffire à moi-même!
Quelles jouissances de l'amour-propre peuvent valoir celles du cœur! Ne vouloir agir
que d'après les désirs de ce qu'on aime,
est un souhait si simple et si naturel! Ah!
quand ta volonté me dirige, je ne te sacrifie
rien, je me satisfais, j'obéis à ma véritable
impulsion. Reviens donc disposer de tous
les momens de ta Pauline; elle n'a, sans toi,
que des volontés incertaines, elle n'agit plus
que par routine, elle ne se décide plus que
par supposition, en se disant : *il approuve-*
roit, il prescriroit cela! Reviens ordonner et
régner, reviens me rendre le bonheur le plus
pur, le plus parfait et le mieux apprécié!

N'oublie pas de rapporter à ta belle-sœur
un bien joli présent. Je crois que ce qui

lui feroit le plus de plaisir, seroit de belles porcelaines.

Je te prie de rapporter aussi une robe de taffetas rayé bleu et blanc pour Mlle du Rocher; tu la charmeras, si tu joins à ce don quelque eau ou quelque pommade pour les taches de rousseur, quelques *savons* anglais pour les mains; tu connois son goût et sa confiance pour tous les *cosmétiques;* car, comme le dit fort bien le chevalier de Celtas, elle a toutes les superstitions de la toilette. Pour moi, je ne désire qu'un *portrait de plus*, bien ressemblant, et un chapeau ou un petit bonnet qui te plaise.

LETTRE XXIII.

De la même au même.

Le 21 juin.

LA poste arrive demain, et j'ai de bons pressentimens. Je suis si heureuse, que ceux-là ne peuvent me tromper. Depuis que j'existe, la prévoyance n'est pour moi que l'anticipation du bonheur.

Ton frère et ta belle sœur sont établis

ici, et n'en partiront que lorsque j'aurai
reçu l'*heureuse nouvelle*. Denise est chaque
jour plus aimable pour moi; je lui désire-
rois quelquefois d'autres manières, mais
elle a un excellent cœur et un charmant
caractère. Ton frère me témoigne une sincère amitié, il gagne bien à être connu.
Nous avions beaucoup de monde à dîner,
M. et Mme de Vordac, le chevalier de Celtas et le bon M. du Resnel; on n'a parlé
que de toi et de ton retour. Quel bonheur
de ne voir que des parens et des amis qui
partagent nos sentimens, et que l'on peut
entretenir de ce qui touche, sans craindre
de les ennuyer!

Après le dîner, Mme de Vordac et M. du
Resnel ont absolument voulu m'entendre
lire une tragédie; j'ai lu *Andromaque*, ma
pièce favorite. Croiras-tu que j'ai fait pleurer le baron de Vordac; il en a été si honteux, qu'il m'a appelée *sirène*; là-dessus
le chevalier de Celtas m'a dit : Prenez garde
à vous, Madame; ce sobriquet pourroit
vous rester. Ton frère a beaucoup applaudi
ce mot; quant à moi, je ne l'aime point
du tout, mais l'*amie* par excellence, la
chère Vordac, l'a trouvé si mauvais, que
j'en ai été embarrassée. Elle s'est fâchée

tout de bon contre ce pauvre chevalier, qui
n'avoit eu d'autre intention que celle de dire
une galanterie. Heureusement que M. du
Resnel, avec beaucoup d'esprit et de grâce,
a tourné en plaisanterie une querelle réellement très-aigre et très-piquante.

Il y a long-temps que je ne t'ai rendu
compte de mes lectures particulières. J'ai
fini les œuvres entières de Fénélon, et je
me promets bien de les recommencer.
Quelle morale et que d'esprit dans ses
Dialogues des morts! Conçois-tu que ceux
de Fontenelle aient plus de réputation et
soient plus connus? Quel intérêt dans ses
lettres! quelle force de raisonnement dans
ses discours! Quel auteur! quelle admirable réunion de sensibilité, de vertu sublime, d'imagination, de finesse, de raison et de génie!

J'ai lu encore deux ouvrages très-célè-
bres, mais que je n'aime pas du tout, *le
Temple de Gnide* et le *Voyage sentimental
de Sterne*. Le premier sans intérêt, sans
aucune imagination et sans morale, est, à
ce qu'il me semble, écrit avec affectation
et d'une *petite manière*; le style m'en paroît trop coupé; c'est une galerie de petits
portraits, et un recueil de phrases élégan-

tes, mais recherchées; c'est du bel esprit
et voilà tout.

Cet ouvrage n'a que le *costume grec*; il
n'a d'ailleurs ni la simplicité ni le goût de
l'antique. Peut-on comparer une produc-
tion si froide et si mesquine à ces beaux
ouvrages des anciens dont tu m'as lu les
traductions?

Pour le *Voyage sentimental*, j'y vois une
affectation de bonté et de sensibilité qui
m'est insupportable. Cet homme qui, en
partant de chez lui, a fait la gageure et a
promis à ses lecteurs de recueillir à chaque
pas un *trait de sentiment*, et qui en trouve
jusque dans la manière de prendre *une prise
de tabac*, cet homme me paroît le plus fade
et le moins vrai de tous les voyageurs. Cependant il y a dans ce livre de très-jolis
détails; mais, à mon avis, le plan et l'ensemble n'en valent rien.

Tu vois avec quelle audace je *décide*
contre l'opinion reçue; mais tu veux que
je juge d'après mon cœur et l'impression
que je reçois, et je t'obéis. Je crois que, si
chacun jugeoit ainsi, beaucoup de livres
perdroient une grande partie de leur réputation.

Adieu, mon Albert, adieu; j'écris au-

jourd'hui sans chagrin ce triste mot; nous
allons nous revoir!... Si demain l'heureuse
nouvelle m'est annoncée, je pars sur-le-
champ; je serai mardi à Dijon!.... Oh!
conçois-tu mon impatience et ma joie?
Oui, ton cœur seul peut te peindre tout ce
qui se passe dans le mien.

LETTRE XXIV.

De la même à sa belle-sœur, Mme d'Orgeval.

D'Erneville, le 1er juillet.

HÉLAS! chère sœur, nos incertitudes
sont malheureusement dissipées. Il ne revient point. Figurez-vous qu'il ne fixe plus
le moment de son retour; il restera peut-
être encore à Paris quatre ou cinq mois!
Outre ses affaires personnelles, il en a beaucoup d'autres qui sont des devoirs. Vous
savez de quelle commission l'a chargé le
parlement de Dijon. M. le premier président lui a nouvellement écrit pour lui en
donner d'autres encore : il m'envoie une
copie de sa lettre. Il est bien glorieux à son
âge d'avoir su mériter ainsi la confiance
d'un corps si respectable; il ne doit rien

négliger pour la justifier. Je sens tout cela, mais je sens aussi son absence! moi qui, depuis que j'existe, n'ai jamais été séparée de lui!... Par le chagrin déraisonnable que vous m'avez vu jeudi pour la seule incertitude de son retour, jugez de ce que j'éprouve maintenant. Ce qui m'afflige le plus, c'est la profonde tristesse de sa lettre et l'inquiétude qu'il y montre pour moi. Je sais qu'il a écrit à votre mari. Je vous conjure, chère Denise, d'engager M. d'Orgeval à bien rassurer son pauvre frère sur ma santé, sur ma raison. Je ne lui demande pas de mentir; mais je lui demande en grâce de ne point parler de l'état où j'étois jeudi, et de lui dire, de lui protester que je me porte bien et que je suis raisonnable. En effet, ma santé n'est pas mauvaise, et j'en aurai le plus grand soin.

Albert désire que j'aille passer trois mois avec ma mère, et je pars demain avec mon petit Maurice. Me retrouver avec ma mère est la seule consolation que je puisse recevoir; je l'aime tant, et elle aime tant Albert!....

Je laisse ici Mlle du Rocher. Son doigt étant enfin guéri, elle va reprendre la copie de l'*histoire* que je vous avois promise, et

que vous auriez euc il y a deux mois sans
cet accident. Elle vous l'enverra aussitôt
qu'elle aura fini.

Adieu, chère sœur, si vous avez des
commissions à me donner pour Dijon,
envoyez-les moi ce soir, parce que je partirai demain matin de très-bonne heure,
ne voulant pas risquer de me trouver au
jour tombant dans la forêt de Marna, car
je n'ai plus mon guide et mon protecteur,
et j'ai peur de tout! Adieu, je vous embrasse tristement, mais avec une sincère
amitié.

Mes complimens au chevalier de Celtas,
s'il est encore chez M. Dupui.

LETTRE XXV

De M. d'Orgeval au marquis d'Erneville, son frère.

Le 5 juillet.

JE vois avec peine, mon cher frère, que tu te tourmentes fort mal à propos sur la femme. Je t'assure avec vérité que Pauline nous a tous étonnés par sa raison depuis ton départ. Sensible comme elle est, sa tranquillité à cet égard est tout-à-fait surprenante. Nous l'avons toujours vue très-gaie, très-brillante et plus fraîche que jamais. La permission d'aller à Dijon lui a fait le plus grand plaisir. Outre celui de revoir sa mère, elle s'en promet beaucoup de la société, et puis à son âge et avec sa vivacité tout changement de vie distrait et amuse. Ne t'inquiète donc pas, mon cher frère, je t'assure que tes craintes à cet égard n'ont aucune espèce de fondement.

La chasse de Gilly est superbe cette année ; j'ai tué trente-deux pièces dans la dernière battue.

Le vieux Vordac a la goutte dans ce moment. La vigne a la plus belle apparence; l'année vaudra au moins quinze mille francs à M. Dupui.

Adieu, mon cher frère; ma femme t'embrasse, et Celtas, qui est ici, te salue.

Je te prie de m'acheter une carabine toute semblable à celle de du Resnel. Tu me feras plaisir de m'envoyer aussi une petite provision de lignes anglaises.

LETTRE XXVI.

De Mlle du Rocher à Mme d'Orgeval.

D'Erneville, le 6 juillet.

MADAME,

J'AI l'honneur de vous envoyer la copie de l'histoire de Mme la comtesse. Je n'ai pu la finir que ce matin, car le départ précipité de Mme la marquise me laisse bien des affaires sur les bras. Ce n'est pas un petit tracas que de conduire toute seule une maison comme celle-ci (sans parler de l'école des petites filles). J'ose dire que le vieux

Laurence et moi nous faisons bien l'ouvrage de trois ou quatre personnes; mais grâce à Dieu, rien ne périclite.

Mme la marquise est partie dans un état
digne de pitié; elle a beaucoup pleuré en
montant en voiture. J'ai pris la liberté de
lui dire qu'il falloit se faire une raison; elle
étoit d'un changement affreux.

M. le marquis a eu la condescendance de
m'écrire à l'insu de Madame (je puis dire
que ce n'est pas la première preuve de confiance qu'il me donne). Il veut que je lui
mande au vrai l'état de Madame; et de son
côté, Madame m'a dit (en particulier)
qu'elle ne voudroit pas pour le monde que
M. le marquis sût combien elle est cha-
grine; de sorte que je me trouve dans une
position très-délicate, et pour ainsi dire,
entre deux écueils. Je me flatte, Madame,
que dans cette circonstance critique vous
daignerez m'aider de vos conseils, et que
M. d'Orgeval, à votre intercession, voudra bien aussi me donner les siens. J'ai
l'honneur de vous renvoyer *Hippolyte*,
comte de Douglas, et la *Princesse de Ca-
rency*. Il y a de bien beaux sentimens dans
ces deux romans; je pense comme vous,
Madame, que des romans aussi honnêtes

que ceux-là ne peuvent que fortifier dans l'amour de la vertu. Je ne veux pas me vanter, mais Dieu connoît mon cœur; je puis aller tête levée, et je lis des romans depuis ma tendre jeunesse.

J'ose, Madame, joindre une carpe à ma copie, espérant de votre bienveillance que vous daignerez accepter ce petit hommage que M. Laurence a pêché ce matin.

Je suis avec respect,

Madame,

Votre très-humble servante,

Rosalie du Rocher.

P. S. Vous aviez eu la bonté de me promettre l'*Illustre Napolitain*, et *le Criminel vertueux*. Les titres de ces deux ouvrages préviennent beaucoup en leur faveur. Je les attends avec impatience. Vous pouvez les confier au commissionnaire.

LETTRE XXVII.

Réponse de Madame d'Orgeval à Mademoiselle du Rocher.

Le 6 juillet.

Ma chère Mlle du Rocher, je vous remercie de la carpe et de la copie.

Le chevalier de Celtas, qui part pour Autun, passera demain à Erneville, et vous verra pour vous expliquer comment vous devez répondre à mon frère, en conséquence de ce que nous a recommandé ma sœur. Faites bien là-dessus tout ce que vous dira le chevalier. Vous savez qu'il a bien de l'esprit, et qu'il est fort attaché à notre famille, et il vous estime infiniment.

Je vous envoie les deux romans, et le chevalier vous en portera encore un autre intitulé : *Le beau-frère supposé ;*

14.
141

LES MERES

il est bien intéressant et terrible pour le tragique.

Adieu, ma chère Mlle du Rocher; je vous embrasse et je suis

Votre affectionnée servante,

Denise Dupui d'Orgeval.

HISTOIRE

De la comtesse d'ERNEVILLE , écrite par PAULINE , revue et abrégée par la comtesse , et envoyée à Mme d'ORGEVAL.

ORPHELINE à six ans, Mlle de Crény fut élevée dans un couvent de Paris. Elle se lia dès son enfance avec une enfant de son âge, orpheline aussi, nommée Pauline de Verneuil. Cette amitié se fortifiant avec le temps et la raison, devint par la suite le sentiment dominant de ces deux jeunes personnes. Elles voulurent demeurer dans le même appartement, et ne se quittèrent plus. Lectures, leçons, amusemens, tout étoit commun entre elles, et cette association volontaire et de choix donna à leurs caractères et à la tournure de leur esprit toute la conformité qui se trouvoit déjà naturellement dans leur manière de sentir.

Lorsque les deux amies eurent atteint leur dix-septième année, comme elles étoient aimables, remplies de talens, jolies et riches, il se présenta beaucoup de partis pour elles. Mlle de Crény se maria la pre-

mière, et choisit le comte d'Erneville. Elle
obtint du tuteur de Pauline de la prendre
chez elle; ainsi elles ne se séparèrent point.

Le comte d'Erneville avoit pour ami intime M. d'Orgeval. Ce dernier devint amou-
reux de Mlle de Verneuil; il pria la comtesse
de lui déclarer ses sentimens. Pauline répondit qu'elle avoit du penchant pour
M. d'Orgeval, qu'elle s'établiroit avec plaisir
en province, mais qu'elle ne pouvoit se résoudre à quitter les lieux où son amie étoit
fixée. Hé bien, dit la comtesse, si M. d'Erneville y consent, je sacrifierai Paris avec
joie au bonheur de Pauline. Nous avons
une belle terre en Bourgogne; je me trouverai trop heureuse d'y pouvoir consacrer
à l'amitié toute ma vie entière.

Le comte d'Erneville, quoique fils d'un
maréchal de France, et fort distingué lui-
même par ses talens militaires, n'avoit d'autre ambition que celle de bien servir sa patrie et de remplir ses devoirs. Il alloit rarement à la cour, et il n'aimoit ni la dissipation, ni le grand monde; ainsi le projet de
la comtesse convenoit parfaitement à ses
goûts. Cependant il craignit qu'une femme
jeune et charmante qui n'avoit jamais habité
la province, ne pût s'accoutumer à un tel

genre de vie ; il crut donc devoir lui faire
plusieurs représentations à ce sujet. Non-
seulement la comtesse persista dans sa résolution, mais elle conjura son mari de vendre sans délai la maison qu'il occupoit ,
afin, dit-elle, que nous n'ayons pas à l'avenir
plus de possibilité que de tentation de quitter
notre château, et de revenir même momen-
tanément à Paris. Mon amie, ajouta-t-elle,
n'aura pas besoin de cette assurance, mais
il me sera si doux de la lui donner !....Le
comte accorda son consentement avec joie.
Par cet arrangement sa fortune, qui étoit
fort médiocre pour Paris, devint très-considérable, et il se trouva le seigneur le plus
riche de la Bourgogne, comme il en étoit
à tous égards le plus sage et le plus heureux.

La maison ne fut vendue qu'au bout de
trois mois : alors on partit pour la Bourgogne. Erneville n'étoit pas dans ce temps
ce qu'il est devenu depuis. Les jardins en
étoient tristes et mal entretenus ; l'architec-
ture noble mais gothique du château, ses
tours antiques, l'immensité des pièces de
l'intérieur, l'épaisseur des murs, la vétusté
des ameublemens, tout offroit un aspect
d'autant plus mélancolique qu'on étoit à la

fin du mois d'octobre, et qu'on y arriva au
déclin du jour, par un temps sombre et plu-
vieux.

Combien nous devons craindre nos sensations ! ces mouvemens irréfléchis, ces impressions subites, qui nous émeuvent et qui
peuvent nous entraîner, quoiqu'elles soient
non-seulement indépendantes de nos affections, mais qu'elles se trouvent souvent en
opposition avec nos sentimens les plus
chers, et qu'enfin presque toujours elles
soient excitées par les causes et les objets
les plus frivoles ! La comtesse avoit quitté
Paris avec ravissement ; elle n'y regrettoit
rien, elle étoit sûre de trouver le bonheur
à Erneville ; et cependant elle éprouva en
entrant au château une espèce de saisissement et un mouvement de tristesse qui n'é-
chappèrent point aux yeux de Mlle de Verneuil. Le comte qui avoit des ordres à donner, laissa les deux amies tête à tête.
Alors, Mlle de Verneuil se jeta dans les bras
de la comtesse en fondant en larmes. Ces
deux personnes se connoissoient trop bien
pour qu'une explication fût jamais nécessaire entre elles ; elles se devinoient si parfaitement, qu'elles répondoient à leurs pensées avec la certitude de ne jamais se trom-

per. Hé bien, mon amie, dit la comtesse,
prendrois-tu pour des regrets un mouvement puéril et absolument machinal, que
je n'aurois pas éprouvé, si ces vieilles ta-
pisseries n'étoient pas si noires, et si les vi-
tres de ces fenêtres étoient plus claires et
plus grandes? Ah! s'écria Mlle de Verneuil,
quel séjour pour toi!... Je n'avois pas assez réfléchi à ton sacrifice, maintenant il
m'effraie! — Tu m'aimes donc moins? —
Quoi! c'est dans cette solitude que s'écouleront tous tes beaux jours?— Ah! Pauline, des jours purs, voilà *les beaux jours*
pour des âmes telles que les nôtres! Eh! qui
peut avoir une parfaite certitude de conserver toute son innocence dans les lieux dangereux que nous venons de quitter? Je le
sais, je n'avois rien à craindre de mon cœur,
les sentimens qui le remplissent lui suffi-
ront toujours; mais dans le grand monde les
affections les plus légitimes et les plus tendres ne servent souvent qu'à rendre nos fautes moins excusables; plus on est sensible,
plus les sensations sont vives et dangereuses, et surtout dans le séjour où le prestige
des arts et les recherches du luxe et de la galanterie les reproduisent et les multiplient
sans cesse. Je n'ai pu ni vaincre ni dissimu-

ler une tristesse déraisonnable que mon cœur désavouoit; à quels périls une telle foiblesse ne doit-elle pas exposer quand on est continuellement entourée de piéges et d'objets séducteurs ! Et ces impressions fugitives, mais invincibles, unies à la contagion de l'exemple, ne sont-elles pas mille fois plus redoutables que les passions qui ne peuvent naître que par degrés?... Laisse-moi donc remercier l'amitié qui m'a conduite dans cette solitude qu'elle me rendra si chère; elle m'a guidée comme la sagesse, elle en peut tenir lieu. Ses conseils ressemblent à ceux de la vertu, et ses inspirations sont des bienfaits. C'est elle qui, nous mettant pour jamais à l'abri des erreurs et des orages, a su nous arracher des jardins enchantés d'Armide, pour nous rendre à la nature et à la vérité. Oh ! quel bonheur inappréciable de se trouver dans un port sûr et paisible, avec la jeunesse, l'innocence et l'amitié !.....

Ces réflexions partoient du cœur, et elles rendirent aux deux amies toute leur tranquillité. Le lendemain on examina avec soin le château; il parut s'être embelli. On admira la beauté de la vue, la majesté de la Loire et de la forêt qui l'environne; on re-

çui les hommages naïfs et sincères du bon
curé, des villageois et des paysans; on vi-
sita la ferme et plusieurs chaumières, et
l'on se dit le soir : Voilà une journée qui
s'est écoulée d'une manière utile, pure et
délicieuse, et elle nous offre la douce image
de tout notre avenir !

Trois semaines après l'arrivée des deux
amies à Erneville, Mlle de Verneuil épousa
M. d'Orgeval. Ce dernier possédoit alors la
jolie terre de Gilly; mais le chemin de traverse qui conduisoit d'Erneville à Gray étoit
presque impraticable en hiver; on le fit re-
faire sur-le-champ avec tant de soin et de
solidité, qu'il est encore aujourd'hui aussi
beau que nos grandes routes. A la moitié
du chemin on planta quatre peupliers d'Italie, on bâtit en briques auprès de ces arbres
un grand banc couvert, et à côté du banc on
éleva une colonne de pierre sur laquelle on
grava cette inscription, tirée de l'*Edda* : *Ne
laissons jamais croître l'herbe sur le chemin de l'amitié.*

Quelques mois après le mariage de monsieur d'Orgeval, les deux amies devinrent
grosses en même temps. Il fut décidé que
Mme d'Orgeval viendroit faire ses couches
chez son amie; qu'ainsi que la comtesse elle

1.   15

allaiteroit son enfant, et qu'elle resteroit à
Erneville tout le temps de la nourriture.
En effet, Mme d'Orgeval parvenue au septième mois de sa grossesse, fut s'établir à Erneville. Alors les deux amies ne s'occupè-
rent plus que des enfans qui devoient naître.
Elles se promirent, si les enfans étoient de
même sexe, de les élever ensemble comme
des frères ou des sœurs ; et s'ils étoient de
sexe différent, de les unir un jour l'un à l'autre. En formant de si doux projets, chacune
d'elles travailloit à la layette de l'enfant de
son amie, et c'est ainsi qu'une amitié si
tendre ajoutoit un intérêt de plus aux délicieuses espérances de la maternité.

Le terme des grossesses arriva ; la comtesse accoucha la première d'un enfant si
foible qu'on n'espéra pas pouvoir l'élever.
On lui cacha cette inquiétude ; elle étoit
sans expérience à cet égard, et fut d'autant
plus facile à tromper, que différens symptômes ayant fait juger à l'accoucheur que
sa couche ne seroit pas heureuse, il prit
l'utile précaution de la prévenir que, suivant l'usage, on ne lui donneroit son enfant
qu'au bout de trois ou quatre jours, un enfant nouvellement né ne commençant à
téter qu'après cet espace de temps. L'on

ajouta que jusque-là elle ne devoit faire aucune espèce de questions, et qu'on ne lui
diroit même pas de quel sexe seroit l'enfant.
La comtesse, avec la raison et la douceur
qui la caractérisent, se soumit à tout. Lorsqu'elle fut accouchée, on se hâta d'emporter l'enfant, qui mourut quelques heures
après sa naissance. Sa mère, loin de soupçonner son malheur, se livroit à la joie la
plus vive et la plus pure, et déchiroit le
cœur de tous ceux qui l'entouroient, par sa
parfaite sécurité. Les médecins déclarèrent
qu'il falloit trouver les moyens de prolonger
pendant quelques semaines son erreur, parce qu'on ne pourroit la lui ôter plus tôt sans
exposer sa vie. Tandis que tout le monde
s'abandonnoit à la douleur, Mme d'Orgeval
qui s'étoit trouvée à l'accouchement de son
amie, et à laquelle on n'avoit rien pu cacher, prit tout à coup la résolution la plus
extraordinaire et la plus touchante. Sur le
soir elle fut s'enfermer dans un cabinet avec
le comte et son mari, et les priant de l'é-
couter sans l'interrompre, elle leur tint ce
discours : Il ne faut point s'abuser sur la situation de ma malheureuse amie; je connois
mieux que personne l'excès de sa sensibilité
et le prix inestimable qu'elle attache au bon-

heur d'être mère ; irrévocablement décidée
à nourrir son enfant, nul artifice ne pourra
l'engager à renoncer à ce projet : ainsi il
faudra dans trois jours lui annoncer son malheur, et dans l'état où elle est elle en mourra.
Mais en supposant qu'elle eût la force et le
courage de supporter ce coup affreux sans
succomber à sa douleur, songez qu'alors
même nous serions tous les quatre aussi à
plaindre que nous avons été heureux jusqu'ici ! Tout notre bonheur intérieur sera
détruit ! Je deviendrai pour l'amie la plus
chère un triste objet de chagrin et d'envie ;
ma félicité ne sera plus la sienne : que dis-
je ! elle accroîtra ses peines. Mon enfant
n'excitera en elle qu'un souvenir déchirant,
elle ne le verra dans mes bras qu'avec amer-
tume ! Son cœur généreux ne se pardonnera point ce sentiment, hélas ! si naturel !
Elle voudra me le dérober, je perdrai sa
confiance, et ses pleurs ne seront plus ver-
sés dans mon sein ! Voilà les maux inévi-
tables que je prévois. J'ai trouvé un moyen
infaillible de les prévenir. Daignez l'ap-
prouver, et je réponds de tout.

Des avant-coureurs certains m'annoncent
qu'il est impossible que je ne sois pas accouchée dans vingt-quatre heures. Donnons

mon enfant à mon amie en lui persuadant
que c'est le sien; qu'elle conserve cette erreur tout le temps destiné à l'allaitement;
qu'on lui dise que n'ayant point de lait je
n'ai pu nourrir mon enfant, et qu'on l'a mis
en nourrice; qu'on la prépare doucement
à l'idée que cet enfant ne peut vivre. Lorsque je serai en état de me lever, je la verrai, et je lui dirai moi-même que j'ai perdu
mon enfant. Le courage qu'elle me trouvera, la consolera fort naturellement de
mon malheur. Quand sa nourriture sera finie, on pourra la désabuser sans danger pour
sa vie. Je m'en charge, et par la parfaite
connoissance que j'ai de son caractère,
j'ose même assurer qu'à cette époque elle ap
prendra la vérité sans éprouver un violent
chagrin. Quand Mme d'Orgeval eut cessé de
parler, son mari et le comte pénétrés d'attendrissement, furent quelques minutes
sans pouvoir lui répondre. Ensuite ils com-
battirent son dessein par plusieurs objections que Mme d'Orgeval réfuta toutes. La
plus forte étoit fondée sur la difficulté d'ob.
tenir des domestiques la discrétion nécessaire à l'exécution de ce projet. Songez,
ajouton M. d'Orgeval, qu'il faut que le secret soit gardé près d'un an, et que si elle le

découvroit durant l'allaitement, elle éprou-
veroit une révolution aussi dangereuse pour
elle que pour l'enfant. J'en conviens, reprit
Mme d'Orgeval, mais songez aussi que les
domestiques se tairont certainement quand
ils sauront que leur silence sera bien payé,
et que la moindre indiscrétion les feroit
chasser. D'ailleurs, nous nous arrangerons
de manière à ne jamais laisser Mme d'Erneville seule une minute; un de nous trois
sera toujours avec elle, quoique nous soyons
assurés de la prudence et de l'attachement
de ses femmes. Enfin, nous ne recevrons
presque point de visites, tout ce que nous
connoissons sera prévenu, personne au
monde n'entrera dans le château sans parler
à l'un de nous avant de la voir; elle n'a de
commerce de lettres qu'avec deux ou trois
parens auxquels nous écrirons sans délai;
comme elle n'a aucun secret pour nous,
nulle lettre ne lui sera donnée sans avoir
été auparavant examinée ou lue par nous.
Ainsi rien au monde n'est plus facile dans
l'exécution, que ce projet, qui ne paroît
bizarre que parce qu'il est nouveau.

Mme d'Orgeval joignit à ces raisonnemens
des prières si vives et si pressantes, que les
deux amis consentirent enfin à ce qu'elle dé-

siroit avec tant d'ardeur. Ils lui jurèrent
d'adopter entièrement le plan qu'elle venoit
de tracer, et ils furent fidèles à cet engagement. Mme d'Orgeval accoucha le lendemain d'un garçon dont la force et la fraîcheur promettoient la santé la plus brillante.
Sa mère en le recevant sur son sein, le bai-
gna de larmes. O mon enfant, dit-elle, je
t'ai dévoué à l'amitié, mais tu ne m'en seras
que plus cher! Tu sauras un jour que, si
je n'ai pas rempli le plus doux devoir d'une
mère, ce fut non un coupable abandon, mais
un vertueux sacrifice! Premier gage de l'a-
mour, deviens encore le lien le plus touchant de la sainte amitié! En prononçant
ces paroles, Mme d'Orgeval remit son enfant
dans les bras du comte qui, fondant en
pleurs, reçut à genoux ce précieux dépôt.
Il porta l'enfant à son épouse qui éprouva,
en le voyant, tous les transports d'une heureuse mère. On lui apprit en même temps
que son amie venoit d'accoucher. Quelques
jours après, Mme d'Orgeval lui écrivit elle-
même pour lui dire qu'elle ne pourroit
nourrir son enfant, mais qu'elle se portoit
parfaitement bien. Ensuite, sous différens
prétextes, l'on retarda pendant dix ou douze
jours l'entrevue des deux amies, et l'on

annonça à la comtesse que l'enfant de
M.me d'Orgeval étoit malade. Cette nouvelle
corrompit tout le bonheur dont elle jouis-
soit; mais le lendemain Mme d'Orgeval la
fit prier de venir chez elle avec son enfant,
et la comtesse, remplie d'émotion et d'attendrissement, s'y rendit aussitôt. Mme d'Orgeval, en l'apercevant, courut au-devant
d'elle et reçut à la fois dans ses bras son fils
et son amie!... Après quelques instans de silence, Mme d'Orgeval, essuyant ses larmes,
prit l'enfant sur ses genoux, et se tournant
vers son amie qui pleuroit toujours : Je te
demande pour moi, lui dit-elle, le courage
que j'ai moi-même. J'ai voulu t'annoncer
mon malheur, certaine d'en être consolée
par le bonheur dont tu jouis!... Je n'ai
plus qu'un enfant, et c'est le tien. A ces
mots la comtesse, prête à s'évanouir, laissa
tomber sa tête sur le sein de son amie, et
ne put lui répondre que par des gémisse-
mens et des sanglots; mais Mme d'Orgeval,
reprenant la parole, lui montra tant de force et de sensibilité, qu'elle parvint à la calmer. Ne parlons jamais de ce cruel événement, lui dit-elle, je suis mère encore,
puisque le ciel conserve cet enfant; je ne
suis point à plaindre, puisque mon amie est

heureuse, et j'ose croire qu'à ma place elle
penseroit ainsi. Je veux, continua-t-elle, te
faire part d'un projet formé par ma tendresse. Je ne saurois me consoler entièrement qu'en partageant les soins maternels
que tu consacres à ton fils. Que ce ne soit
pas une femme mercenaire qui te seconde
dans cet emploi touchant ; accorde-moi sa
place. Je ne puis être la nourrice de cet enfant chéri ; que du moins je sois sa berceuse, et qu'il ne sorte de tes bras que pour
passer dans les miens. Qu'on juge de l'effet
qu'un tel discours dut produire sur le cœur
de la comtesse, car elle ignoroit combien
au fond le sentiment qui l'inspiroit, étoit
naturel. Pénétrée de reconnoissance et vivement pressée d'accepter ces offres généreu-
ses, elle consentit à tout. Le soir même la
berceuse fut congédiée ; Mme d'Orgeval la
remplaça, et l'on imagine bien que jamais
l'espèce d'emploi dont elle se chargeoit,
n'avoit été rempli avec autant de zèle.

Cependant, l'enfant embellissant et se
fortifiant à vue d'œil, la comtesse, au bout
de quelques mois, s'aperçut, avec ravissement, qu'il ressembloit d'une manière frappante à Mme d'Orgeval ; elle trouvoit simple
qu'ayant toujours été si occupée de son amie,

son fils en eût les traits. Elle l'en aima davantage ; la tendresse qu'elle avoit pour cet
enfant, croissant de jour en jour, devint
bientôt une véritable passion, et son amitié pour Mme d'Orgeval augmentoit en pro-
portion de cet attachement ; de sorte que
ces deux sentimens se confondirent dans
son cœur, et le remplirent entièrement.
Mme d'Orgeval coucha dans la chambre de
son amie pendant tout le temps de la nourriture. Le berceau de l'enfant étoit placé
entre les lits de deux mères ; cet enfant
nourri par l'une, habillé, déshabillé, soigné
par l'autre, et également caressé de toutes
deux, partagea entre elles, dès ce premier
âge, ses affections naissantes ; et tour à tour
arraché et rendu à l'instinct de la nature,
il ne pouvoit ni distinguer ni méconnoître
sa mère. Il fut sevré au bout de dix mois.
Six semaines après, Mme d'Orgeval se décida
enfin à révéler à la comtesse le secret qu'on
lui avoit caché avec tant de soin jusqu'à
cette époque. Un jour qu'elles se trouvoient
seules avec leur enfant, Mme d'Orgeval,
après beaucoup de préparations, déclara
l'entière vérité. Le saisissement et la surprise rendirent, pendant quelques instans,
la comtesse immobile !..... Ensuite elle

s'écria douloureusement : Quoi ! cet enfant
n'est pas à moi !.... et j'ai perdu le mien !...
Mais, poursuivit-elle, quel sacrifice sublime
tu m'as fait !... Oui, reprit Mme d'Orgeval,
je n'ai pu jouir d'un bonheur dont le ciel
te privoit ; j'ai voulu te rendre ce qu'il venoit de t'enlever, je t'ai donné le droit le
plus touchant d'une mère, et en le cédant
à mon amie, je n'ai pas cru le perdre. Et
toi, seras-tu moins sensible, et cet enfant
te sera-t-il moins cher, parce qu'il a reçu
la vie dans mon sein ! Non, non, interrompit la comtesse en fondant en larmes,
non, ma généreuse amie, ton fils sera toujours l'objet de ma plus tendre affection ;
quelle adoption fut jamais plus sacrée ! Ah !
je remplirai tous les devoirs si doux qu'elle
m'impose, j'en jure par la reconnoissance
et par l'amitié, les vertus et les passions
de mon cœur. En effet, depuis ce jour, la
tendresse de la comtesse pour cet enfant
parut s'exalter encore. Il n'avoit pas reçu
toutes les cérémonies du baptême, ce qui
devint l'occasion d'une fête touchante. La
comtesse fut sa marraine, elle le tint sur
les fonts baptismaux avec son mari, on
l'appela *Albert*, du nom de la comtesse
qui se nomme *Albertine*.

Quatorze mois après la naissance d'Albert, Mme d'Orgeval accoucha d'un second garçon, ce qui, de toute manière, causa la plus vive joie à la comtesse. Elle conjura alors son amie de lui laisser élever Albert, puisqu'elle avoit un autre enfant. Cette demande fut accordée, et le jeune Albert resta au château d'Erneville. Il n'en aima pas moins ses parens, la comtesse mettant tous ses soins à lui inspirer pour eux la plus tendre affection. Aussitôt qu'il sut un peu écrire, il écrivit chaque jour à son père et à sa mère, sans y manquer jamais, lorsqu'il n'étoit point avec eux; mais les absences étoient courtes et rares, les deux familles se trouvoient presque toujours réunies, soit à Gilly, soit à Erneville, et la charge de M. d'Orgeval l'obligeant à séjourner souvent à Dijon, on y passoit régulièrement deux ou trois mois chaque hiver. Albert faisoit les délices de ces deux mères, qu'il chérissoit également. Il montroit autant d'esprit et de mémoire que de sensibilité. La comtesse remplie de talens et d'instruction, lui tint lieu de tous les maîtres dont on manque en province. Elle lui donna un précepteur pour lui enseigner le latin et la géométrie; mais, d'ailleurs, elle fut sa

seule institutrice. Albert dut à sa mère adoptive, des principes vertueux, des talens
charmans, des manières distinguées; mais
il ne doit qu'à la nature ce que l'éducation
ne sauroit donner, une âme profondément
sensible et reconnoissante, et le caractère
le plus ferme et le plus généreux.

Albert étoit dans sa huitième année lorsque la comtesse redevint grosse. Elle désiroit ardemment une fille, dans l'espoir de
l'unir un jour à son enfant adoptif. La crainte que ce souhait ne fût pas exaucé, la troubla pendant toute sa grossesse; outre le chagrin de renoncer à un projet si cher, elle
n'envisageoit un garçon que comme un rival d'Albert, dont Mme d'Orgeval pourroit
être jalouse; mais l'événement, en détrui-
sant ces inquiétudes, mit le comble à sa
félicité et à celle de son amie. Albert, accou-
tumé à partager les désirs de ses deux mères,
quoiqu'il ignorât leurs desseins, faisoit
aussi des vœux pour que le ciel lui donnât
une sœur; car, ajoutoit-il, j'ai un frère, et
rien ne manqueroit à mon bonheur, si j'a-
vois aussi une petite sœur; je lui enseigne-
rois tout ce que je sais, et elle m'aimeroit
un jour presque autant que j'aime maman!

Albert, qui ne pouvoit travailler à la

layette de l'enfant qui devoit naître, eut de
lui-même l'idée de faire son berceau ; et
dirigé par le vanier du village, il le fit en
osier, avec autant d'adresse que d'application. Ainsi, même avant ma naissance, il
s'occupa de moi ! doux présage de la tendresse qui devoit nous unir, et du bonheur
qui nous étoit réservé ! Je naquis le premier de mai 17**. Lorsque Albert apprit
qu'il avoit *une petite sœur*, son émotion et
sa joie furent si vives, qu'il pâlit, devint
tremblant, et fut obligé de s'asseoir. Ensuite il courut chercher son berceau, et se
colla contre la porte de la chambre de ma
mère jusqu'au moment où on lui permit
d'entrer. Alors, traînant avec lui le berceau, il me demanda ; on m'apporta, on
me coucha dans le berceau ; Albert se mit
à genoux près de moi ; il me contemploit
avec complaisance ; il me prodiguoit les
plus douces caresses. Déjà mon gardien et
mon protecteur, il baissoit mon rideau
quand je dormois ; il empêchoit qu'on ne
fît du bruit ; si je criois, il s'attendrissoit
et cherchoit à m'apaiser. Il passa ainsi presque toute la journée entière. Voilà sous
quels heureux auspices, je suis née ; le premier jour de ma vie auroit offert l'image

touchante et délicieuse de tous ceux qui l'ont suivi, si j'avois pu sentir ma félicité; tout ce que je chéris s'occupa de moi; je fus aimée de tout ce que j'aime.

Les deux amies convinrent que leur projet d'union entre Albert et moi resteroit secret jusqu'à ce que j'eusse atteint ma quinzième année; que jusques-là nous serions élevés comme frère et sœur, et qu'on ne diroit jamais un mot qui pût nous faire soupçonner le dessein et l'espérance qu'avoient conçus, relativement à nous, l'amitié et la tendresse maternelle. Mme d'Orgevel fut ma marraine, et je reçus le nom de Pauline, qui étoit le sien.

Durant ma première enfance, les seules récréations d'Albert furent de jouer avec moi. Il me consacra l'arbre creux du petit bois, il en tapissa de mousse l'intérieur, il fit auprès le banc de gazon qu'on y voit encore. Ma mère s'y reposoit tandis que, couchée dans le creux de l'arbre, et souvent sur les genoux d'Albert, qui s'y glissoit avec moi, je passois là des heures entières. Ce vieux chêne fut nommé, par Albert, *l'arbre de Pauline.* Quand je commençai à sentir et à connoître, je pris un tel sentiment pour Albert, que je ne consentois volontairement

à quitter ses bras que pour aller dans ceux
de ma mère. Je ne pouvois encore qu'articuler les noms de mon père et de ma mère,
lorsque Albert, à force de patience et de me
la répéter, m'apprit cette phrase, la première que j'aie prononcée : *J'aime Albert !*
Ce fut aussi lui qui m'apprit à lire, à écrire,
à calculer et à dessiner. Nulle enfance n'a
été plus heureuse que la mienne ; je n'ai jamais pris une leçon avec ennui, elles m'é-
toient toutes données par ma mère ou par
Albert ! Si je commettois quelque faute, il
avoit toujours le double soin de me la faire
sentir, de m'inspirer le désir de la réparer,
et de l'excuser auprès de ma mère. S'il me
trouvoit distraite dans nos études, il me
disoit : Notre mère croira que je t'enseigne
mal, elle te donnera un autre maître ; alors
je reprenois la plus grande application. Il
ne me flattoit jamais ; il m'accoutumoit à
entendre la vérité. La trouvant toujours en
lui, je l'aimois avant de savoir l'apprécier.
Enfin, je le chérissois comme le plus tendre
frère, et je le respectois comme un instituteur et comme un ami, dont les vertus et
les lumières étoient infiniment supérieures
aux miennes. Doux sentimens nés avec
moi, que la raison n'a pu que fortifier de-

puis! J'étois dans ma huitième année, et Albert avoit quinze ans, lorsqu'il prit la petite vérole. Dès les premiers symptômes de cette maladie, on nous sépara; ce fut le premier chagrin véritable que j'aie éprouvé. Je pleurai amèrement, en répétant que je voudrois avoir aussi la petite vérole, parce que je ne serois pas *trois semaines* sans voir mon frère. Un médecin de Dijon, très-habile, qui soignoit Albert, trouva sa petite vérole si bénigne et d'une si bonne qualité, qu'il conseilla à mes parens de profiter de cette heureuse circonstance pour me faire inoculer. Mon père et ma mère y consentirent; et lorsqu'on me le proposa, je m'écriai que je serois charmée d'avoir *le mal d'Albert*. Ma mère, qui connoissoit la sensibilité d'Albert, lui cacha cette résolution jusqu'au douzième jour de sa maladie. Alors, comme il étoit en pleine convalescence, on fut obligé de le lui dire, parce que je le demandois sans cesse, et qu'au septième jour de mon inoculation, on craignit que l'inquiétude que je montrois ne me fit mal. Albert, en apprenant cette nouvelle, frémit et fondit en larmes. Grand Dieu, s'écria-t-il, le venin qui a passé dans son sein vient de moi !... et ce venin peut causer sa mort!... Cette idée le frappa si vivement, que rien ne put l'en distraire ; cependant il essuya ses larmes, et vint sur-le-champ dans ma chambre. Aussitôt que je l'aperçus, je lui tendis les bras et je pleurai. J'avois déjà la fièvre : il se mit à genoux devant mon lit, il prit une de mes mains, et dit seulement : *Ciel, comme elle est brûlante !...* Il passa les trois jours suivans près de moi sans me quitter une minute, ni jour ni nuit ; il voulut absolument coucher sur un canapé, dans ma chambre, mais se relevant à chaque instant, ainsi que ma mère, il étoit continuellement au chevet de mon lit.

Je fus très-malade pendant vingt-quatre heures, j'eus le délire et des convulsions, j'avois beaucoup de boutons au visage, et tous ces accidens firent une telle impression sur Albert, que le médecin, jetant par hasard les yeux sur lui, fut effrayé du changement de son visage. Il voulut lui tâter le pouls, Albert s'en défendit vivement ; mais ma mère lui ordonnant de donner son bras, il le tendit en disant : Eh bien, monsieur, j'ai la fièvre depuis trois jours... Et la fièvre la plus violente, reprit le médecin. Cette déclaration mit le comble aux craintes et à la douleur de ma mère et de

Mme d'Orgeval (qui, comme on le pense
bien, étoit établi à Erneville depuis quinze
jours). On voulut qu'Albert allât se coucher; mais il représenta qu'étant éloigné de
moi, dans l'état où j'étois, la tête lui tour-
neroit, et qu'il succomberoit à ses inquiétudes. Il resta jusqu'au lendemain; alors je
repris ma connoissance, tous les accidens
cessèrent, et Albert parfaitement rassuré,
consentit à s'aller remettre au lit; mais il
étoit si foible et si accablé, qu'en sortant de
ma chambre il s'évanouit. On fut obligé de
le porter dans son appartement; il eut une
espèce de fièvre chaude, avec un délire affreux, durant lequel il s'écrioit toujours :
*Je veux mourir! j'ai tué ma sœur, j'ai tué
Pauline!* Il fut pendant quatre jours dans
un très-grand danger. Enfin, le ciel le rendit à la vie et au bonheur; aussitôt qu'il put
se soutenir sur ses jambes, il accourut chez
moi, il s'attendrit en voyant mon visage
rouge et enflé. Tu me trouves bien laide?
lui dis-je. Ah! Pauline, répondit-il, ne t'en
afflige pas; car, si tu restes ainsi, je ne t'en
aimerai pas moins, et ta figure moins jolie
me touchera davantage!

Un an après cette époque intéressante de
ma vie, Mme d'Orgeval tomba tout à coup

malade d'une fluxion de poitrine; son mari
étoit absent, elle ne fit appeler des secours
et avertir ma mère que le quatrième jour
de sa maladie. Ma mère et Albert se rendirent à Gilly, et trouvèrent Mme d'Orgeval à
l'extrémité. Dans cet état, elle ne s'occupa
que de son inconsolable amie, elle lui demanda de vivre pour son fils et pour moi;
ses dernières paroles exprimèrent le regret
de ne pouvoir être témoin de l'union d'*Albert et de Pauline*; et le désir que ce mariage se réalisât. Ainsi mourut, à trente-
huit ans, cette héroïne de l'amitié! Sa carrière fut courte, mais remplie; la vertu,
les sentimens les plus vifs et les plus purs,
en embellirent tous les instans; aucun revers n'en troubla le cours paisible et fortuné; ses plus tendres penchans s'accordèrent
constamment avec ses devoirs; elle aima
et fut aimée avec excès, sans égaremens et
sans foiblesse; heureuse dans ses affections,
parce qu'elle le fut dans ses choix, elle n'é-
prouva, ni l'abandon et les noirceurs de
l'ingratitude, ni les atteintes de la calomnie; enfin, elle mourut dans sa patrie tranquille et florissante, et ses derniers regards
se fixèrent sur une amie fidèle et sur deux
fils chéris et dignes de l'être.....

Le désespoir de ma mère fut si violent, qu'il donna pour sa vie de longues et de cruelles inquiétudes. Pour l'arracher pendant quelque temps des lieux où tout lui retraçoit une image déchirante, mon père lui proposa de faire un voyage à Paris, afin d'y achever l'éducation d'Albert. Nous partîmes au mois de septembre 17**, et nous restâmes dix-huit mois à Paris.

LETTRE XXVIII.

De la comtesse d'Erneville à la baronne de Vordac.

De Dijon, le 3 septembre.

PAULINE écrit des lettres si démesurément longues à son mari, et elle s'est fait un plan d'occupations si étendu et si suivi, qu'à peine avons-nous le temps de causer, quoique nous passions toutes nos journées ensemble. Ou elle lit, ou elle me prie de lui faire répéter des vers, de lui faire lire de l'anglais et de l'italien, ou elle écrit, ou bien elle fait de la musique. Toutes ses heures d'études sont fixées comme au temps de son éducation; elle me ramène ainsi aux plus beaux jours de ma vie, mais il nous manque *un maître* qui savoit mieux que moi l'art de donner du charme aux leçons!.. Au reste, c'est pour lui que nous travaillons avec tant d'ardeur. Pauline me dit : *Je veux que du moins après cette longue absence il puisse me trouver quelques talens, quelque instruction de plus.* Cette idée lui donne une inconcevable émulation, et lui fait supporter patiemment l'absence. Elle a repris toute sa sérénité et sa charmante égalité d'humeur, et sa santé est parfaite. Elle a été accueillie ici dans les commencemens avec une espèce d'enthousiasme. Tout le monde vouloit la voir, mais elle s'est constamment refusée à toute dissipation, déclarant qu'elle n'étoit venue à Dijon que pour y partager ma retraite. J'ai voulu, mais en vain, l'engager à voir un peu de monde; je suis bien certaine qu'on lui sait fort mauvais gré de cette résolution que beaucoup de gens prendront très-injustement pour du dédain. Je me suis fait jadis aussi bien des ennemis, en me privant de toute société, afin de me dévouer entièrement à l'éducation de mes enfans. C'est sans doute un malheur qui peut en entraîner beaucoup d'autres lorsqu'on est fixé dans une ville; mais c'est un petit inconvénient lorsqu'on a de la fortune et qu'on est décidé à passer toute sa vie dans ses terres.

Le chevalier de Celtas est venu à Dijon, il y a trois semaines; il a bien fallu le recevoir. Quand ma fille lui a dit qu'Albert ne reviendroit que dans quatre mois, il a paru fort surpris, parce qu'a-t-il dit, M. le premier président assuroit que les affaires dont Albert est chargé devoient être terminées en moins de six semaines. Ceci a charmé Pauline; pour moi j'y ai vu de la méchanceté. Vous savez que je n'ai pas bonne opinion de lui, et vous pensez comme moi. Je crois donc qu'il n'a dit cela que pour donner de l'inquiétude à Pauline, et pour jeter dans son esprit quelques semences de jalousie sur ce long séjour à Paris. Mais Pauline est absolument inaccessible à la défiance, elle a même le défaut opposé, elle est confiante à l'excès, et malgré ses vertus et sa parfaite pureté, si elle eût vécu dans le grand monde, il lui auroit fait faire les imprudences les plus dangereuses. Je lui ai dit que je vous écrivois, et elle vous promet de vous sacrifier la semaine prochaine au moins deux heures *d'études* et *de leçons.*

Adieu, ma jeune et chère amie, aimez-nous toujours, et comptez à jamais sur la tendre affection de la mère et de la fille. Mille complimens de notre part à M. de Vordac. Pauline vous prie de nous parler de M. du Resnel, qu'elle aime et qu'elle estime extrêmement.

LETTRE XXIX.

Du vicomte de St. Méran à M. du Resnel.

Paris, le 4 octobre.

Mon voyage à Barrège, mon ami, ne m'a servi qu'à remplir un devoir; je l'ai entrepris avec des espérances que chaque jour affoiblissoit, et qui se sont enfin totalement évanouies. C'est l'image abrégée du voyage entier de la vie!....

J'ai perdu mon pauvre oncle; il est mort dans mes bras à Barrège, le 15 septembre dernier, après quatre mois de souffrances cruelles.

Je ne suis arrivé à Paris que lundi dernier, et par conséquent je suis à peine encore *au courant* de tout ce qui est arrivé depuis quatre mois. On m'a conté entre autres choses une histoire qui a fait beaucoup de bruit, et dont on ne parle plus, mais qui ne peut vous être indifférente. La voici.

Environ un mois avant le voyage de Fontainebleau, l'ambassadeur d'Espagne, pour la naissance du duc de***, donna un superbe bal masqué. J'étois alors en Normandie chez mon oncle. Le comte de *** étoit à ce bal avec Mme de C*** dont il est amoureux. Le lendemain, en sortant du bal, et à la pointe du jour, le comte se rendit aux Champs-Élysées, et s'y battit avec un homme dont on a ignoré le nom pendant plus de trois mois; le comte fut si grièvement blessé, que durant six semaines on a craint pour sa vie. Enfin on a su depuis que son adversaire étoit le marquis d'Erneville. Le comte rend toute justice à sa valeur et même à sa générosité. Les détails du combat font beaucoup d'honneur au marquis; aussi, par reconnoissance, le comte pendant toute sa maladie, a refusé de le nommer, et depuis même n'a dit son nom qu'à deux personnes, de sorte que ce fait n'est pas généralement su, ou du moins n'a pas fait un éclat qui pût nuire au marquis. On prétend que Mme de C*** a été la cause de ce duel. Je sais pourtant que le marquis ne la voit point. Depuis cette aventure il vit dans une très-grande retraite, passant beaucoup de temps à *Fontenay-aux-Roses*, dans une petite maison qu'il a louée là. Il n'a de liaison intime qu'avec le chevalier d'Olbreuse. Ce dernier, que vous ne connoissez point, est à mon avis l'homme le plus aimable de la société. Ce n'est pas dire qu'il en soit le plus spirituel, le plus instruit, et celui qui ait les meilleurs principes; mais il possède au suprême degré toutes les qualités sociales; il est discret, facile et doux; comme il a peu d'attache à ses opinions, sa conversation est toujours agréable; il discute avec esprit et sans jamais disputer; et quand les raisons lui manquent, il plaisante sans aigreur et avec beaucoup de grâce. Il a du naturel et de la finesse, un excellent goût; aimant à plaire, il n'a point de prétentions exclusives; il est charmé de rencontrer des gens spirituels, il ne se met jamais en rivalité avec eux. Séduit et amusé par la grâce des autres, dès qu'on est aimable, il est bienveillant pour le moment; tout cela ne compose pas un grand caractère, mais forme un homme véritablement fait pour vivre dans le monde et pour y réussir universellement.

Le duc de Rosmond n'est pas heureux *cette année* dans ses intrigues amoureuses. Il a voulu vainement corrompre la nièce de Dercy. Ce dernier est retiré à Senlis avec cette jeune personne dont il veut faire sa femme ; il en est ridiculement jaloux. Cependant le duc a trouvé le moyen de la voir et de lui écrire ; il lui donnoit un rendez-vous, et ne doutant pas du succès, il s'y est rendu au jour indiqué, et n'y a trouvé que le tuteur averti de tout par la jeune personne. Dercy triomphant a remis au duc ses lettres d'amour que lui renvoyoit la prudente pupille qui, dit-on, ne l'a traité avec autant de rigueur que parce qu'elle a un autre amant qu'elle préfère. Cette aventure a jeté sur le duc une sorte de ridicule. C'est son ami Poligni qui m'a conté cette histoire. Poligni, disciple du duc, et plus jeune que son modèle, n'est pas encore tout-à-fait aussi dépravé ; il a infiniment plus d'esprit que le duc, et il n'est pas comme lui dépourvu de toute sensibilité. J'aurois grande envie de le *convertir*, mais une telle entreprise exigeroit des talens que je n'ai pas.

Vous me demandez si je ne *deviens pas amoureux* depuis que je suis attaché à un prince, à la cour duquel se trouvent des femmes qui ont une grande réputation de figure et d'agrémens. Non, mon ami, j'ai un cœur sensible, je suis parvenu à l'âge de trente-un ans, et je n'ai jamais eu de passion. Ce n'est pas que je n'aie rencontré des femmes qui m'ont paru charmantes et en même temps estimables ; mais je ne me passionnerai jamais que pour un caractère original, et c'est ce qu'on ne trouve point dans le monde, surtout parmi les femmes. Les hommes, moins surveillés, plus indépendans, plus instruits, conservent mieux les formes primitives et si variées de la nature, qui sont presque toutes effacées chez les femmes, au moral ainsi qu'au physique ; car la contrainte de l'éducation et des usages asservit leurs caractères, comme elle comprime et défigure leurs tailles et leurs pieds. Pour connoître une femme, il suffit de savoir quelle a été son éducation, dans quel cercle elle a vécu et quelles sont ses liaisons intimes ; et comment aimer passionnément l'objet qu'on ne peut, qu'on ne doit juger que sur des accessoires, et qui n'est rien par lui-même? Voilà pourquoi l'amitié sera, je crois, toujours ma passion dominante.

Quant aux hommes avec lesquels je vis habituellement, celui qui a le plus de con-

sidération est le marquis de***. Un caractère frondeur et chagrin donne presque toujours à la cour la réputation de probité :
on y prend pour de la vertu, l'humeur qui
ne permet ni de louer ni de flatter. Il y a
deux espèces de misanthropie : l'une qui
vient de la haine du vice, et l'autre qui est
excitée par l'envie. Telle est celle du marquis de***. Dévoré d'ambition, les succès
des autres sont pour lui des revers; il est
mécontent de tout, il critique avec amer-
tume tout ce qui se fait, et particulièrement les choses qui sont le plus généralement admirées; il passe pour être généreux,
parce qu'on a remarqué qu'il cesse de dire
du mal de ceux qu'il a le plus frondés, s'ils
tombent dans le mépris ou dans le malheur;
mais c'est seulement parce qu'il ne les envie plus.

Après le marquis de***, le chevalier de
Melcour est l'homme du palais de*** que
le prince paroît aimer le plus. Melcour a
des talens agréables et un grand désir de
plaire; il a très-peu lu, encore moins réfléchi; il n'a nulle instruction réelle, et
n'est en état de juger d'après ses propres
lumières, ni les hommes, ni les choses.
Mais il a passé toute sa jeunesse dans une

société de savans et de gens de lettres, et
sa mémoire conserve un assez bon recueil
de *jugemens tout faits*, qu'il sait s'appro-
prier et placer avec adresse dans la conversation. Les ignorans admirent son *érudi-
tion*, les gens médiocres sont éblouis de
son esprit, et les personnes éclairées ne peuvent l'accuser de pédanterie et le trouver
ridicule, car il a de la grâce, de la finesse,
et possède parfaitement l'art de se faire valoir, sans montrer la moindre prétention.
Dépourvu de principes et de sensibilité, il
n'est cependant ni corrompu ni dépravé;
son âme, incapable d'éprouver une passion
violente, n'a jamais été vivement combat-
tue, et comme il n'a vécu que dans un cercle
vertueux, rien n'a pu l'entraîner vers le vice.
Sans imagination et sans énergie, tout ce qui
est grand, lui paroît gigantesque; il louera
de moins bonne foi l'héroïsme que la simple
probité; il ne sauroit admirer les choses
qui ont une certaine élévation, sa vue n'y
atteint pas. Par une suite de ce même caractère, il ne peut même concevoir les égaremens produits par les grandes passions;
et prenant son étonnement à cet égard pour
de la vertu, il jouit du bonheur de s'estimer sans en avoir le droit. Il n'a aucun

de ces vices éclatans qui déshonorent ; mais
il a presque tous ceux que l'on tolère ou
qui peuvent se cacher aisément. Plus frivole
et plus inconsidéré que méchant, il n'a
qu'un désir, celui de briller et de plaire,
et qu'un but, celui de s'amuser. Pour l'intérêt léger de ses plaisirs ou de sa vanité, il
sacrifiera toujours, sans scrupule, les devoirs sacrés de l'amitié ; mais sourdement,
sans éclat, sans rupture. Melcour ne se
brouille jamais ; il néglige, il trahit, il revient, il nie avec audace les torts qu'on ne
peut prouver, il rejette les autres sur son
étourderie ; on le croit, ou du moins on
lui passe tout, parce qu'au fond personne
ne l'aime assez pour approfondir avec soin
ses motifs et son caractère. Il n'a rien d'attachant, mais il est aimable, il a de la sou-
plesse, de la gaîté, de l'adresse, et un ton
si naturel, un air si ouvert, qu'on n'est jamais tenté de prendre son excessive complaisance pour de la bassesse. L'amitié, la
reconnoissance même, ne lui donneront jamais le courage de défendre, au risque de
déplaire, ceux qu'il doit aimer ; à moins
que les médisans ou les calomniateurs
n'aient aucune considération personnelle.
Mais s'ils sont imposans par leur rang, par

leur réputation, ou seulement s'ils ont une bonne maison, et que Melcour ait le désir d'aller chez eux, il gardera le plus obstiné silence; en même temps vous le verrez soupirer et s'attrister; et c'est, dans ce cas, joindre la perfidie à la lâcheté. Celui qui se tait et qui paroît s'affliger lorsqu'on déchire son ami, fait un aveu tacite, mais formel, des torts qu'on lui impute. Si l'on attaque ses amis par le ridicule et par la plaisanterie, Melcour prétend que tout ce qui ne porte nulle atteinte à l'honneur, ne sauroit blesser; cependant, pour la forme, il commence par repousser doucement les traits piquans de la moquerie, bientôt il sourit (comme involontairement et malgré lui), enfin il s'anime par degrés, les rires le gagnent,... l'amour-propre le lui pardonne, on n'accuse point son cœur, on croit avoir séduit son esprit par des saillies ingénieuses, on ne dit point que Melcour est perfide et lâche, on s'écrie : *Qu'il est gai! qu'il est aimable!*.... Melcour peut répandre en passant de l'agrément dans un cercle étendu, mais il semera toujours la division dans une société intime, et par conséquent peu nombreuse. Il ne fera jamais de ces noirceurs maladroites qui se découvrent toujours ;

mais si deux amis l'admettent en tiers entre eux, au bout de peu de temps ils se trouveront refroidis d'un pour l'autre ; et sans
pouvoir s'en rendre raison, sans en connoître le motif et la cause. Par l'art ma-
gique de la tracasserie, Melcour produira,
imperceptiblement et par degrés, ce grand
changement, tantôt sans dessein et par des
indiscrétions dangereuses, tantôt avec le
projet de flatter et de plaire. Par de petits
rapports infidèles, quelquefois par un geste, un regard, un sourire, toujours sans se
compromettre, sans que les amis puissent
citer ou découvrir de lui un mensonge absolu, une calomnie positive, Melcour, par
des manières insinuantes, par une obligeance excessive, saura se rendre agréable, et en
quelque sorte nécessaire à tous deux ; il deviendra leur confident, jouera le rôle de mé-
diateur dans les petites querelles ; mais les
nuages se multiplieront, les raccommode-
mens seront chaque jour moins tendres, ils
finiront par n'être pas sincères, l'aigreur, le
dépit le mécontentement succéderont à l'inclination et à la confiance, et les amis se
trouveront brouillés, sans savoir comment
et pourquoi ils ont cessé de s'aimer, et peut-
être sans en accuser Melcour, qui restera

l'ami de l'un et de l'autre en donnant tort séparément à tous les deux. Voulez-vous savoir le jugement que les gens du monde portent d'un tel personnage? Le voici : *Melcour est étourdi, indiscret, léger, mais il est rempli de franchise, le fond de son cœur est excellent, et il est incapable de faire une méchanceté.*

Quand on réfléchit aux jugemens des gens du monde, il est impossible d'attacher du prix à ses éloges.

J'ai répondu longuement à toutes vos questions, et cependant j'ai l'espérance d'aller vous faire une petite visite dans quinze jours ou trois semaines.

Adieu, mon ami ; je ne vous parle point du plaisir que j'aurai à vous revoir, vous connoissez mes sentimens, ils sont invariables.

LETTRE XXX.

Du chevalier de Celtas à M. d'Orgeval.

De Dijon, le 12 octobre.

Bel✱✱✱, qui arrive de Paris, nous a conté d'étranges choses de votre frère. Comme je le savois très-bien, ce ne sont nullement des affaires qui le retiennent à Paris, mais c'est une autre *sirène* qui l'enchaîne.

Le *grand Albert* est éperdument amoureux d'une chanteuse de la comédie italienne, et il s'est battu avec un danseur de l'opéra, qui est son rival. Vous pouvez compter sur la vérité de ce récit, il est parfaitement exact. Voilà donc les fruits de cette belle éducation si vantée !..... Il faut convenir que cet incident dépare un peu le beau roman *des amours d'Albert et de Pauline*, car il n'est rien moins qu'*héroïque*. Il est bien heureux que votre belle-sœur soit partie d'ici avant l'arrivée de Bel✱✱✱; car tout le monde parlant de cette histoire, il auroit été presque impossible de la lui cacher. Elle a laissé peu de regrets dans cette ville, elle y a aussi peu réussi que

Mme d'Orgeval y est aimée. On lui a trouvé une froideur qui alloit jusqu'à l'impolitesse; elle n'a rendu aucune visite, disant qu'elle consacroit tout son temps à *la sublime comtesse.* Elle étoit moins farouche et plus accueillante pour le duc de Rosmond. Tout ceci finira mal, du moins je le crains.

Je retourne à Autun sous peu de jours. J'y passerai tout l'hiver. J'ai mené, depuis huit mois, une vie si ambulante, que j'ai grand besoin de repos.

Adieu, mon cher; écrivez-moi quelquefois, mandez-moi les nouvelles de votre voisinage; vous avez une manière de conter très-naturelle et très-piquante, et soit dit sans vous flatter, j'aime infiniment mieux votre genre d'esprit que celui de votre frère, qui n'a que du clinquant et des phrases. Quant au caractère et à la conduite, je crois que Mme d'Orgeval sera aussi de mon avis, et qu'elle trouve qu'il est fort heureux d'être la femme d'un homme qui n'a rien de *romanesque*, mais qui est honnête, aimable et fidèle.

LETTRE XXXI.

De M. d'Orgeval au chevalier de Celtas.

De Gilly, le 15 novembre.

En bien, mon cher chevalier, la *sirène* de Paris l'emporte tout-à-fait sur celle d'Erneville ; le grand *Albert* demande encore un *répit ;* il a déclaré que ses *affaires* ne seroient terminées qu'au mois de mars. Cette nouvelle n'est arrivée qu'hier. J'ignore l'effet qu'elle a produit sur Pauline.

Connoissez-vous un vicomte de St. Méran, l'ami intime de du Resnel. Ce personnage, qui tranche aussi du philosophe et qui fait le beau parleur, est à Gilly depuis huit jours. C'est un grand flandrin langoureux, qui moralise à outrance, et qui me paroît furieusement ennuyeux. Du Resnel donna samedi dernier un gala splendide ; Pauline y vint, et trouvant là un Parisien et un courtisan, elle fut très-aimable. Le vicomte étoit enchanté d'elle ; et moi, dans mon coin, avec mon air de bonhomie, j'examinois tout le manége et je comptois les *œil-*

lades. Il y en eut un bon nombre, je vous assure. Mais le diable m'emporte si du Resnel n'est pas amoureux, comme un fou et
comme un sot, de Pauline ! Je crois que la
Vordac est dans la confidence, car j'ai surpris plusieurs petits mots. Tout ceci devient
curieux pour les observateurs et les gens
qui ont un peu de tact.

Nous chasserons le sanglier tout l'hiver.
Du Resnel a fait percer des routes dans la
forêt, ce qui rendra la chasse beaucoup plus
agréable. J'ai troqué mon beau cheval bor-
gne contre un bidet alezan de cinq ans, qui
vaut bien trente louis. Je n'ai pas fait là un
marché de nigaud.

Le bon homme Dupui tousse toujours et
baisse beaucoup.

Le vieux Vordac ira aux eaux de Vichi
ce printemps. Le whisk va comme de coutume ; Vordac tempête, du Resnel et Denise renoncent, et je gagne toutes les par-
ties.

Adieu, mon cher chevalier ; mes complimens à nos amis.

LETTRE XXXII.

De Mlle Jacinthe, femme de chambre de la marquise, à M. Le Maire, valet de chambre du marquis.

D'Erneville, le 2 février.

MON PETY BONAMY.

Nous ne pouvont plus y tenire, madame et moi, c'est affreux comme le tan nous dure. madame pleure souvent en cachette. elle est bien fâché que M. le marquis ne veuille pas que nous alions le rejoindre. et moy j'auroit tan d'envy de faire un voyaje à Paris, et surlou pour te revoire. je ne doute pas de ta fidélité, mais pas moins l'absence est toujours bien tourmentante. je te dirés que quéqfois madame est lantée d'aller à Paris sans permission, d'autan que M. le marquis ne l'a pas positivemàn défandut, et qu'il dit seulement que come il espair de jour en jour revenire, il vaux mieux qu'elle attande. mais aveque tout ça nous somes lasses d'attandre depuis un an ; et si tu veut me segonder il n'y a rien de

plus aisé que de faire partire madame. tu
n'a qu'at m'écrire une laitre que je puis
lui montré, dans laquel tu dira que M. le
marquis restera peutaitre encor un an à Paris, que ça lui done bien du chagrain, mais
qu'il n'ause fair venire madame dans la
crainte que ça ne fàche madame la comtésse.
mande moi ça et tu veira. quan nous seron
à Paris y faudra bien que M. le marqui nous
reçoive. quan panse tu? adieu mon bonamy, tu n'a que faire d'aitre jalou, je t'assure que je n'écoute ni la France, ni la Piè-
re, ni même le cuisinier. La grande Goton
se mary à pâque. Françoise a ut une foiblesse. quan madame lui a demandé quel étoit
le père de l'anfan, elle a répondu qu'elle ne
le savoit pas positivemen. madame la ren-
vaira, mais elle lui fera faire ses couches et
se chargera de l'anfan.

Le vieux Laurence est plus chicaneur et
plus grognon que jamais, et Mlle du Rocher
toujours aussi impertinante. Adieu mon
pety bonamy, répon-moi bien vite. je suis
ta fidèle bonamy.

Jacinthe.

LETTRE XXXIII.

Réponse de Le Maire.

Paris, le 10 février.

MA BONNE AMY,

J'APPROUVE ton hidée et je t'envoyx la laite que tu montrerat à madame. tu verat que j'y parle côme tu me le conseille. Mais pour ce qui est de la mélancholy de monsieur je ne ment pas, car je te répont qu'il est diablement triste. ne pert pas un moment, la chause praisse. décide madame. ne lanterne pas. si tu te conduit aveque espry le suquecet est certin.

Adieu, ma bonne amye. ton devoué

Le Maire.

LETTRE

Du même, renfermée dans la précédente, et écrite pour être montrée à la marquise.

MADEMOISELLE,

Vous me demandé quan nous retourneront au peys, et je vous répondré qu'il n'y a que la divine Providence qui le sache. mais je croit que ce ne serat que dans un an. M. le marquis est desollé de ne pas voire madame. y ne dore, n'y ne mange, et il est si mégrit qu'il faut refair tous ses gillets. y me dit souvant qu'il est singulié que madame ne viene pas, qu'il n'ause pas la demandé parce que ça feroit de la penne à madame la comtesse. mais au bout du comte madame ne dépan que de monsieur. et si ça dure monsieur tombera malade, en attendan il est jaune comme un coin.

Je vous pry mademoiselle de faire mes complimens à la France et de me garder une place dans votre souvenir, avec lequel j'ai l'honneur d'ête, Mademoiselle,

Votre serviteur,

Le Maire.

P. S. M. le marquis change de logeman.
si par hasard madame se décidais à venire
il faudrais qu'elle se rendite à Paris à l'ho-
telle des Prouvaires, rue des Prouvaires.

***

LETTRE XXXIV.

Réponse de Jacinthe.

Le 15 février.

Mon bonamy,

Je ne me sant pas de joy. nous parton
demain. madame en fait un segret à tout
le monde. elle laisse ici Mlle du Rocher avec
le petit Morice, parce qu'elle conpte n'être
que 15 jours dan son voyage. elle ne veux
que voir et embrâser monsieur. elle écri à
sa mère, car nous ne passeron pas par Dijon. Mlle du Rocher sera bien furrieuse de
n'avoire pas été dans la confidance. la post
part c'est pourquoi je t'écrit, mais pas
moins j'espaire que nous arriveron avan
cette laitre. adieux mon bonamy.

LETTRE XXXV.

De M^ll^e Durocher à Mme d'Orgeval.

D'Erneville, le 16 février.

MADAME,

Vous serez bien surprise en apprenant que Mme la marquise est partie ce matin pour Paris, n'emmenant avec elle que la France et Mlle Jacinthe. Elle a laissé deux lettres, l'une pour Mme sa mère, l'autre pour Mme la baronne de Vordac, et elle m'a chargée de vous informer de son départ. Dieu veuille que ce ne soit pas un coup de tête ! Je me tais, mais j'avoue que je suis très-peinée. Mme la marquise m'a fait l'honneur de me dire qu'elle sera de retour sur la fin de mars; elle n'a emporté qu'une petite malle.

Je ne m'ingère pas à donner des conseils, cependant je crois que mes avis vaudroient bien ceux de Mlle Jacinthe. Je n'en dis pas davantage....

Je suis avec respect,

MADAME,

Votre très-humble servante,

Rosalie du Rocher.

LETTRE XXXVI.

De la marquise à la baronne de Vordac.

Paris, le 20 février.

JE suis arrivée hier au soir ici, chère
amie. D'après le billet de Le Maire, dont
je vous ai parlé, je comptois y trouver Albert à l'hôtel des Prouvaires : mais imaginez qu'il est parti avant-hier avec un de
ses amis pour aller passer huit jours dans
une terre à trente-six lieues de Paris. Comme c'est chez un homme que je ne connois
pas du tout, je ne puis y aller; mais je
l'attendrai dans cette auberge. Je lui avois
écrit deux mots en partant d'Erneville,
pour lui annoncer mon arrivée. Jacinthe
a mis elle-même la lettre à la poste ; mais
il n'a pu la recevoir avant son départ. Il a
laissé Le Maire ici pour y faire son démé-
nagement en son absence ; car il a quitté
son logement de la rue Traversière, pour
venir s'établir dans l'auberge où je suis.
L'appartement que j'occupe est le sien,
qu'il n'a point encore habité, mais qui est
retenu en son nom, de sorte que j'ai trouvé

Le Maire qui m'a donné tous ces détails..
J'ai écrit aujourd'hui une longue lettre,
dont j'ai chargé Le Maire, et Albert la
recevra demain. Jugez combien ces trois
ou quatre jours d'attente vont me paroître
longs!... Pendant tout ce temps je ne sortirai pas une seule fois. Pauvre Albert! je
le trouverai changé, maigri; combien cela
me fera de peine!... Moi-même je ne me
porte pas bien depuis deux jours; j'ai eu de
la fièvre cette nuit, ce que j'attribue à la
fatigue du voyage et à l'extrême agitation
que j'éprouve. Il est dix heures du soir, je
vais me coucher. Je soigne ma santé, je ne
veux pas qu'Albert me trouve mauvais visage.

Adieu, ma chère amie; je vous récrirai
aussitôt que je l'aurai vu.

LETTRE XXXVII.

De la même à la même.

De Paris, le 25 février.

Il n'est pas encore arrivé, chère amie !
et les quatre jours sont écoulés, et point
de nouvelles ! J'ai fait partir aujourd'hui Le
Maire avec une seconde lettre. Que signi-
fient ce retard et ce silence ? Bon Dieu ! seroit-il tombé malade ?... ou bien, en reve-
nant ici, sa voiture auroit-elle cassé ? Les
chemins sont, dit-on, si mauvais.........
Mon inquiétude et mon agitation sont inex-
primables.... Je suis depuis cinq jours à
Paris, et je n'ai pas encore vu Albert ! Je
suis bien sûre qu'il me recevra avec autant
de joie que de sensibilité ; mais il devroit
être ici, et l'isolement où je me trouve a
quelque chose d'effrayant. Dieu ! comme
j'étois heureuse en entrant dans Paris, en
passant la barrière, en apercevant cette
maison !... et comme je suis triste aujour-
d'hui ! Ma santé s'en ressent, je ne dors
pas du tout, je suis réellement malade...
Quand Le Maire étoit ici, je le question-

nois, je parlois de lui ; maintenant je suis
seule avec Jacinthe, qui se désespère de
ne point sortir, qui pleure d'ennui. J'ai
moi-même le cœur bien serré. Je crains
aussi que ma mère ne désapprouve ce
voyage, et qu'elle ne me sache mauvais
gré de ne pas l'avoir consultée. J'avoue
que je savois bien qu'elle me conseilleroit
d'attendre ; je ne voulois pas lui désobéir,
et je voulois partir !... Albert me désiroit,
pouvois-je hésiter ?....

Malgré le froid je passe toutes les journées aux fenêtres qui donnent sur la rue,
et j'ai des battemens de cœur à me trouver
mal, lorsque j'aperçois une voiture avec
des chevaux de poste, ou que j'entends
claquer un fouet.

Adieu, mon amie; je vous récrirai après-
demain, et sûrement alors ce sera à côté
d'Albert!....

LETTRE XXXVIII.

De la même à la même.

De Paris, le 28 février.

GRAND Dieu, chère amie, quelle aventure romanesque!.... Ah! qu'elle me causeroit de joie, et que je serois heureuse, si mon Albert étoit ici!.... Mais point de nouvelles; inquiète de lui, et cruellement inquiète, je ne jouis de rien. Cependant les pluies continuelles ont causé de telles inondations, que je me flatte que ce retard ne vient que du mauvais état des chemins. Sans cette idée je succomberois à l'excès de mon inquiétude....

Quel événement j'ai à vous conter!.... Vous me connoissez; écoutez, vous imaginerez facilement tout ce que j'ai dû ressentir.

Hier je fus si malade que je passai toute la journée au lit; je dormis cinq ou six heures, et me trouvant assez bien le soir, je me levai à neuf heures. Je soupai, ensuite Jacinthe fut se coucher. Je restai seule

1. 19

dans un petit cabinet, et je me mis à lire
un volume de Massillon, un de mes auteurs
favoris. J'étois assise auprès du feu ; je venois de finir le beau discours intitulé, *du*
Zèle contre les scandales ; il étoit minuit,
lorsque j'entendis un léger bruit derrière
moi. Je me retournai, et je remarquai avec
beaucoup de surprise qu'une petite armoire
fabriquée dans la boiserie en face de la cheminée, étoit entr'ouverte. Cette armoire
dont je n'ai fait aucun usage depuis que je
suis ici, a toujours été fermée, et je n'en
ai même pas demandé la clef. Ne pouvant
concevoir comment elle avoit pu s'ouvrir
toute seule, je m'en approchai et je l'ou-
vris tout-à-fait. Alors je vis que l'intérieur
de ce placard n'avoit que deux rayons fort
larges ; sur l'un étoit une immense corbeille
de taffetas bleu, fermée et recouverte de
superbes dentelles ; sur l'autre paroissoit
être une espèce de caisse ou de carton, caché
par un grand voile de mousseline brodé en
or, et doublé de taffetas, qu'on avoit posé
dessus ; à côté de ceci se trouvoit dans un
coin un pot au lait de vermeil avec une petite tasse de même métal. J'imaginai dans
l'instant que ces jolies choses étoient des
présens que me destinoit Albert ; comme le

rayon qui portoit le voile brodé, étoit précisément à la hauteur de ma main, je sou-
levai le voile. Dans ce moment j'entendis
distinctement un soupir et une espèce de
gémissement. Je laisse retomber le voile, je
m'élance vers la cheminée, je saisis le cordon de sonnette, je sonne, et je tombai
presque évanouie dans un fauteuil. Je ne
pouvois ni parler ni me mouvoir, mais je
conservois toute ma connoissance, et je ré-
fléchissois avec terreur sur le prodige de l'armoire ouverte et sur ce que je venois d'entendre.... Jacinthe arrive, je lui montre
l'armoire, c'est tout ce que je puis faire...
Il m'étoit impossible d'articuler un mot. Jacinthe regarde l'armoire, et ne concevant
pas que cet aspect brillant pût effrayer, elle
s'en approche, lève le voile, et s'écrie :
Bon Dieu, Madame, c'est un enfant!....
A ces mots perdant tout mon effroi, je me
ranime, je me lève, je cours à l'armoire,
et je vois la charmante petite créature. Ah!
mon amie, c'est un ange d'une beauté ravissante, et d'une douceur!.... elle ne crie
point et elle est jolie !.... Elle étoit dans
une barcelonette de taffetas vert, que nous
tirâmes de l'armoire pour l'établir auprès de
mon lit. Cette chère petite avoit au cou une

belle chaîne d'or avec un médaillon entouré
de diamans, sur lequel, en lettres d'or sur
un fond d'émail bleu, est écrit le nom Léocadie. Sur l'autre côté du médaillon est
un R en saphirs sur un fond d'or. Un billet attaché au rideau de la barcelonette, dit
que cette petite est née le 22 de ce mois,
qu'elle s'appelle *Léocadie*, qu'on désire
qu'elle soit nourrie avec du lait de vache,
coupé d'abord avec de l'eau, et légèrement
tiède; on ajoute qu'elle a en déjà pris. Ce
billet est terminé par les lignes suivantes :

« Une infortunée vous confie ce dépôt si
« cher ; ah ! ne trompez point son espéran-
« ce ! Au milieu de la nuit, c'est à genoux
« près du berceau de son enfant qu'elle
« vous écrit d'une main tremblante . . . . O
« vertueuse et sensible Pauline, je ne suis
« pas digne de vous intéresser ! mais cette
« innocente créature réclame vos plus ten-
« dres soins. La Providence m'en sépare et
« vous la donne ; adoptez-la . . . . . Je reste
« seule avec ma douleur ; je n'ai plus de
« destinée, tout est fini pour moi !. . . Oh !
« que Léocadie soit heureuse !. . . je vivrai
« pour jouir de son bonheur. »

J'arrosai de pleurs ce billet touchant, je
me prosternai, et je promis au ciel et du

fond de mon âme d'adopter cette enfant !
Après avoir fait ce serment, je regardai ma
chère Léocadie, je la trouvai mille fois plus
belle ; elle étoit à moi, c'étoit mon enfant.
J'ai donc une fille ! Oh ! que le ciel me la
conserve !..... Tandis que je contemplois
Léocadie, Jacinthe examinoit la corbeille
remplie d'une layette tout ornée de dentelles magnifiques, et travaillée avec le plus
grand soin. Sur une petite bande de papier
enveloppant la layette, on lisoit ces mots :
Ouvrage de sa malheureuse mère. Enfin on
avoit mis du lait dans le pot de vermeil, et
il nous fut très-utile, car Léocadie en but
deux fois dans la nuit.

Certainement, me dit Jacinthe, la mère
de cette enfant est au moins *une princesse*,
mais comment a-t-on pu ouvrir cette armoire et y mettre tout cela ; cette réflexion
me rendit tout mon étonnement, car ce fait
étoit inexplicable pour nous. Le cabinet n'a-
voit qu'une seule porte donnant dans une
chambre dont je n'étois point sortie.......
Nous nous épuisâmes en vaines conjectures ; enfin je pensai qu'il falloit interroger
l'hôtesse. Jacinthe descendit pour l'aller ré-
veiller ; il étoit deux heures du matin. L'hôtesse d'assez mauvaise humeur se leva , et

vint chez moi ; je lui contai tout , elle m'é-
couta d'un air moqueur qui me déplut extrêmement , et regardant *Léocadie* qui dor-
moit : Cette enfant, dit-elle, est belle *com-*
me un cœur, *c'est tout le portrait de Ma-*
dame. Cette remarque me fit rire , car je
vis alors que cette femme pensoit que j'étois
véritablement la mère de cette charmante
petite , et qu'apparemment je venois de la
mettre au jour. Cette idée étoit trop absurde pour la réfuter sérieusement. Je con-
tinuai mes questions, et j'appris enfin que
l'armoire merveilleuse, formée non dans un
mur , mais dans une cloison , donne de l'autre côté sur le haut d'un petit escalier dérobé , et s'ouvre aussi par derrière. Une
jeune dame suédoise, qui a quitté ce logement il y a cinq semaines , après l'avoir habité un an , a fait faire cette armoire pour la
commodité de l'appartement qui n'a point
d'autre dégagement , et peut-être aussi,
ajouta l'hôtesse (qui me paroit une vilaine
femme mal pensante), *pour favoriser quel-*
que intrigue.

D'après tout ceci , je vous avoue que je
crois que la dame suédoise est la mère de
ma Léocadie. Elle aura appris qu'une jeune
personne venant de province logeoit dans

cet appartement. Elle aura fait des questions
sur moi. J'ai beaucoup caressé les petits enfans de l'hôtesse qui viennent tous les jours
me voir; cette circonstance lui faisant connoître que j'aime les enfans, l'aura décidée
à profiter de la facilité d'exposer, sans être
vue, la petite dans l'armoire dont elle seule
sait le secret. Cette supposition n'est-elle
pas vraisemblable? Mais il est bien étonnant
que cette étrangère sache mon nom de baptême. Le Maire apparemment l'aura dit dans
l'auberge. Tout cela est bien extraordinaire.
Pauvre mère! que je la plains! céder son enfant, donner à une inconnue des droits si
chers! ô quel sacrifice affreux!...... Cette
enfant est certainement le fruit d'une erreur?... La malheureuse mère me dit dans
son billet qu'elle n'est pas digne de m'intéresser!.... Humilité touchante! Ah! quels
égaremens ne sont pas expiés par le malheur et par le repentir! et qui pourroit refuser l'intérêt le plus vif et la plus tendre
compassion à l'être infortuné qui gémit de
sa foiblesse et qui la croit inexcusable?

Mais concevez-vous mon bonheur, chère
amie! Ce présent du ciel, ce don inestimable, j'étois digne de le recevoir; qui pouvoit
l'apprécier mieux que moi?..... Ah! Dieu,

qu'Albert n'est-il ici !... Quel plaisir j'aurai à lui présenter cette enfant, ce doux trésor d'espérance !.... Cependant point de nouvelles d'Albert !.... S'il n'arrive pas demain, je ne sais en vérité ce que je ferai et ce que je deviendrai !.... Je suis toujours malade, le sang me porte à la tête, je vois à peine ce que j'écris.

Adieu, mon amie ; adieu, mon ange ; joignez désormais dans vos prières au nom de Maurice celui de Léocadie.

LETTRE XXXIX.

De la même à la même.

De Paris, le 2 mars.

Le Maire est revenu hier au soir, et jugez de ma surprise, chère amie, Albert n'étoit plus à Flavy (cette terre en Picardie). Il est parti pour la Bourgogne, en laissant un billet pour Le Maire, qui lui ordonne de mettre ses malles à la diligence, et d'aller le rejoindre à *Erneville*, où il ne se rend cependant pas directement, mais où il sera dans quinze jours, ce qui fait que moi-même je

ne voyagerai qu'à petites journées, parce
qu'en partant demain j'arriverai toujours
avant lui, et de cette manière je ne me fati-
guerai point. Ma santé est si dérangée, que
j'ai grand besoin de ménagemens. Sans ma
charmante Léocadie, je me repentirois à
présent d'avoir fait ce voyage ; mais c'est le
ciel qui m'a conduite ici pour y recevoir ce
cher petit ange. Au reste, Albert n'est point
malade ; ses affaires sont terminées : nous
allons être réunis ; je vais revoir mon petit
Maurice et mon Albert, et j'ai la plus jolie
petite fille du monde. Je suis une heureuse
créature ! J'ai conservé la lettre de *la mère*
inconnue, je l'ai mise dans la corbeille avec
le beau voile brodé d'or, la chaîne d'or, le
médaillon et quelques pièces choisies de la
layette faite par des mains maternelles. Je
donnerai un jour toutes ces choses à Léocadie ; elle ne recevra jamais de présent plus
touchant et plus précieux. Cette enfant est
véritablement angélique par sa douceur et
par sa beauté surprenante. Elle est très-for-
te et se porte à merveille. Je l'aime déjà passionnément. J'avoue que les circonstances
romanesques de cette aventure contribuent
à m'y attacher. Je suis si touchée de la préférence que m'a donnée sa mère : la lettre

qu'elle m'écrit, est si intéressante!... Que je voudrois donc la connoître cette mère infortunée; que je l'aimerois!.... J'ai pourtant une inquiétude : si un jour elle me reprenoit cette enfant!... Cette crainte me troublera souvent.

Le Maire a été bien surpris de me retrouver avec une petite-fille. Une chose très-singulière, c'est qu'il m'a protesté que l'hôtesse a menti en me disant qu'elle l'avoit prévenu sur l'armoire; il lui en demanda la clef, et elle répondit qu'elle l'avoit égarée et qu'elle en feroit faire une autre. Ceci semble prouver que l'hôtesse est dans la confidence de l'exposition de l'enfant, et voilà pourquoi elle ne fut point du tout étonnée, quand je lui contai toute cette histoire. Alors il me paroît certain que la dame suédoise est mère de l'enfant. Je sais son nom, mais je ne le dirai jamais. Je vous prie même de ne point parler de mes soupçons à cet égard.

Adieu, chère amie; je vais consacrer toute cette journée au repos, et demain matin je partirai avec le jour.

LETTRE XL.

Du chevalier de Celtas à M. d'Orgeval.

Le 12 mars.

REVENEZ donc, mon cher; il se passe ici d'étranges choses, mais infiniment moins étonnantes pour vous et pour moi que pour beaucoup d'autres.

Votre frère arriva le 9, n'ayant point passé par Dijon, ne sachant pas un mot du départ de la marquise, qu'il n'a ni *vue* ni *rencontrée*, et qui ne lui avoit point écrit. Jugez de sa surprise, en apprenant qu'elle étoit partie le 16 février pour Paris !... Il questionna Mᵉ du Rocher qui répondit avec *consternation*, qu'elle n'étoit pas dans la *confidence*. Il vint chez M. Dupui, espérant vous y trouver. J'y étois arrivé la veille; je lui parlai, il étoit fort changé et fort agité; il ne put rien tirer de moi ni de Mᵐᵉ d'Or-geval. Il fut chez le baron, et il y apprit que la *vertueuse Pauline*, au lieu de se rendre à Paris, dans la rue Traversière, chez son mari, avoit jugé à propos de loger à

l'hôtel des Prouvaires, et que là, très-in-
cognito, et se tenant fort cachée, elle avoit
trouvé au bout de quelques jours, dans *un
tiroir de commode*, une très-jolie fille, nouvellement née, ce qui lui avoit causé une
espèce de révolution qui l'obligea de rester
huit ou neuf jours au lit ; qu'ensuite elle s'é-
toit mise en route avec le charmant maillot
pour venir rejoindre *le bien-aimé* ; mais
qu'étant partie un peu trop tôt, le mouvement de la voiture avoit occasionné *une maladie de femme*, qui exige du repos, et qu'elle
s'étoit arrêtée quelques jours dans un village. Dans tout ceci vous devinez facilement
l'histoire véritable ; mais est-il rien de plus
absurde que la fable qui la déguise ? Croiriez-vous que la spirituelle Pauline a conté
dans trois ou quatre lettres ce joli roman à
Mme de Vordac ? Cette dernière en a si bien
senti l'extravagance, qu'elle n'en avoit parlé
à personne, pas même à son mari ; mais, enfin, le marquis l'interrogeant en présence
du baron, il a bien fallu montrer toutes ces
lettres. A cette lecture, Albert a pâli et
rougi ; le baron s'est indigné, la baronne a
pleuré. Le baron a déclaré son opinion sur
la *candide Pauline* en termes très-énergi-
ques ; l'orgueilleux Albert, malgré sa con-

viction secrète, s'est fâché; il a soutenu que
sa femme est *innocente*. Le baron irrité de
sa hauteur et de sa sottise, a conté que le
duc de Rosmond déguisé avoit passé quinze
jours à l'*hermitage*; Albert a donné *un dé-
menti*. Le baron furieux s'est emporté et a
défendu à sa femme de revoir Pauline, et
les deux voisins se sont séparés brouillés ir-
réconciliablement. Nous avons su tout cela
ce soir par le baron lui-même que j'ai été
voir.

Enfin, *l'innocente* Pauline arriva hier, en
tenant dans ses bras *l'enfant trouvé*.

Tranquille dans le crime et fausse avec douceur.

En descendant de voiture, elle appeloit à
grands cris *le bien-aimé*. La du Rocher parut, et d'un air solennel lui dit que *M. le
marquis* l'attendoit dans son cabinet. Alors
pourtant elle se troubla et devint si tremblante, qu'on fut obligé de la soutenir. A la
porte du cabinet elle donna l'enfant à sa
confidente Jacinthe; elle entra seule, la
porte se referma; mais au bout de quelques
minutes le marquis, d'un air égaré, sort
du cabinet, appelle les femmes et du secours. Pauline étoit évanouie!....

Mme d'Orgeval, quoique justement indi-

gnée, a cru devoir aller à Erneville ce matin : elle n'y a fait qu'une courte visite. Elle
a su ces détails par la du Rocher qui, suivant la coutume des vieilles prudes, ne
montre son opinion que par des soupirs et
des *élancemens d'yeux vers le ciel.*

Mᵐᵉ d'Orgeval n'a point vu le marquis ;
il est renfermé dans son cabinet, et n'en
sort point. Pauline, couchée sur une chaise
longue, a reçu sa belle-sœur, qui nous a
dit qu'elle l'avoit trouvée si *pâle,* si mai-
grie, si abattue, qu'elle lui avoit fait pitié.

Eh bien, mon ami, nous savons à présent
pourquoi Pauline ne vouloit *ni danser ni
monter à cheval !...* Rappelez-vous les
époques ; le calcul est facile à faire.... C'est
précisément *neuf mois* après la visite du
duc de Rosmond que la petite fille se trouve
par hasard dans un tiroir....Comment finira tout ceci ? Votre frère aura-t-il la lâcheté
de pardonner et de garder cette enfant?....
Quel scandale pour la province ! quel déshonneur pour votre famille ! Voici le moment de lui dessiller les yeux et de lui parler avec force. Nous sommes tous d'avis que
vous devez revenir sans délai, afin de lui
donner les conseils dont il a besoin.

Mᵐᵉ d'Orgeval, à laquelle je viens de

montrer cette lettres, veut que je rectifie une
inexactitude. Elle dit que l'enfant n'étoit
pas dans une commode, mais qu'elle a été
trouvée dans une armoire qu'elle a fait ouvrir en se retournant au milieu de la nuit.
Ceci n'est-il pas beaucoup plus vraisemblable?

LETTRE XLI.

De la baronne de Vordac à la marquise.

Le 12 mars.

O MA malheureuse et toujours chère amie!
Que dois-je, que puis-je penser, quand tout
vous condamne, quand tout semble vous
accuser? Mon cœur en vain est incrédule,
ma raison le dément!.... Tant de circonstances réunies déposent contre vous; cependant il m'est impossible de vous croire
coupable...Mais comment vous défendre!
M. du Resnel lui-même est ébranlé....j'ai
vu couler ses larmes.... Oh! qui ne pleure-
roit sur la perte d'une telle réputation, à
moins d'avoir le cœur inhumain des envieux!.... Je serois près de vous, je serois

dans vos bras, sans *l'autorité* qui me retient et qui m'enchaine. Mais je la ferai révoquer cette défense cruelle! Oui, je l'espère, avec le secours de M. du Resnel. Quel ami sensible et vertueux!.... Je ne puis vous écrire qu'en secret; il se charge de nos lettres. O mon infortunée Pauline! tu me seras toujours chère, mon cœur ne changera jamais pour toi. Soigne ta santé. M. du Resnel verra Albert; tout peut s'éclaircir ou s'oublier. Conservons l'espérance, et compte du moins sur une amitié qui ne se démentira jamais.

LETTRE XLII.

Réponse de la marquise.

Le 12 mars.

D'ESPÉRANCE? je n'en ai point! Il *m'accuse!* et vous me *soupçonnez!*.... Cessez de m'écrire, obéissez aux ordres qu'on vous donne. Je comptois sur l'estime et sur la tendresse; je ne veux point de la seule pitié. Adieu, ne pleurez pas la perte de ma réputation; c'est de toutes les illusions de la

vie celle que je regrette le moins, et que je
méprise le plus le ...

LETTRE XLIII.

De la même au marquis.

Le 13 mars.

Réunis sous le même toit, nous sommes
donc réduits à nous écrire ...

Est-ce vous, Albert, qui m'avez écrit
cette longue lettre dont chaque mot est un
outrage !... Est-ce vous qui me demandez
de me *justifier*, *s'il est possible ?* et de quel
soupçon ? D'un adultère, et de l'hypocrisie
et de la perfidie les plus réfléchies et les
plus soutenues !... Vous avez lu mes dernières lettres à M.me de Vordac ; je n'ai rien
de plus à vous dire.

Vous m'apprenez que vous n'avez pas
reçu la lettre que je vous écrivis en partant,
que vous n'avez point changé de logement,
qu'au lieu d'avoir été à Flavy, en Picardie,
vous étiez à la campagne près de Paris, que
vous en révintes pour reprendre vos malles
et votre voiture, qu'alors Le Maire vous de-

I.

20

manda son congé, et que vous le laissâtes à
Paris. Eh bien, je vois, d'après ce récit, que
Le Maire est un imposteur, qu'on a suborné
pour me tromper. Hélas! rien n'étoit plus
facile! N'ai-je pas cru, jusqu'à ce jour, que
votre tendresse égaloit la mienne?.... vous
ai-je soupçonné lorsqu'au lieu de revenir
au bout de six semaines, vous avez passé
quatorze mois à Paris!.... et lorsqu'on assuroit que les affaires dont vous étiez chargé
pouvoient se terminer en quinze jours! *Toutes les apparences*, dit-on, sont contre moi.
Mon caractère, mes sentimens, ma vie entière, sont donc comptés pour rien?....

Vous êtes magistrat, répondez-moi, ose-
riez-vous, sur les plus fortes apparences,
condamner le dernier des humains? Non,
sans doute; et vous condamnez ainsi votre
femme, votre amie, votre sœur!... Plus
rigoureux pour elle que ne seroit la loi,
vous la flétrissez avant même de l'avoir entendue!.....

J'arrivai ici avec toute la sérénité de l'innocence; mais il est vrai qu'en ne vous
voyant point accourir, un pressentiment affreux m'annonça mon sort. Il est vrai que
je parus *tremblante* devant vous; je vis dans
vos regards et dans votre maintien une ex-

pression sinistre qui me glaça ; je vous cherchai sans vous reconnoître ; je sentis que
tous les liens de la sympathie qui nous unis-
soit étoient rompus sans retour, et je m'é-
vanouis..... Vous m'en faites un crime,
vous avez raison. Cet évanouissement ne fut
point un *aveu involontaire* ;.... mais j'aurois dû mourir dans cet instant où j'ai perdu
toutes les erreurs qui m'attachoient à la
vie !....

Vous me demandez comment je pourrai
me *justifier* de vous avoir caché, ainsi qu'à
ma mère, les *entreprises secrètes et les déguisemens* du duc de Rosmond, et d'avoir
défendu à l'hermite d'en parler. J'écrivis
dans le temps ces détails à Mme de Vordac.
Je lui ai fait demander ces lettres, et je
vous les envoie.

Vous m'assurez que votre reconnoissance, votre attachement pour ma mère, et
votre amitié pour moi, *que rien ne peut dé-
truire*, vous font repousser toute idée de séparation. Mais vous me demandez un *aveu
sincère*, afin de pouvoir du moins conserver pour moi *l'estime et la tendresse fra-
ternelles*, auxquelles vous ne pourriez renoncer *sans désespoir*.

Est-ce un piége que vous me tendez, Al-

bert! Joignez-vous la fausseté à l'injustice?
Quand vous ne seriez que mon frère, pour-
riez-vous *m'aimer* et me conserver de *l'estime*, si j'étois coupable comme vous le supposez!.... Je le sais, une âme faite pour
la vertu peut s'égarer; cependant il est des
circonstances qui non-seulement aggravent
les fautes, mais qui les rendent atroces; et
tel est *l'aveu* que vous *attendez de ma candeur et de ma franchise naturelles*. Moi!
couvrir une foiblesse du voile de la bienfaisance! cacher un crime sous l'apparence de
la vertu! joindre à un égarement si coupable le mensonge le plus audacieux et l'hypocrisie la plus effrontée! présenter à un
époux le fruit d'un adultère, lui proposer
de l'adopter, et avoir tramé et combiné durant un an ce tissu de perfidies et d'impos-
tures! Voilà de quoi vous me croyez capable, et ce que vous me proposez d'avouer!
En renonçant à l'équité, en devenant ingrat, vous avez tout perdu, *oui tout*, jusqu'aux lumières de votre esprit. Pouvez-
vous penser que si j'eusse fait toutes ces
horreurs, j'aurois la stupidité d'en convenir
et d'en espérer le pardon?.... Ah! lorsqu'on s'est engagé avec réflexion dans une
route semblable, on s'y fixe sans remords;

et si l'on pouvoit rougir encore, ce reste de pudeur, loin d'engager à se dénoncer soi-même, ne produiroit que de nouveaux artifices, afin de cacher des crimes inexcusables.

Vous exigez (pour mon honneur, dites-vous) le sacrifice de cette enfant que m'a donnée la Providence ; vous promettez de lui assurer un sort, mais vous voulez que je m'en sépare, qu'elle soit élevée loin de mes yeux.... Vous m'avez toujours vue timide et soumise, respecter toutes vos volontés ; je vous craignois autant que je vous aimois, mais cette crainte n'avoit rien de servile, elle venoit de l'amour, de la reconnoissance et de l'admiration ; elle ressembloit à celle qu'inspire la divinité : le culte est détruit, je ne suis plus liée que par le devoir, et le devoir le plus austère a des bornes. Je ne me suis jamais permis de réfléchir sur vos décisions ; que m'importoit de les juger ? Eussent-elles été bizarres, j'aurois trouvé du plaisir à les suivre !....

Je dois toujours vous obéir, mais j'userai du droit de représentation ; ma raison, désormais, pesera tous vos ordres, et lorsqu'ils me paroîtront tyranniques, j'oserai m'en plaindre à vous-même.

Comme je suis incapable d'éprouver une crainte basse et honteuse, au risque de vous confirmer dans vos soupçons outrageans, je vous dirai sans détour que j'aime déjà passionnément l'enfant que vous voulez m'ôter. Si votre dessein est de mettre le comble à ma douleur et de me ravir toute consolation, je n'ai plus rien à dire, et j'obéirai; mais si vous ne me demandez ce sacrifice que pour ma *réputation*, daignez considérer qu'il est absolument inutile; l'éclat est fait, et la séparation que vous exigez prouveroit seulement que vous ajoutez foi à la calomnie. Par respect pour votre mère adoptive, ne déshonorez pas vous-même sa fille et votre sœur! Ma félicité dépendoit de vos seuls sentimens, et mon honneur ne dépend encore que de l'opinion que vous montrerez publiquement. Hélas! que m'importe que ma réputation soit flétrie à tous les yeux, quand vous me méprisez! Ah! cruel! quel cœur vous avez déchiré, quel bonheur vous avez détruit!.... Albert ne voit plus dans Pauline qu'une femme perfide, qu'un monstre d'hypocrisie!.... Comment puis-je supporter, sans mourir, cette horrible révolution!.... L'indignation m'a soutenue, un trop juste ressentiment a dû dans ces premiers mo-

mens, étouffer ma sensibilité... mais, grand
Dieu! qui pourroit l'anéantir!.... O toi qui
faisois toute ma gloire, peux-tu me soupçonner sans t'abaisser!.. Ah! malheureux, qu'as-tu fait?.... Quand les yeux s'ou-
vriroient, quand tu reconnoîtrois Pauline,
tu ne la retrouverois plus? Mon âme fut tellement unie à la tienne, que tu ne pouvois
changer, sans bouleverser mon existence.
Tu n'es plus Albert, et je ne suis plus Pauline! Mais il te reste un caractère, et moi
il ne me reste qu'un étonnement stupide et
ma profonde douleur. Je ne suis plus rien.
J'adoptois toutes tes opinions; mes goûts
étoient les tiens; je ne jugeois que par tes
yeux; cette sympathie détruite, je ne trouve plus en moi qu'une effrayante nullité; en
séparant ton cœur du mien, tu m'enlèves
toutes les facultés que je tenois de toi; tu
m'anéantis!.... Hélas! que dis-je!... ah!
pour mon malheur éternel, il me reste un
cœur sensible profondément blessé, et des
souvenirs désespérans!.... Oh! quel sentiment pourra me tenir lieu de celui que j'a-
vois pour toi!.... De quel être pourrai-je
dire: il me connoît mieux que je ne me
connois moi-même; lui seul m'inspire et
me dévine; lui seul ne peut ni douter de moi,

ni me soupçonner!.... Sécurité si chère!
confiance sublime et délicieuse, le plus
grand charme de la sainte amitié, vous m'ê-
tes donc ravies pour jamais!.... Est-il possible, Albert, je ne penserai plus à toi qu'en
gémissant? ma tendresse pour toi né sera
plus que des regrets? je ne t'ouvrirai plus
mon cœur, tu n'y sauras plus lire?.... toujours près de toi, toujours sous tes yeux, je
serai seule!.... J'ai perdu mon frère et mon
ami; je n'ai plus qu'un maître défiant, un
maître ingrat et barbare! Je puis te pardonner, je te chérirai toujours.... mais mon
âme est flétrie; ton injustice, malgré mon
innocence, me dégrade à mes propres
yeux!.... Dépouillée de ton estime et de ta
confiance, de quoi puis-je désormais m'en-
orgueillir? Et le témoignage de ma conscience suffira-t-il à mon bonheur, quand je
serai privée de ton approbation? Hélas! j'
l'ignore! Jusqu'ici je fus innocente, et non
vertueuse! jusqu'ici je n'ai rien fait que
pour toi!.... Sans doute la vertu peut seule
remplacer le sentiment que tu m'arraches;
je l'adorois en toi et pour toi, maintenant
je dois donc l'aimer uniquement pour elle-
même!.... Le ciel est juste, tu connoîtras
un jour ton erreur, qu'y gagnerai-je? de te

voir rougir Ah! sera-ce un triomphe pour
celle qui mit tout son bonheur à t'admirer,
et tout son orgueil à te croire incapable
d'une injustice?... C'en est fait, notre félicité s'est évanouie comme un songe!...
Tu ne seras plus heureux!... Oh! puis-je
avoir l'espérance de me consoler!....

LETTRE XLIV.

Réponse du marquis.

Le 12 mars.

En bien! je te crois. J'ai lu les lettres
écrites à Mme de Vordac, elles expliquent
tout; mais la tienne suffisoit. Je te crois
comme si Dieu lui-même m'eût parlé. Pauline, en est-il temps? pourras-tu me pardonner et m'aimer encore?

Je ne chercherai mon excuse que dans
ton cœur et dans la générosité, et non dans
ce concours inoui de circonstances qui pouvoient abuser tout autre que moi. Je ne te
répéterai point tout ce qu'on m'a dit; je ne
veux que me justifier près de toi des torts
que je n'ai pas et que tu m'imputes. Oui,
je l'avoue, j'ai soupçonné Pauline d'une

foiblesse, mais je n'ai jamais cru qu'elle fût devenue *un monstre d'hypocrisie et d'imposture*. J'ai pensé qu'elle ne recouroit à de tels artifices, que par sentiment pour une mère qu'elle révère et qu'elle adore. En effet, si l'homme le plus fourbe, mais le plus séduisant, eût eu le pouvoir d'égarer un moment ta raison, réponds-moi, Pauline, aurois-tu fait cet aveu à ta mère? Non, car c'eût été lui plonger un poignard dans le sein; c'eût été lui ravir le fruit et la récompense de quinze années de soins, de dévouement sans bornes; c'eût été lui enlever sans retour son bonheur et sa gloire, le charme de ses souvenirs, la douceur de ses espérances et la consolation de sa vieillesse. Avec elle, un tel secret ne pouvoit que s'échapper de ton cœur, et non se confier; tu devois même former le projet de le lui cacher à jamais, et alors tous les stratagèmes inventés pour couvrir ta faute n'eussent été que les ménagemens ingénieux de la tendresse filiale. Enfin, si Pauline avoit un amant, elle seroit coupable aux yeux de la religion et de la morale, mais sans être infidèle et parjure; et, dans ce cas, j'eusse été certain encore qu'elle eût mille fois moins aimé son amant *que son frère et son ami.* Oui, le sentiment touchant et inaltérable que tu as pour moi, vaut mieux que l'amour, mais ce n'est point de l'amour! Tu n'as jamais eu de passion pour moi, et tu n'as même pas l'idée de l'empire funeste des passions!... Tu me vantes ta sécurité sur mes sentimens; elle honore ton ami, mais un amant s'en offenseroit. L'amour qui commande impérieusement le sacrifice des devoirs, n'attend rien de l'estime, il ne compte que sur lui-même; et s'il ne voit pas l'enthousiasme, il s'alarme et doute de tout.

Ainsi j'ai donc pu te soupçonner un instant sans calomnier ton cœur; je t'ai cru moins parfaite sans accuser les sentimens, que rien, je le sais, ne pourroit changer. En cessant d'être la plus pure de toutes les femmes, tu serois encore Pauline pour Albert; tu serois toujours la plus tendre des amies et des sœurs. Ces liens formés dès notre enfance sont moins sacrés que ceux de l'hymen, mais sont plus solides : nulle erreur, nulle foiblesse humaine ne peut les rompre ou les dénouer! Souviens-toi, Pauline, que, lorsque l'orgueil de la naissance fit tout à coup hésiter ton père à consentir à notre union, ton premier mouvement fut de me dire : *Du moins tu seras toujours mon frère !....* et moi, quand je t'ai crue coupable, je me suis dit aussi : *Du moins elle sera toujours ma sœur !....* Reprends donc ta douce sérénité ; garde ta *Léocadie !* Si nos lois le permettoient, je l'adopterois juridiquement sans balancer, j'aimerois à braver pour toi l'opinion publique ; car il ne faut point nous flatter, ta réputation est perdue sans retour. Le monde ne juge et ne peut juger que sur les apparences, et elles sont toutes contre toi. La perte de ta gloire, sans doute, m'enlève toute la mienne : eh bien ! nous nous suffirons à nous-mêmes ; il me semble que tu m'en appartiendras davantage ; que tu seras plus à moi. Seul je te connoîtrai, seul je te rendrai justice ; tu ne trouveras qu'en moi l'estime qui t'est due ; ton cœur est fait pour s'en contenter, et le mien sera satisfait.

Écris-moi que tu me pardonnes, écris-moi, Pauline !... Puis-je m'offrir à tes regards, si tu ne me rappelles !... Ah ! Pauline, pouvons-nous vivre sans nous aimer ! et quel crime pourroit n'être pas réparé par une tendresse telle que la nôtre !

LETTRE XLV.

De la marquise à sa mère.

D'Erneville, le 15 mars.

O cœur d'une mère! vrai chef-d'œuvre
d'amour!... Vous seule, mon unique amie,
n'avez pu me soupçonner un moment! Vous
seule avez dit de premier mouvement: *Pau-*
line est innocente et pure, et je n'ai eu de
torts qu'avec vous! Je partis sans vous le
dire, sans vous consulter! Il est vrai que
je me croyois désirée par Albert, et que je
n'attachois aucune importance à un voyage
de quinze jours... J'ai montré votre lettre
à Albert, en lui disant : Tenez, Albert,
voilà comme on aime! Il a lu avec attendrissement, et il m'a rendu avec embarras
ce touchant écrit. Je vous envoie une copie de la lettre qu'il m'écrivit le 12 mars,
et dans laquelle il reconnoît son affreuse
erreur! Vous trouverez, comme moi, chère
maman, qu'il s'excuse d'une manière plus
ingénieuse que solide. Il a raison de dire
que, si j'avois à me reprocher l'égarement
le plus coupable, je n'aurois pu vous *con-*
fier un tel secret. Vous êtes plus pour moi

que ma propre conscience. Je n'envisage
point d'ignominie plus accablante et de
crime plus horrible que de rougir justement à vos yeux, et de vous faire rougir
de votre fille. J'aurois tâché, sans doute,
de vous cacher mon déshonneur; mais je
n'aurois jamais eu l'impudence et l'hypocrisie de couvrir l'adultère du voile de la
bienfaisance. La tendresse filiale m'eût également commandé de me taire et de ne
point vous abuser. Et de quel front aurois-
je reçu vos éloges sur ma compassion, sur
ma bonté, moi qui, dans ce cas, n'aurois
pu supporter, sans mourir de honte et de
remords, la crédulité de l'être le plus indifférent!... O ma mère, toutes ces idées, tous
ces sentimens sont les vôtres! Les belles
âmes s'entendent toujours et ne se mécon-
noissent jamais. On a peint le sage ferme
et tranquille au milieu du monde boulever-
sé; ah! l'amitié est plus inébranlable encore
que la sagesse; rien ne la trouble, rien ne
l'altère, et dans tout ce qui peut accuser son
objet, elle ne voit jamais que des impos-
tures grossières et de fausses apparences.

Albert!.... oh! qu'il a trompé mon espoir!.... *Vivre et l'aimer* sont pour moi
deux choses aussi inséparables que vivre et

respirer; mais je croyois son âme si supé-
rieure à la mienne! Ah! je m'abusois; je
sais mieux aimer! Eh! la véritable grandeur
n'est-elle pas dans le sentiment!... Il est
donc vrai que la perfection de cette faculté
céleste n'est donnée qu'aux femmes!....
Car, qui pourroit surpasser, qui pourroit
égaler Albert! Quand je suis forcée de le
moins admirer, je méprise tous les autres
hommes. Que ne sont-ils pas, puisque le
plus vertueux et le plus éclairé de tous,
l'honneur et le modèle de son sexe, puisqu'enfin Albert a pu être ingrat!.... Albert
injuste! Albert ingrat!... Ces mots réunis
me semblent encore un blasphème;... cependant il a cru *Pauline infidèle et perfi-*
de! O souvenir affreux, ineffaçable! J'ai
pardonné, et du fond de mon âme; vous
n'en doutez pas; mais oublier!.... ah!
jamais. Quel enchantement détruit!...
Il me semble que je suis transportée dans
un autre Univers, dans un monde nouveau, où tout m'étonne et me blesse et
m'afflige!... Hélas! je ne connoissois rien,
non, rien que vous seule, ô mon incomparable amie! Que m'importe de m'être
trompée sur tout ce qui m'entouroit; mais
je ne connoissois pas Albert!....

Nous partirons pour Dijon le 1er de mai ; je vous porterai ma charmante petite Léocadie : oh ! qu'elle me coûte cher !.... je l'en aimerai davantage. Que ne dois-je pas attendre d'elle, quand elle pourra savoir de quel bonheur elle m'a privée ! Elle deviendra pour moi ce que je suis pour vous, et je serai dédommagée. Qu'il me sera doux de la voir dans vos bras, et de me sentir pressée avec elle sur votre sein, mon unique refuge ! Ah ! je n'y verserai plus ces larmes délicieuses dont il fut baigné tant de fois ; ces beaux jours sont passés ! Que les pleurs que je répands maintenant, sont amers ! Je dois les cacher !... Il me croit consolée. Cette erreur est nécessaire à son repos, je désire qu'il la conserve ; mais, grand Dieu ! comment peut il croire qu'une blessure si profonde soit déjà guérie !.... Ainsi donc mon cœur ne s'ouvre plus avec lui ; il est le seul coupable, et c'est moi qui suis forcée de dissimuler ! Situation insupportable et bizarre ! Je n'ai qu'une consolation, c'est de me rappeler tout ce qu'il a fait pour moi depuis que je suis née ; je me retrace jusqu'au moindre discours, j'oppose tant de preuves d'une amitié parfaite à cette injustice d'un moment ! Je voudrois

pouvoir me persuader que dix-huit ans de
tendresse, de soins et de bienfaits doivent
effacer jusqu'au souvenir d'un tort si promp-
tement reconnu, et je ne le puis, quand je
réfléchis à la nature de ce tort! Il s'est dit,
en pensant à moi : *Elle est fausse, elle est
parjure!*... Ah! chère maman, je ne suis
plus heureuse, je ne saurois plus l'être désormais, du moins parfaitement! M. d'Orgeval, sa femme, et le chevalier de Celtas
se sont conduits à mon égard, dans cette
occasion, d'une manière indigne. J'ai eu,
d'ailleurs, un si douloureux sujet d'étonnement, que ceci m'en cause à peine.

Mme de Vordac, dans les premiers jours,
m'a écrit un billet qui, dans la disposition
où j'étois, me blessa extrêmement : cependant, quoiqu'elle y montrât des doutes injurieux, on y retrouvoit l'amitié et son excellent cœur. Son mari ne veut pas qu'elle
corresponde avec *un monstre tel que moi.*
Nous nous écrivons secrètement ; M. du
Resnel est notre confident, et se charge de
nos lettres. Ainsi donc, ma réputation est
flétrie! Cette idée me fait frémir pour ma
mère et pour mon mari. Mais sur ce point
Albert est parfait, je suis certaine qu'il a
pris son parti là-dessus; il a trop de gran-

deur d'âme pour ne pas mépriser l'opinion publique, quand elle est injuste. Vous penserez de même, chère maman : quant à moi, je n'éprouverois, sans vous et sans Albert, qu'une froide indignation et un profond dédain.

Adieu, ma mère, ma véritable amie : oh! quel besoin j'ai de vous voir et d'épancher mon triste cœur dans le vôtre!

LETTRE XLVI.

Réponse de la comtesse.

De Dijon, le 19 mars.

ENFIN ils ont levé le masque! Je le savois déjà par Mme de Vordac, qui partage tout mon ressentiment. Ah! qu'il est facile d'oublier ses propres ennemis; mais comment ne pas haïr les ennemis de ce qu'on aime!... Ce sentiment est cependant toujours condamnable, il faut le vaincre, la religion seule peut en donner le courage! Est-il possible que M. d'Orgeval soit le fils de mon angélique amie, et le frère d'Albert! Qu'une âme si basse, qu'un être si plat et si borné ait puisé la vie dans le sein

de la plus parfaite de toutes les femmes!
Ah! je le connoissois depuis long-temps!
Il est aussi bavard et aussi indiscret qu'envieux et méchant; il dit un jour, devant
Mme de B***, qu'Albert s'étoit couvert de
*ridicule en prenant le titre de marquis d'Er-
neville.* Mme de B*** répondit, que lorsqu'on possédoit un marquisat, on pouvoit
s'appeler marquis; mais que, d'ailleurs, le
feu comte d'Erneville n'avoit voulu donner
sa fille unique à *M. d'Orgeval,* que sous la
condition expresse qu'il quitteroit à jamais
son nom pour prendre celui d'Erneville,
et qu'il étoit assez simple *qu'un fils adoptif*
eût cédé à ce désir, plutôt que de refuser la
fille de ses bienfaiteurs, qu'il aimoit, et
qui étoit le plus grand parti de la province.
  Le chevalier de Celtas, le plus orgueilleux, le plus fat et le plus fourbe de tous les
hommes, a achevé de pervertir M. d'Orgeval; il l'a subjugué par les flatteries les plus
ridiculement grossières. On m'a conté qu'il
le louoit continuellement *sur la finesse de
son esprit et sur son tact!* Le tact de M. d'Orgeval... Votre belle-sœur est une coquette
de mauvais ton, aussi dépourvue d'âme
que de grâces et d'esprit. Si elle savoit
tout ce qu'on dit de sa liaison avec le che-

valier de Celtas !.... Ne parlons plus de
ces odieuses créatures ; je deviendrois mé-
chante, si je m'occupois d'elles, ce seroit
leur ressembler, je veux me taire. Et vous,
chère enfant, soyez toujours douce et modérée, n'ayez nulle explication avec eux,
ne vous permettez aucun reproche : on
n'en doit faire qu'à ceux qu'on estime.
Mais ne vous brouillez point, invitez-les
de même, ne retranchez que les démonstrations d'amitié, soyez d'ailleurs constamment obligeante et polie.

Chère Pauline, voyez quelles sont, à
votre âge, les conséquences d'une démarche irréfléchie ! Si vous m'eussiez consultée, je vous aurois dit que vous ne pouviez raisonnablement partir sur la lettre
d'un valet, d'autant mieux que cette lettre
contenoit un mensonge, en assurant que
je m'opposois à ce voyage, puisqu'au contraire j'avois plus d'une fois (sans vous le
dire) écrit à Albert, pour lui proposer,
si les affaires traînoient en longueur, de
vous conduire moi-même à Paris, et d'y
rester avec vous tant que vous y séjourne-
riez. Vous auriez donc connu qu'il falloit
se méfier du billet de Le Maire, nous au-
rions récrit ensemble à votre mari, qui,

en nous répondant qu'il revenoit, eût em-
pêché ce funeste voyage.

Tout ceci, en vous éclairant sur des parens perfides, ne doit vous donner aucune
misanthropie. Ceux qui ont été témoins de
la visite du duc de Rosmond, et qui ne vous
ont point quittée, ne peuvent vous accuser
sans vous calomnier. Mais les personnes
qui ne savent cette histoire étrange et romanesque que par des rapports exagérés, et
même infidèles, peuvent très-bien, sans
méchanceté, vous juger coupable. Il vau-
droit mieux, sans doute, ne croire le mal
que lorsqu'il est positivement prouvé; mais
cette parfaite rectitude n'est pas dans la nature : elle ne se trouve que dans les gens
d'une éminente piété, ou dans les cœurs qui
nous sont dévoués, et dans ce dernier cas,
elle est moins une vertu qu'un sentiment.

Le monde est bien léger et bien corrompu; cependant il s'y trouve toujours une
sorte d'équité générale qui ne rend pas ses
jugemens infaillibles, mais qui les préserve
toujours d'une injustice volontaire, la seule
qui soit odieuse. Il faut convenir encore
qu'on n'est jamais universellement calomnié sans s'être attiré ce malheur, sinon par
une faute coupable, du moins par une fausse

démarche ou par quelque imprudence (1).
Enfin, la patience et la vertu triomphent tôt
ou tard de la calomnie ; et à la gloire de la
Providence, cette maxime n'est devenue tri-
viale que parce que l'expérience la justifie
toujours. Défendez-vous donc de l'aigreur
et du dédain. Songez que le monde n'est injuste pour vous, que parce qu'il est abusé ;
regrettez son estime ; car, tout déréglé qu'il
est ; il honore et respecte la vertu ; tâchez
de l'éclairer et de le ramener ; mais sans
bassesse. S'il vous traite mal, si la société
ne vous accueille plus, ne montrez ni dépit, ni humeur ; en même temps ne faites
nulle avance, unissez à la douceur qui doit
toujours caractériser une femme, le calme
et la noble fierté qui conviennent à l'innocence ; ne dites point que vous méprisez
l'opinion publique, la seule pudeur doit la
rendre respectable à notre sexe ; la braver
est une indécence, en paroître accablée est
une foiblesse ; vous ne pourriez même en
parler avec dignité : taisez-vous, cherchez

---

(1) Ces lettres sont écrites avant la révolution,
et cette remarque étoit alors parfaitement vraie.
Mais elle seroit fausse dans les temps de troubles
et de factions.

à vous justifier, non par des discours, mais par votre conduite ; attendez avec résignation et courage, et le temps, ou pour mieux dire le ciel, découvrira la vérité.

Quant à votre mari, trop de délicatesse vous exagère son tort envers vous. Les hommes, ma chère enfant, n'ont pas nos principes. Soyons contentes quand nous sommes aimées de préférence à tout ; croyez que c'est un destin bien rare, et c'est le vôtre.

Adieu, ma chère enfant ; je vous attends avec la plus vive impatience, et la tendresse inaltérable que vous me connoissez.

LETTRE XLVII.

De M. d'Orgeval au chevalier de Cellas.

De Dijon, le 15 mai.

MON frère et sa femme sont ici depuis quinze jours, et ils y vivent dans une *retraite forcée* qui doit leur rendre cette ville bien désagréable. Toutes les femmes sont liguées contre ma belle-sœur, qui a fait plusieurs visites dont aucune n'a été rendue. Mme de Fonville, qui a sans contredit la meilleure maison de Dijon, a déclaré hautement qu'elle ne voudroit même pas se trouver en société avec elle ; et comme elle est amie de ma femme, et qu'elle nous accable de preuves d'amitié, vous sentez combien mon rôle est difficile. Il ne faut pas être tout-à-fait sot pour se bien tirer d'une position aussi épineuse.

La sublime comtesse est outrée des succès de ma femme, qui n'a jamais été aussi recherchée. Nous lui avons déjà fait deux visites ; elle nous a invités à dîner. Denise a répondu *que nous avions des engagemens* pour huit jours. La comtesse a regardé Pauline, et elles ont rougi toutes deux. Par ma foi, ce n'est pas sans raison. Imaginez que Pauline a l'effronterie de tenir toujours sur ses genoux *la petite bâtarde*, et à la barbe de mon frère, elle l'appelle sans façon *son enfant* et *sa fille*. J'ai dit à Denise d'éviter de se montrer en public avec elle, car l'indignation est générale. La chance est bien tournée, mon cher Celtas ! Qui eût dit, il y a seulement quelques mois, que la *roturière* nièce de Dupui rougiroit de l'alliance de la fille du comte d'Erneville ; je ne conçois pas Albert, qui paroît calme et satisfait au milieu de tout cela. Mais avec le *noble*

lait de la *sublime comtesse*, il a sucé l'art
de la dissimulation. Pour moi, je n'ai pas
eu pour *nourrice* la belle-fille d'un cordon
bleu, j'ai été tout platement allaité par ma
mère qui ne fut ni fille ni femme de qualité; mais je déclare que si Denise se conduisoit comme Pauline, je la ferois enfermer pour le reste de sa vie.

Au surplus, Pauline a repris son embon-
point et ses brillantes couleurs; comme vous
le disiez fort bien, elle n'a pas plus de remords que de pudeur. Le long séjour qu'Albert a fait à Paris, l'oblige à passer ici au
moins trois ou quatre mois; et j'y resterai
aussi tout ce temps. Venez nous voir, mon
cher Celtas, nous passerons ensemble de
délicieuses soirées chez Mme de Fonville,
qui a bien de l'amitié pour vous. Dijon est
très-brillant cette année, et nous ne nous
y sommes jamais tant amusés.

Denise m'a dit en confidence que la *petite bâtarde*, qui est vraiment belle comme
un ange, ressemble déjà comme deux gout-
tes d'eau au duc de Rosmond, et Bel***
qui connoit le duc, et qui a rencontré la
petite au cours, assure aussi que la ressemblance est frappante.

1. 22

~~~~~~

LETTRE XLVIII.

De M. du Resnel au vicomte de St. Méran.

De Dijon, le 6 juin.

Vous serez surpris, mon cher vicomte, de recevoir une lettre de moi datée de Dijon. Je suis dans cette ville depuis quinze jours, et je ne retournerai à Gilly qu'au mois de septembre. Je vais vous confier les véritables motifs de ce voyage. Je vous ai mandé les événemens étranges qui ont troublé le bonheur de cette intéressante Pauline que vous avez vue avec tant d'admiration l'année passée chez moi.

Je ne vous ai point caché que dans les premiers momens je fus ébranlé par le récit d'une aventure si extraordinaire, et je crus Pauline coupable. Mais depuis, j'ai mieux su les détails, je me suis rappelé toutes les circonstances de sa conduite, j'ai lu toute sa correspondance avec Mme de Vordac ; enfin je l'ai entendue elle-même, et il ne me reste pas l'apparence d'un doute ou d'un soupçon. Je sais à quel point les fem-

mes peuvent être adroites et artificieuses ;
je me rappelle fort bien que jadis je fus
complétement la dupe d'une hypocrite ;
mais cependant la confiance que j'avois en
Mme du Resnel n'étoit nullement comparable à celle que m'inspire Pauline. Je fus
alors abusé par des faits spécieux, par une
conduite imposante, par les fausses conséquences que j'en tirois ; j'avois une convic-
tion de raisonnement : celle que j'éprouve
aujourd'hui, est de sentiment, et quand le
sentiment ne vient pas de la passion, il ne
trompe jamais les belles âmes. Il y a dans
l'innocence et dans la vérité je ne sais quoi
de frappant que l'on ne peut ni définir, ni
dépeindre, ni méconnoître, quand on est
observateur et juge impartial. Loin que
Mme du Resnel m'ait jamais trompé par l'i-
mitation du ton et de l'air de la candeur, je
me ressouviens que lorsque je commençai
à douter d'elle, je me rappelai tout à coup
qu'en mille occasions j'avois remarqué en
elle des mines équivoques qui m'avoient
étonné sans me frapper, et dont le souvenir dans ce moment fortifioit tous mes soupçons ; et quand je me retrace l'ingénue, la
modeste et douce physionomie de Pauline,
cette seule image me paroît une justifica-

tion. D'ailleurs, depuis deux ans que je la connois et que je l'étudie comme l'objet le plus aimable et le plus intéressant que j'aie jamais vu, ce que j'ai particulièrement admiré en elle, c'est sa parfaite sincérité. Quand je l'écoute, je trouve un tel accord dans l'expression de son visage, dans ses regards, dans le son touchant de sa voix et dans ses discours, qu'il m'est absolument impossible de douter de sa bonne foi.

Revenons à mon voyage de Dijon. Le marquis d'Erneville et sa femme devant y rester quatre ou cinq mois, j'avois le plus grand désir d'y venir, non-seulement pour y passer ce temps avec eux, mais dans l'espoir de leur être utile. Leurs vils envieux n'ont pas laissé échapper une aussi belle occasion de calomnier avec quelque vraisemblance, et j'ai voulu me trouver à Dijon pour les déjouer autant qu'il me sera possible ; ce qui n'est pas fort difficile quand on est riche, et qu'on donne des dîners et des soupers. Le marquis a un fort grand état à Erneville, mais il n'a jamais eu de maison à Dijon, et quoiqu'il y passe cette année plus de temps que de coutume, il ne veut avec raison, rien faire d'extraordinaire. Il est accueilli comme il l'a toujours été, il

jouît d'une considération personnelle que
rien ne peut lui ôter; mais il y a un grand
déchaînement contre sa femme. Cependant
en la déchirant on la traite toujours avec
infiniment d'égards; elle reçoit beaucoup
d'invitations, elle en accepte peu, elle consacre presque tout son temps à sa mère;
le marquis de son côté voit peu de monde,
et se conduit avec dignité et d'une manière
parfaite à tous égards. Il a véritablement une
belle âme et un grand caractère. Pour servir
des amis qui me sont chers, je n'emploie
ni *éloquence*, ni raisonnemens; mais je suis
arrivé ici avec un excellent cuisinier, beaucoup de chevaux, et trois ou quatre voitures. Il me falloit un prétexte pour quitter
Gilly; je l'ai trouvé dans un procès bizarre
que m'ont fait les habitans d'une commune.
Je viens plaider mon affaire à Dijon, et je
la ferai traîner jusqu'au mois de septembre.
Par une délicatesse très-simple, j'ai soutenu
au marquis et à Pauline que je ne venois que
pour mon procès, et j'ai ajouté avec vérité
que le désir de connoître personnellement
la comtesse d'Erneville étoit aussi un des
motifs de mon voyage. Cette femme intéressante et respectable m'a reçu comme un
ami sincère de ses enfans; et assurément à

ce titre je mérite les bontés qu'elle me témoigne. Quoiqu'elle ne sorte jamais de son
couvent, elle est venue dîner chez moi. Je
n'avois invité, outre ses enfans, que six personnes, mais bien choisies et les plus distinguées de la ville. Je n'ai jamais vu Pauline
aussi aimable qu'elle le fut ce jour-là. Mes
convives en étoient dans l'enthousiasme,
et de ce moment sont devenus ses plus ardens défenseurs. J'avois pris un jour où je
savois que M. et Mme d'Orgeval seroient
engagés ailleurs ; ils ont été furieux de tout
ce qu'ils ont entendu dire de ce dîner ; méprisables et viles créatures !... J'ai déjà donné successivement à dîner à toute la bonne
compagnie de Dijon, à l'exception d'une
Mme de Fonville que je n'ai point invitée.
C'est une riche veuve de trente-cinq ans,
assez belle encore, mais froide, insipide,
fort occupée de sa figure, et cependant
prude, et qui veut allier une coquetterie
très-gauche avec la considération que donne l'austérité; prétentions assez communes,
mais toujours malheureuses, car elles produisent un mélange bizarre qui ne peut
plaire aux étourdis et aux libertins, et qui
ne sauroit en imposer aux gens vertueux.

Cette femme, depuis long-temps envieuse

du mérite réel de la comtesse d'Erneville et
des charmes de la marquise, est très-liée
avec Geltas et les d'Orgeval. Elle s'est vio-
lemment déchaînée contre Pauline; c'est
pourquoi je n'ai pas voulu me faire présenter
chez elle et l'attirer chez moi, et j'en ai dit
hautement la raison, en ajoutant que mes
amis méprisoient de si absurdes calomnies,
que moi-même je n'y attachois nulle importance, mais que les auteurs de ces méchancetés m'inspiroient la plus profonde indignation. Ces discours ont été rapportés à
Mme de Fonville. Elle voit que ma maison
réussit, que mes soupers sont très à la mode;
elle a un vif désir de venir chez-moi, et un
tiers de sa connoissance s'est chargé de cette
négociation. Elle m'a fait dire que *les vrais*
auteurs des calomnies sont M. d'Orgeval et
sa femme : ainsi voilà déjà les d'Orgeval sa-
crifiés ; jugez de leur rage. J'ai rencontré
hier Mme de Fonville dans une maison ; elle
m'a fait beaucoup d'*agaceries*, j'ai été *in-*
flexible. Je dois souper lundi avec elle chez
le premier président; je veux l'amener à
une réparation authentique, et ensuite je
m'adoucirai. Ne craignez pas, mon ami, que
ces *brillans succès* puissent me donner de la
fatuité. Je vous assure que je ne m'en attri-

bue rien ; mais j'ai une maison véritablement somptueuse pour Dijon ; on y joue
on y danse, on y fait de la musique ; je prêt
des chevaux , je donne des fêtes ; avec d
telles manières on réussit partout. D'autan
plus que j'ai annoncé que je viendrois à l'a
venir passer tous les hivers à Dijon, et er
conséquence j'ai loué pour *neuf ans* la mai
son que j'occupe. Personne ne sent mieu
que moi combien le faste est frivole et méprisable ; mais j'en sanctifie l'usage , je n
l'emploie que pour déjouer les méchans, e
pour servir l'innocence et l'amitié. O qu
je plains les âmes froides et lâches qui n
savent ni soutenir ni défendre leurs ami
opprimés ! ces gens qui croient être sensi-
bles , et qui restent dans l'inaction quanc
ceux qu'ils prétendent aimer ont besoin d
secours , d'appuis et de protecteurs ! Pou
moi, j'ai supporté avec courage la calomnie
mais je n'endurerai jamais patiemment l'in
justice dont mon ami sera l'objet, je n'au
rai jamais de résignation dans son malheur
tant qu'il souffrira , j'agirai, fût-ce même
sans espoir de succès ; mon activité soutien
dra sa force, elle le consolera ; du moin
il pourra se dire : mon sort n'est pas désespéré, l'amitié n'a point abandonné m

cause! Tout le monde sent, tout le monde convient que rien ne seroit plus glorieux et plus doux que de pouvoir justifier un être indifférent, mais injustement accusé. Que sera-ce donc de justifier un ami? Mme de Vordac s'est conduite en tout ceci d'une manière qui m'attache à elle pour la vie; son mari, qui s'étoit brouillé avec le marquis, a été dangereusement malade il y a trois semaines. Mme de Vordac l'a veillé pendant cinq nuits. Le baron reconnoissant de tant de soins, a montré une sensibilité qu'on ne lui a, je crois, jamais vue. Mme de Vordac en a profité pour lui demander qu'il lui fût permis de revoir son amie. Le baron a tout accordé. Je me suis chargé de le raccommoder avec le marquis, ce qui est déjà fait, et le baron et sa femme doivent venir incessamment à Dijon. Je les logerai, et ils resteront six semaines avec nous. Voilà où nous en sommes.

Je sais combien vous aimez les petis détails; ainsi je ne crains point que ceux-ci puissent vous paroître déplacés, et j'éprouve que l'on jouit une seconde fois des choses agréables qui nous ont intéressés, lorsqu'on les raconte à son ami.

Adieu, mon cher vicomte; envoyez-moi

I. 23

les ouvrages nouveaux et anglais qui valent la peine d'être lus. Vraisemblablement la somme du port des paquets ne sera pas chère à payer.

LETTRE XLIX.

De M. d'Orgeval au chevalier de Celtas.

Dijon, le 18 juin.

DENISE et moi nous vous conjurons, mon cher chevalier, de venir ici sans délai, et vous ne sauriez nous donner une plus grande preuve d'amitié. On nous a fait des tracasseries abominables. Mme de Fonville, éblouie du faste financier de du Resnel, a pour nous les procédés les plus choquans. C'est elle qui a le plus clabaudé, et maintenant elle rejette tout sur ma femme et sur moi. Je vous attends pour avoir une explication avec mon frère et avec du Resnel. Cela devient absolument nécessaire. Mon frère est *content*, c'est tout ce que je désire. J'ai d'ailleurs la conscience très-nette; ce n'est pas moi qui ai dit tout ce qui s'est débité; au fond j'en étois très-affligé, vous le savez;

mais je ne pouvois pas imposer silence à toute une ville. Je n'ai pas, comme du Resnel, deux cent mille livres de rente pour faire taire les jaseurs.

Je suis outré contre la Fonville ; ces diables de prudes sont capables de tout, il ne faut jamais s'y fier. Celle-ci s'est jetée à la tête de du Resnel avec une indécence qui a révolté tout le monde. Elle en est amoureuse folle ; il faut qu'elle soit bien *aveugle*, si elle compte enflammer un homme qui ne voit dans l'Univers entier que Pauline. Cependant du Resnel est très-galant avec elle. Je crois qu'il s'est permis de l'avoir en passade. Vous n'avez pas d'idée du luxe insolent que du Resnel étale ici. Je vous certifie que c'est un homme bien sournois et bien dangereux. Il a raccommodé le vieux Vordac avec mon frère, et l'on m'assure que le baron et la baronne vont venir ; qu'ils passeront un mois à Dijon, et qu'ils logeront chez du Resnel. Vous sentez les conséquences de tout cela et toutes les tracasseries qu'on peut nous faire, d'autant plus que Vordac est le plus indiscret bavard que j'aie jamais connu. Si vous étiez ici, nous ferions face à tout ; venez donc, mon ami, je vous le demande instamment. Du Resnel se con-

duit politiquement avec moi , et comme je
suis aussi fin que lui, j'agis de même; il nous
prie assez souvent à souper ; il est très-poli
pour ma femme, mais j'ai assez de tact pour
m'apercevoir qu'il ne s'occupe plus du tout
d'elle , et qu'il est très-refroidi pour nous.
C'est là le moindre de mes soucis; cependant
il faut prendre un parti dans cette circonstance. Je n'en vois que deux : l'un de rompre la glace et d'envoyer promener le financier du Resnel ; l'autre de s'expliquer ami-
calement. Je vous attends pour me décider.

Adieu, mon cher, ne perdez pas de temps;
arrivez-nous en diligence , cela est essentiel pour vous-même ; car je vous assure que
vous êtes aussi furieusement compromis.

LETTRE L.

Réponse du chevalier.

D'Autun, le 22 juin.

Je partirai sûrement de demain en huit.
Votre conduite a été parfaite. Ni vous ni
moi n'avons la moindre chose à nous reprocher; c'est toujours là l'essentiel. Toute

la province s'est moquée d'une aventure romanesque qui ressembloit beaucoup à une
fable. Nous nous en sommes affligés, nous
avons en public défendu la marquise de tout
notre pouvoir; voilà des faits incontestables.
Quant à du Resnel, c'est un fourbe et un
fat. Tout ce que vous lni voyez faire, n'est
que pour persuader au public que c'est lui
qui est *le père de l'enfant*, et non le duc de
Rosmond. Aussi beaucoup de gens à présent
lui font l'honneur d'avoir cette idée. Voilà
tout ce qu'a produit son séjour à Dijon. Au
reste évitons les tracasseries; observons,
moquons-nous entre nous, mais ne faisons
point de scènes. Si votre frère et votre belle-
sœur n'étoient pour rien en tout ceci, nous
pourrions nous amuser un moment à berner
l'insolent financier; mais cet éclat jeteroit
un ridicule de plus sur la marquise. Con-
duisez-vous toujours avec le même tact et la
même finesse; dissimulez avec du Resnel.
Quand je serai à Dijon, je lui parlerai ainsi
qu'à votre frère, mais comme si c'étoit *à*
votre insu. Je lui ferai sentir combien il
importe à leur considération qu'en public
vous paroissiez parfaitement unis; je dirai
de vous mille choses que je ne pourrois sans
fadeur dire en votre présence. Tout s'arran-

gera à votre satisfaction : vous aurez toujours l'air de ne rien savoir, et de cette manière vous éviterez l'embarras et l'ennui
des explications.

Adieu, mon cher ; croyez que j'ai la
plus vive impatience de me retrouver entre
vous et l'aimable Denise.

LETTRE LI.

De la marquise à la baronne de Vordac.

Dijon, le 6 juillet.

Puisque votre voyage est retardé, chère
amie, il faut bien que je vous écrive encore.
Quoique nous menions un genre de vie bien
agréable, je ne puis m'empêcher de trouver
fort étrange de ne voir au mois de juillet ni
fleurs ni verdure. C'est le premier été que
je passe dans une ville, et si je n'y étois pas
avec deux personnes qui me sont si chères,
j'y mourrois de la consomption.

M. du Resnel fait toujours les délices de
Dijon ; il est si aimable quand il veut prendre la peine de plaire, qu'à présent qu'il
est connu, je vous assure, quoi qu'il en dise,

qu'il n'est recherché que pour lui-même.
Vous pensez bien, ma chère amie, que je
sais apprécier tout ce qu'il fait pour moi. Il
ne recevroit pas mes remercîmens; je n'en
ai point fait, mais je sais sentir, et la plus
vive reconnoissance m'attache à lui pour la
vie. Il a une âme bien peu commune; et
quelle activité, quelle délicatesse!... Enfin
il a réussi à raccommoder le monde avec
moi, mais je vous avoue que rien ne me
raccommodera avec le monde. Son injustice ne me fera faire ni une chose blâmable
ni une légèreté; je respecterai toujours toutes les bienséances, et en même temps je
sens que je n'attacherai jamais le moindre
prix aux éloges et à la censure. La vanité
ne me paroît qu'une sottise, et la gloire
qu'une fumée; je ne blâme point le monde
de juger sur des apparences et sur des mensonges adroits, rien n'est plus naturel; mais
la réputation dépend trop du hasard, pour
qu'elle puisse être un bien véritable. On doit
se conduire comme si l'on y mettoit un grand
prix; la décence et la vertu nous le prescri-
vent, mais il faut vivre pour Dieu et pour
soi, et mépriser souverainement l'opinion
publique, c'est-à-dire, dans le fond de son
cœur; car je conviens qu'on ne doit jamais

la braver. Enfin, mon amie, j'ai une *rancune* qui durera, parce qu'elle est sans violence et sans aigreur. Je ne suis point en colère, je suis dégoûtée; je n'ai point de misanthropie, je vois les objets tels qu'ils sont, et je suis glacée. Je crois qu'on ne revient point de cet état, et je n'ai pas vingt ans!... Grand Dieu! dans quel monde idéal j'ai vécu jusqu'à cette époque funeste!.... quel rêve de mon imagination! ah! qu'il étoit délicieux!... Un malheur bien réel, c'est que ces idées chimériques avoient exalté tous mes sentimens. Il faut maintenant que je refonde mon caractère; que je modère mes affections; que je réprime ma confiance; que je prenne une autre manière d'aimer!... J'ai pourtant toujours le même cœur! qu'en ferai-je désormais? il ne peut plus être abusé!... Pardonnez-moi ces tristes plaintes; je n'ose me les permettre qu'avec vous.

Vous me demandez des détails sur ma belle-sœur. Je n'ai rien de satisfaisant à vous en dire. Dans le temps où le déchaînement contre moi étoit universel, elle avoit l'air de triompher; maintenant elle est visiblement dominée par l'humeur. Je comptois sur son amitié; elle n'avoit même pas de bienveillance pour moi : que dis-je? elle me

haïssoit! On a prétendu m'expliquer cela en
disant que son aversion vient de l'élégance
d'Erneville et de l'illustration de ma famille!...... Juste ciel! s'il est vrai que des
folies si stupides et si monstrueuses soient
communes, comment peut-on rester volontairement dans la société?

Le chevalier de Celtas est ici depuis quelques jours; il a été sur-le-champ trouver en
particulier M. du Resnel pour *s'expliquer*
avec lui sur la conduite de M. et de Mme
d'Orgeval à mon égard, qu'il blâme nette-
ment, en ajoutant qu'il ne falloit s'en prendre qu'à *la mauvaise tête* et au peu de lumières de M. d'Orgeval. Ceci a été accompagné
d'une longue apologie de sa propre conduite. M. du Resnel a répondu qu'il n'en-
troit point dans ces tracasseries de famille;
qu'à la vérité son attachement pour nous lui
inspiroit le plus profond mépris pour nos
envieux; mais qu'il étoit parfaitement satisfait, parce que tous les honnêtes gens pen-
soient comme lui. Le chevalier de Celtas est
venu chez ma mère, et lui a dit les mêmes
choses. Ma mère l'a reçu avec sa politesse et
sa douceur ordinaires, mais froidement. Au
reste, comme nous voyons clairement qu'ils
rougissent enfin de leurs procédés, nous

n'aurons plus l'air de nous en souvenir.
M. du Resnel reprendra ses grâces accoutumées avec ma belle-sœur; il avoit une drôle
de manière de la *mettre en pénitence* (comme il disoit.) Vous savez qu'il y a des gens
qui ne sont plus rien dans la société, dès
qu'on cesse de s'occuper d'eux et de les faire
valoir. Mme d'Orgeval est de ce nombre;
M. du Resnel l'invitoit sans cesse à dîner et
à souper, il étoit avec elle parfaitement simple et poli; mais il *laissoit tomber* tout ce
qu'elle disoit, il ne relevoit rien, ne prenoit
garde à rien, et la pauvre Denise, ne pro-
duisant par elle-même aucun effet saillant,
n'étoit ni louée, ni remarquée, ce qui la
jetoit dans un découragement, et lui donnoit une humeur qu'elle ne pouvoit ni surmonter, ni cacher. Elle avoit pris le parti
de soutenir que les soupers de M. du Resnel étoient horriblement ennuyeux, et pour
le prouver, elle y jouoit la distraction, et
elle y affectoit toutes les démonstrations du
plus profond ennui. Aussi, lorsque M. du
Resnel l'apercevoit retirée dans un coin,
nonchalamment étendue dans un fauteuil
et bâillant de toutes ses forces; il me disoit
plaisamment: *Voyez-vous Mme d'Orgeval
qui cabale contre moi?*

Adieu, ma chère et tendre amie ; que je serai heureuse de vous revoir et de causer librement avec vous ! Vous aimerez ma charmante Léocadie ; vous l'aimerez autant que Maurice, car je ne mets nulle différence entre ces deux chères petites créatures.

LETTRE LII.

Du vicomte de St. Méran à M. du Resnel.

De Paris, le 19 septembre.

J'AI vu depuis trois semaines dans notre petite cour tant de noirceurs, de faussetés et d'intrigues, que j'ai un vrai besoin de parler à *un honnête homme.* Ce seroit déjà beaucoup de savoir seulement où le trouver ; ainsi de l'avoir pour ami doit consoler de tout.

Je ne vous ferai point le détail de nos brouilleries, car la finesse des gens du grand monde rend les tracasseries si compliquées et si embrouillées, leurs méchancetés les plus noires sont souvent si déliées, si délicates, elles tiennent à des préparations si multipliées et si adroites, qu'il faudroit

écrire des volumes pour en faire sentir toutes les conséquences. En province on est
grossièrement faux et envieux; mais ici quel
raffinement! on ne se déchaîne point contre
son ennemi; on ne fait jamais de scènes; on
paroît toujours calme et même insouciant;
mais on attend l'occasion de placer un mot
qui puisse porter coup, et ce mot est dit
avec tant de nonchalance, qu'il faut un long
usage pour en connoître l'intention. Comme on sait préparer un piége! comme on
sait profiter d'une fausse démarche! comme
on sait surtout nourrir et fortifier des préventions défavorables contre ses rivaux!

Les princes, tant qu'ils aiment, croient
que leur attachement élève jusqu'à eux celui
qui en est l'objet; mais aussitôt que l'attachement cesse, l'objet qui ne l'inspire plus,
perd à leurs yeux toute espèce de considération; il ne leur paroît digne alors, ni de
ménagemens, ni d'égards.

Les princes ont une certaine pudeur bien
funeste aux courtisans; ils ne peuvent supporter la présence de ceux qui ont perdu
leur faveur. Le prince qui vivroit sans aucun embarras avec un favori disgracié, auroit certainement des sentimens fort grossiers, ou bien un très-grand caractère.

« Ceux qui n'ont point vécu avec les princes, croient qu'ils ne sont jamais capables
des petits soins de l'amitié, et qu'ils portent
toujours dans le commerce le plus intime
une sorte de hauteur qui fait sentir la supériorité du rang. Cette idée est très-fausse.
Les princes sont d'une extrême familiarité
avec leurs amis intimes ; et s'ils sont ignorans et désœuvrés, ils ont une assiduité
qu'on ne trouve point dans ses égaux. Un
ami, pour la plupart d'entre eux, est un
conseil, un guide ; ils en ont besoin dans
tous les momens ; le plaisir de parler d'eux-
mêmes leur fait trouver dans la confiance
un attrait qui n'existe point parmi les égaux ;
car dans ce dernier commerce chacun parle
à son tour de soi. Ajoutons une vérité : c'est
que d'ailleurs les princes sont capables d'at-
tentions et de soins très-aimables, tant qu'ils
aiment ; et ils ont tous la délicatesse de ne
jamais rien dire qui puisse rappeler à leur
ami intime la distance des rangs ; ils établis-
sent à cet égard, par leur ton et par les petits
détails de leur conduite, une parfaite égalité. Tout cela est charmant, tant que leur
amitié dure ; mais si on vous noircit auprès
d'eux, si un autre s'empare de leur confiance, tout ce prestige s'évanouit prompte-

ment, l'ami disparoît tout à coup, vous ne retrouvez plus que le prince, qui communément vous condamne sans vous entendre, sans vouloir vous écouter, vous refusant toute espèce d'explication. En général, les princes, en amitié, sont comme les amans; ils aiment leur ami jusqu'à ce qu'un autre leur plaise davantage, une nouvelle amitié entraîne presque toujours la rupture de l'ancienne; alors il ne reste d'eux que des lettres et des portraits. Ce que je dis des princes, je le dis aussi des premiers ministres et de toutes les personnes élevées depuis long-temps à d'éminentes dignités, possédant à la fois un grand crédit et une grande fortune. Qu'il est difficile de se trouver à de telles places, et de s'y conduire comme Henri IV et comme Sully!

La grande fortune et le rang élevé privent souvent ceux qui les possèdent de la douceur d'être aimés. D'abord on s'attache à eux par intérêt ou par vanité; et cette vue occupant seule l'esprit, empêche de s'appliquer à connoître ce que les princes ont d'attachant. Comme on veut leur plaire, les séduire et les mener, on a plus d'attention à découvrir leurs foibles que leurs bonnes qualités. On ne se soucie guère de les

trouver aimables, et cela seul souvent empêche de leur rendre cette justice, quand
ils le méritent. Tel prince qui n'a jamais eu
d'ami, en auroit eu de sincères, s'il n'eût
pas été prince. Si tant de princes sont ingrats, et en général peu capables d'amitié,
c'est que, pour peu qu'ils aient lu ou regardé autour d'eux, ils acquièrent facilement l'idée qu'on ne les aime point pour
eux-mêmes; de là ils ne cherchent que des
liaisons agréables, désespérant de trouver
des amis.

Je me suis trop livré à mes réflexions
pour vous mander aujourd'hui beaucoup de
nouvelles. Je vous dirai seulement que Poligni, confident de l'amour du duc de Rosmond pour la pupille de Dercy, a séduit
cette petite-fille; il étoit admis chez le tuteur; il n'y voyoit pas la jeune personne
que l'on tenoit toujours renfermée dans sa
chambre; mais, allant dans la maison, il a
trouvé le moyen d'obtenir un rendez-vous
secret, et au lieu de s'acquitter des commissions de son ami, il a parlé pour lui-même.
L'intrigue a fini par un enlèvement, et Poligni, pour mettre sa conquête à l'abri des
poursuites du tuteur, l'a fait entrer à l'opéra. Vous savez que c'est un *asile sacré* pour

les filles roturières qui désertent de chez
leurs parens, et qu'elles y sont même sous-
traites à l'autorité paternelle, quelle que soi
leur jeunesse. De tous nos usages scanda-
leux, celui-ci n'est pas le moins révoltant(1)
Enfin, la nièce du pauvre Dercy est actuel-
lement danseuse dans les chœurs de l'opéra. Comme elle n'a jamais su danser, elle se
contente de *marcher*, et de montrer une figure très-fraîche et très-brillante, que le public applaudit beaucoup. C'est Poligni qui
m'a conté tout ceci. Je lui ai demandé comment le duc de Rosmond trouvoit son procédé? Il en est piqué, m'a-t-il répondu, mai
du moins il ne peut me refuser son estime
car le supplanter et tromper la surveillance
de Dercy, c'est assurément un coup de maître. J'ai prédit à Poligni une chose : c'es
que le duc, tout en tournant cette aventure
en plaisanterie, en conserveroit un morte
ressentiment, et s'en vengeroit tôt ou tard.
Un fat supplanté ne pardonne jamais. J'i-
magine que vous êtes maintenant de retou

---

(1) L'auteur, long-temps avant la révolution
s'est élevé avec force contre cet abus. Voyez dans
le Théâtre d'Education la pièce intitulée, *Le Parvenu*. (Note de l'éditeur.)

à Gilly, et que vos amis sont à Erneville.
Puissent la paix et le bonheur se fixer aux
lieux que vous habitez! Parlez-moi toujours
avec détail de la charmante Pauline, on ne
peut ni l'oublier quand on a pu la voir et
l'entendre, ni s'en ressouvenir avec indifférence! Je vous avoue, mon ami, qu'un tel
voisinage me paroît bien dangereux; vous
êtes sensible et jeune encore, prenez garde
à vous, ce nom rassurant d'*amitié* peut
tromper la vertu, et je sais que la vôtre ne
se pardonneroit point une semblable méprise. Lorsqu'on a le cœur parfaitement
libre, qu'on est doué d'une grande sensibilité, qu'on est encore dans l'âge des passions, croyez-vous qu'il soit possible de
vivre dans la plus grande intimité avec une
femme telle que Pauline, et de se borner à
la seule amitié? Réfléchissez à cette question, et répondez-y avec cette bonne foi
qui vous caractérise. J'ai le plus grand désir
de connoître vos idées là-dessus; car plus
j'y pense, et plus *vos lettres* m'alarment sur
ce sujet. Vous ne trouverez point cette demande indiscrète; j'espère que vous ne me
soupçonnerez pas d'une impertinente curiosité, et que vous rendrez justice au sentiment qui m'anime.

I.   24

Adieu, mon ami; je vous envoie un paquet de brochures nouvelles, un roman de Dorat, où vous ne trouverez que de l'esprit et des réminiscences, et dont le style est à la fois incorrect et maniéré; un éloge académique de Thomas, que ses partisans trouvent *sublime*, et qui me paroît tristement emphatique, comme tout ce qui vient de la plume de cet auteur, d'ailleurs fort estimable, car il a des idées et une excellente morale. Thomas sera le *Sénèque* de notre langue; il a du talent et des beautés réelles; il aura beaucoup de mauvais imitateurs qui ne prendront que ses défauts, il contribuera à gâter le goût; mais *il restera*. Cependant, comme il n'a ni sensibilité profonde, ni naturel, ses écrits ne seront jamais au nombre des ouvrages classiques. Enfin, je vous envoie un nouveau volume de Buffon, qui fera vos délices. Quel écrivain parfait! et dans tous les genres! Comme il est tour à tour doux, gracieux, majestueux! comme il sait peindre! quelle élégance, quelle harmonie, quelle propriété d'expressions! Ses ouvrages seront toujours la meilleure de toutes les poétiques françaises, pour quiconque saura les étudier sous ce rapport.

LETTRE LIII.

Réponse de M. du Resnel.

De Gilly, le 10 octobre.

NON, mon ami, je ne crois pas possible de vivre *dans la plus grande intimité* avec une femme telle que Pauline, sans exposer son bonheur et ses principes. Mais cette *intimité* n'existe nullement entre elle et moi. Dans le cours ordinaire de sa vie et de la mienne, nous ne nous voyons que rarement, à peu près une fois par semaine; je ne la vois jamais seule, et nous ne nous écrivons point; ainsi donc je ne vis *point avec Pauline dans la plus grande intimité.* Et comme je me suis formellement *promis* à moi-même de ne rien changer à cette manière d'être avec elle, je suis parfaitement tranquille. L'amour ne naît point sans quelque espérance; je ne pourrois en concevoir, sans être à mes propres yeux aussi vil que le duc de Rosmond : moi, qui suis devenu l'ami intime du marquis d'Erneville! moi, qui suis témoin de l'union touchante, et qui connois l'attachement mutuel de ces deux êtres intéressans, si dignes l'un de l'autre!

J'ai bien examiné mon cœur; je trouve, je l'avoue, que son premier sentiment est pour Pauline, mais je trouve aussi que son désir le plus vif est de la voir adorée de son mari, et de la savoir satisfaite de lui. Tant que je conserverai ce sentiment, je resterai sans crainte à Gilly; si je le perdois, je fuirois non-seulement de la Bourgogne, mais de la France, je ne me croirois en sûreté que dans le pays le plus éloigné d'Erneville. Voilà, mon ami, ma profession de foi la plus sincère; je me flatte qu'elle dissipera vos inquiétudes.

L'attachement le plus pur d'un homme pour une femme, a sans doute quelque chose de particulièrement tendre; la différence des sexes le rend plus piquant et plus délicat; d'ailleurs, convenons-en, la perfection de la sensibilité ne se trouve que dans les femmes. Une femme vertueuse et sensible est le plus attachant de tous les êtres. J'ai, sur les femmes, des idées qui me sont propres; je ne crois point du tout que leur organisation soit différente de la nôtre; car je ne vois pas que la foiblesse physique donne plus de délicatesse morale, ou qu'elle rende l'esprit moins étendu et moins solide. Pascal, Pope, et tant d'autres, avec de très-foibles constitutions physiques, avoient du génie et de grandes âmes. Combien *d'Hercules* ne connoissons-nous pas, qui sont d'une extrême sottise! Enfin, si dans cet examen je cherche à pénétrer les desseins de l'auteur de l'Univers, je trouve que des êtres également destinés à l'immortalité, doivent posséder au même degré toutes les facultés intellectuelles, et que leurs âmes doivent être semblables. Ainsi, je n'attribue qu'à la seule éducation les différences réelles que nous remarquons entre les hommes et les femmes. Imaginer que le Créateur ait formé des êtres faits pour s'unir intimement, et cependant essentiellement dissemblables, c'est une pensée frivole et superficielle. Si l'homme n'avoit pas en lui tous les germes des qualités qu'il chérit dans les femmes, il ne les concevroit pas et n'en pourroit être charmé; et si les femmes n'étoient susceptibles ni de force, ni de grandeur d'âme, elles seroient incapables de sentir le prix de tout ce qui est sublime. Otez la parfaite égalité d'esprit et d'âme, et vous anéantissez tous les rapports, vous détruisez toute union. En un mot, *la compagne* de l'homme doit être en état de le comprendre toujours, de le conseiller souvent, et de le suppléer quelque-

fois. Malgré cette équitable distribution des
dons les plus précieux du Créateur, malgré
cette égalité nécessaire, les femmes chargées du dépôt des enfans, ont à jamais dans
la société une destination différente de la
nôtre. C'est la nature même qui leur prescrit un genre de vie sédentaire, et qui les
consacre aux occupations domestiques.
C'est la nature même qui les exclut des em-
plois publics, dont l'exercice ne pourroit
s'allier avec les devoirs de mère et de nourrice. Si la nature eût parfaitement assorti
leurs facultés morales à leurs destinées, elle
n'eût fait des femmes que des êtres inférieurs et subalternes, et c'eût été, comme je
l'ai déjà dit, une inconséquence et une injustice d'autant plus étranges, qu'elles étoient
absolument inutiles. La différence des situa-
tions et de l'éducation suffisoit pour perfec-
tionner les qualités nécessaires aux deux
sexes; ainsi la force et l'énergie sont exaltées
dans l'homme, et la douce sensibilité dans
les femmes, sans que les vertus opposées
soient nulles ou détruites en eux. Les femmes, accoutumées dès l'enfance à n'exprimer qu'à demi tant de sentimens, à voiler
ingénieusement tant d'idées, doivent avoir
cette finesse, cette délicatesse qui les carac-

térisent, et qui viennent de l'habitude et d'un long exercice, et non d'une organisation particulière. Cela est si vrai, que cette prétendue différence d'organisation n'a jamais été remarquée dans les femmes du peuple élevées grossièrement. Ce plan sublime de subordination, de situation et d'égalité des facultés, fait tout le charme de l'union délicieuse des deux sexes. Il donne plus d'intérêt à cette apparente foiblesse, qui, loin d'être une humiliante infériorité, n'est qu'un sacrifice touchant et généreux. Il relève la dignité de l'homme, devenu, par l'amour et par la vertu, le protecteur d'un être égal à lui. Ces idées, qui anoblissent l'empire et la dépendance, me paroissent plus justes et plus utiles que celles qui dégradent les femmes afin de consacrer l'autorité de l'homme, dont les droits établis par la nature n'ont besoin, pour être reconnus et respectés, que du sentiment et de la raison.

Adieu, mon ami; mandez-moi toujours toutes les nouvelles de société : quoiqu'on ait quitté le monde, on n'en est jamais assez détaché pour ne pas mettre quelque intérêt à ce qui s'y passe; et d'ailleurs tous mes liens avec lui ne sont pas rompus, puisque vous y vivez.

LETTRE LIV.

Du marquis d'Erneville au comte d'Olbreuse.

D'Erneville, le 14 septembre.

Je ne trouve point du tout, mon cher d'Olbreuse, que l'événement dont vous me parlez, *doive me tranquilliser*. Au contraire, il augmente le tourment secret que vous connoissez...... O combien les femmes sont incompréhensibles ! rien ne doit étonner d'elles ! Mais n'en parlons plus, n'en parlons jamais !... Mandez-moi quand je dois partir. J'irai d'abord aux eaux de Vichi : de là je partirai secrètement ; mais je voudrois ne pas attendre, afin de revenir avec une extrême promptitude. Vous m'annoncez que je serai vraisemblablement *appelé* dans trois ou quatre mois ; cela est bien vague ; il faut d'avance me fixer l'époque avec précision.

Vous espérez, dites-vous, que *dix grands mois écoulés* ont effacé un douloureux souvenir !...... Ah ! pour mon bonheur, que n'ai-je une telle légèreté !....

Adieu, mon cher d'Olbreuse ; notre cor-

respondant de Moulins voyage; adressez-
moi dorénavant vos lettres sous le couvert
de M. L... à Dijon.

~~~~~~~~~~~~~~~~~~~~~~~~~~~~~~~~~~~

LETTRE LV.

De la marquise à la baronne de Vordac.

D'Erneville, le 8 janvier.

CHÈRE amie, quelle vive émotion je viens
d'avoir! A huit heures et demie du matin,
j'étois au déjeuner dans le cabinet vert,
assise entre Albert et Mlle du Rocher, lorsque Laurence paroît tenant une petite caisse
à mon adresse, qu'il pose sur la table. On
ouvre cette boîte; et le couvercle ôté, on
voit un papier sur lequel ces mots sont écrits:
Etrennes de Léocadie. Je déballe précipitamment, et je trouve six charmans four-
reaux de basin et de mousseline, garnis
de dentelles, et plusieurs autres petites choses à l'usage d'un enfant d'un an. Albert
examine ces présens; ensuite il me regarde,
et sourit d'assez bonne grâce. J'étois très-
émue!... Albert devient rêveur.... et au
bout de quelques minutes reprenant la parole : Je ne conçois pas, dit-il, par quel

i. 25

moyen les parens de cette enfant peuvent
avoir de ses nouvelles, et peuvent savoir si
elle existe ou non. Vous n'avez point de
correspondance à Paris!... — Qui! moi,
Albert! j'aurois une correspondance qui
vous seroit inconnue ?... — Croyez-vous
que Jacinthe n'en ait pas?... A cette question, faite d'un air très-attentif, Mlle du Rocher fait un signe très-marqué d'approbation, en se pinçant les lèvres et souriant de
la manière la plus impertinente. Je me retourne de son côté, en lui disant : Pour-
roit-on savoir, Mademoiselle, de quoi vous
vous moquez ? — Moi, Madame ? — Mais
oui, Albert n'a rien dit de plaisant, et vous
riez... Apparemment que sa question vous
a paru ridicule? — *Tout au contraire*, Madame; je l'ai trouvée fort *judicieuse*, car
Mlle Jacinthe.... — Eh bien! achevez,
Mlle Jacinthe?... — Mlle Jacinthe... Je crois
que l'on peut suspecter Mlle Jacinthe, et
que Mme la marquise n'exige pas que l'on
respecte Mlle Jacinthe. — Non, Mademoiselle; mais je voudrois que l'on n'accusât
point sans preuves. A ces mots, Mlle du
Rocher a pris cet air de *victime* que vous
lui connoissez; elle a soupiré, levé les yeux
au ciel, a vanté ses sentimens *évangéli-*

ques, etc. Albert, par une plaisanterie aimable et douce, a mis fin à ce dialogue.

Mlle du Rocher ne m'a point pardonné de ne l'avoir pas emmenée à Paris; depuis ce temps sa haine pour Jacinthe est extrêmement augmentée, et cette aversion rejaillit sur moi. D'un autre côté, je suis aussi fort mécontente de Jacinthe; elle a pris une humeur qui la rend quelquefois très-impertinente. Je crois qu'elle aimoit Le Maire, et que la fuite de ce dernier lui cause un grand chagrin, d'autant plus que, malgré toutes nos perquisitions, nous n'avons pu découvrir ce qu'il est devenu. Tous ces petits troubles domestiques, si nouveaux pour moi, ne rendent pas mon intérieur agréable. Ah! chère amie, je ne retrouverai jamais la paix délicieuse dont j'ai joui! Cependant Albert est toujours parfait. Je suis bien sûre qu'il ne conserve pas le moindre doute, et que l'opinion des autres lui est devenue totalement indifférente, ainsi qu'à moi; car, lorsqu'à Dijon, grâce aux soins de M. du Resnel, il a vu tout le monde revenir à moi avec tant d'empressement, il a été absolument insensible à ce retour. Ses sentimens à cet égard sont semblables aux miens; mais je remarque en lui un fonds de

mélancolie qui m'inquiète d'autant plus
que je n'en puis pénétrer la cause. Je suis
certaine que cette tristesse ne tient point à
moi. Je l'ai vue sensiblement redoubler de
certains jours de poste... Il écrit quelquefois en particulier... Il ne me montre plus
toutes ses lettres!... Oh! n'imaginez pas
que je sois *jalouse*; des idées de ce genre
ne se sont pas même présentées à mon imagination. Je crains qu'il n'y ait quelque désordre dans ses affaires.... Je crains qu'il
n'ait un secret chagrin;... mais pourquoi
me le cacher? je m'y perds!

Le chevalier de Celtas doit venir demain
passer quelques jours ici. Il me témoigne
depuis un an un redoublement d'amitié
qui me touche très-peu, mais qui me persuade cependant qu'il a eu moins de part
que nous ne le pensions aux procédés de
M. et de Mme d'Orgeval. Je ne me fierai
jamais à lui; mais en même temps je ne
puis croire qu'il soit mon ennemi. Il est
léger et médisant; mais il a de l'esprit, et
son cœur n'est pas mauvais.

Adieu, chère amie, j'espère que vous
viendrez nous voir dans le cours du mois
prochain. Arrangez-vous pour passer au
moins avec nous une quinzaine de jours.

LETTRE LVI.

Réponse de la baronne.

Le 15 janvier.

Vous êtes toujours crédule, ma chère Pauline, et vous oubliez trop facilement les méchancetés. Pouvez-vous dire que le chevalier de Celtas n'a point eu de part aux procédés de M. et de Mme d'Orgeval, quand je vous ai conté les horreurs qu'il étoit venu débiter à M. de Vordac avant votre retour de Paris et quelques jours après? Ne pensez pas, chère amie, qu'il ait changé d'opinion; son âme est faite pour ne voir que de l'artifice dans la vertu; et pour ne jamais balancer à admettre le vice. En vous noircissant, il n'imagine pas mentir; il est de ces gens que leur perversité même préserve du crime de calomnier avec connoissance de cause; il a, dans ce cas, l'affreuse bonne foi d'un méchant; le mal qu'il débite, il le croit; c'est à ses yeux une chose si simple et si naturelle! Je sais, à n'en pouvoir douter, qu'il a dit, il y a cinq semaines, que M. du Resnel est votre *amant actuel ;* il a ajouté qu'il se *flattoit* qu'il ne seroit pas impossible de *le supplanter.* Je vous assure que le monstre a l'insolent espoir de parvenir à vous séduire. Il a dit encore à la même personne que la petite Léocadie ressemble à *frapper* au duc de Rosmond. Ceci, par exemple, ne peut être qu'un infâme mensonge. Jugez donc du personnage! Quand je vous verrai, je vous expliquerai comment j'ai su tout cela ; vous conviendrez que rien n'est plus certain. Soyez bonne et généreuse, ma tendre amie, mais ne soyez pas dupe, vous ne l'avez été que trop long-temps. Quant à Albert, vous devez en effet être parfaitement tranquille. M. du Resnel auquel il parle certainement avec confiance, m'a dit qu'il vous chérissoit et vous estimoit plus que jamais. Ainsi, chère Pauline, vous pouvez encore être heureuse, et désormais rien ne sauroit troubler votre bonheur.

Adieu, mon amie, ma bien-aimée Pauline. Je vous récrirai lundi par M. du Resnel, qui passera deux jours chez nous avant d'aller à Erneville.

LETTRE LVII.

Réponse de la marquise.

D'Erneville, le 20 janvier.

JE reconnois votre amitié dans votre *implacable* ressentiment contre le chevalier de Celtas. Croyez, mon excellente amie, que je serois ainsi pour vous; oui, je n'aurois nulle indulgence pour les personnes qui attaqueroient votre réputation. Mais je suis plus équitable dans ma propre cause. Je vous avoue que les soupçons de ceux que j'aime et qui connoissent parfaitement mon cœur, m'ont paru inexcusables; mais je trouve tout simple que des personnes, qui n'ont qu'une idée superficielle de mon caractère, soient abusées par des apparences bien extraordinaires!.... J'ai pensé qu'un beau-frère et une belle-sœur qui me voyoient si souvent, qui me témoignoient de l'amitié, auroient dû suspendre leur jugement, et surtout ne pas chercher à me nuire; mais le chevalier de Celtas n'est ni mon parent ni mon ami, il peut me connoître mal et parler légèrement de

moi sans être *un monstre*. A l'égard du
projet de séduction que vous lui supposez,
(ne vous en fâchez pas, mon ange) cet
article de votre lettre m'a fait rire. En vérité, je ne crois pas qu'il ait une idée aussi
étrange que celle-là. Quant à ce qu'il a dit
de cette ressemblance frappante *de Léocadie....* je vais bien vous étonner... Il a
fait une remarque maligne, mais juste. Oui,
ce n'est point *un infâme mensonge*, c'est
une vérité. Il semble que le ciel prenne
plaisir à rassembler des hasards inouis contre moi. Celui-ci me confond. Car en effet *la ressemblance* devient telle, qu'il est
impossible de ne la pas remarquer ; je n'en
ai jamais vu d'aussi parfaite. M. du Resnel n'en dit rien, mais je suis sûre qu'il a
déjà fait cette singulière observation....
La dernière fois qu'il vint ici, il regarda
cette enfant avec un air fixe et surpris qui
ne m'échappa point.... Quelque belle que
soit cette chère petite, que ne donnerois-
je pas pour qu'elle eût une autre figure !
Faut-il qu'elle ait des traits dont le souvenir me sera toujours odieux ! Hélas ! ce
n'est pas sa faute, et je n'aurai pas l'injustice de l'en aimer moins !

Adieu, mon amie ; je vous désire toujours, mais je vous attends avec plus d'impatience que jamais.

LETTRE LVIII.

Du vicomte de St. Méran à M. du Resnel.

De Paris, le 15 avril.

Je l'avois prévu que le duc de Rosmond se vengeroit de Poligni. Écoutez une étrange histoire. Le duc de Rosmond, comme vous savez, a une sœur infiniment plus jeune que lui, et qui est devenue par le testament de sa grand'tante, la vieille comtesse de ✱✱✱, morte il y a deux ans, le plus grand parti de la cour. Cette jeune personne, âgée de dix-huit ans, est, dit-on, d'une incomparable beauté; elle loge chez son frère, elle y vit dans la plus profonde retraite, et même elle reste dans sa chambre lorsque la duchesse a du monde chez elle. Ses parens seuls ont le privilége de dîner ou de souper avec elle. Poligni, ainsi que beaucoup d'autres, avoient un grand désir de la voir, et il y a environ trois semaines que le duc lui promit de lui donner à dîner avec elle. En effet, Poligni est invité, et en entrant chez la duchesse, le premier objet qui frappe ses regards, est Mlle de Rosmond. Je vous passe la description que Poligni m'a faite de sa figure, il me faudroit quatre pages au moins pour vous en faire l'extrait ; il vous suffira de savoir que Mlle de Rosmond réunit les grâces les plus touchantes à la régularité la plus parfaite, et que son esprit est aussi juste, aussi délicat, que sa figure est accomplie. Poligni ébloui, enthousiasmé, laisse voir l'impression qu'il éprouve ; le duc en paroît charmé, et lui fait entendre bien clairement qu'il peut prétendre à la main de sa sœur, s'il est assez heureux pour lui plaire.

Poligni est jeune, aimable, il a infiniment d'esprit, de la fortune, un très-beau nom ; il prend de l'espérance, et devient amoureux fou. Une seconde entrevue achève de lui tourner la tête : alors il parle au duc et à la duchesse, on fortifie ses espérances, mais la duchesse fait quelques douces objections sur la légèreté de sa conduite et sur sa liaison publique avec la petite Dercy ; alors Poligni demande une plume et de l'encre, il écrit un billet de rupture bien formel, le lit tout haut, et le remet au duc en le priant de l'envoyer à

son adresse; ce qui fut exécuté à l'heure
même. Deux jours après, nouvelle entrevue, augmentation d'amour, et promesse
du duc de parler à sa sœur. Depuis ce jour,
Poligni n'a plus revu Mlle de Rosmond, et
le duc pressé de rendre une réponse, dit
enfin hier qu'il étoit au désespoir *du mauvais goût de sa sœur*, qui s'obstinoit à soutenir qu'elle éprouvoit pour Poligni une
antipathie invincible. La rage du pauvre
Poligni est inexprimable, et je le plains,
car je crois réellement qu'il a une passion
véritable. Il est bien puni de ses erreurs
passées, dont le récit, sans doute exagéré
par le duc, aura fait naître cette antipathie qu'il est impossible d'avoir pour sa
personne. Comment trouvez-vous ce tour
raffiné de vengeance? Poligni est brave, et
se seroit battu, s'il ne conservoit pas encore une foible espérance qui lui fait respecter le frère de celle qu'il aime. Grâce à
l'amour, le voilà *converti!* J'en suis charmé, car j'ai un grand fonds d'amitié pour
lui. Au surplus, le duc de Rosmond a pris
la petite Dercy, à laquelle il a fait quitter
l'opéra.

Je vous manderai d'ailleurs peu de nouvelles aujourd'hui. Vous connoissez ma-

dame de ✱✱✱; j'ai recueilli d'elle un mot que je me suis promis de vous conter. Il y a long-temps qu'on a dit, avec raison, que la dévotion n'étoit pour de certaines gens qu'un état. Mme de ✱✱✱ est une preuve de la justesse de cette remarque. Laide et contrefaite, elle a pris dès l'âge de vingt ans le parti de la dévotion, et en conséquence, malgré la mode universelle en France, elle n'a jamais mis de rouge. Quelqu'un s'avisa l'autre jour, en lui parlant de sa dévotion, de lui demander quelle sorte de scrupule l'avoit décidée, en vivant dans le monde, à ne jamais mettre du rouge, et quelle mal elle trouvoit à cela? Je n'en trouve pas davantage, répondit-elle, qu'à mettre de la poudre, mais c'est l'usage. Ce mot qui lui échappa naïvement est plaisant, car elle ne vouloit pas dire : c'est l'usage dans le monde, puisque c'est tout le contraire, elle sous-entendoit, c'est l'usage *parmi nous autres dévotes.* Et alors, voilà un acte de dévotion bien méritoire, qui n'a d'autre but que celui d'afficher une austère piété!

Vous me demandez si je suis toujours aussi content de mon prince. Comme je n'ai aucune ambition, j'en serai toujours égale-

ment satisfait. Qui ne prétend à rien, ne
sauroit être mécontent. Ce prince est aimable, il a beaucoup d'esprit naturel ; mais,
comme presque tous les princes, il a une
extrême paresse, et il se laisse guider en
toutes choses par des gens qui souvent lui
sont inférieurs. On critique sans cesse l'orgueil des princes ; pour moi, je suis continuellement étonné de leur excessive humilité. S'agit-il d'écrire une lettre, ils se
la font dicter ; ils ne font pas la moindre
démarche sans consulter ; ils ne veulent
ni agir ni juger tout seuls : quoi de plus
modeste ? Il est vrai qu'on leur a fait prendre cette habitude dès l'enfance (et pour
cause !), et une autre manie très-pernicieuse en résulte, celle de ne pouvoir jamais être seuls. Si le prince écrit, il lui
faut un *adjoint* et un secrétaire ; s'il lit,
il lui faut un lecteur ; s'il ne veut ni travailler, ni consulter, ni même causer, il
a toujours besoin *d'un témoin*, d'un favori qui soit fixé là. On met beaucoup
d'art et un grand soin à les entretenir
dans cet effroi de la solitude ; car s'ils se
trouvoient livrés à eux-mêmes sans aucune distraction, que sait-on ce qui pourroit arriver ? Peut-être *penseroient-ils tout*

seuls, peut-être *réfléchiroient-ils !* Cela est inquiétant, et c'est surtout ce qu'il faut empêcher.

Je n'ai rien pu faire pour le jeune peintre qui vous intéresse. Son tableau est ravissant, de l'aveu des plus grands connoisseurs ; mais le premier *peintre* du prince protége un autre artiste qui, comme lui, n'aura jamais qu'un talent fort médiocre, et le prince a refusé un chef - d'œuvre en donnant cinq cents louis d'un tableau détestable. Je vois tous les jours des choses de ce genre, et tant de pensions et de grâces prodiguées à des auteurs non-seulement sans génie, mais méprisables et dangereux !... Quand on songe combien les gens de génie sont peu capables de se faire valoir eux-mêmes, combien les intrigans pour réussir ont d'avantages sur eux, combien il est difficile aux princes, même aux plus éclairés, de découvrir le vrai mérite, dont personne ne leur parle, si ce n'est pour le calomnier, on excuse facilement les méprises des princes, et l'on trouve que la flatterie même n'a pu exagérer dans les louanges qu'on a données à Louis XIV sur son discernement à cet égard.

Je vous envoie un *poëme* qui fait beau-

coup de bruit en ce moment ; vous y trouverez de beaux détails.

Mais trop de vers entraînent trop d'ennui (1),

quand on manque d'imagination et de sensibilité. Tout le monde convient qu'il est
impossible de lire de suite cet ouvrage, et
ce petit *inconvénient* n'est pas même regardé comme un défaut. On exige qu'une pièce
de théâtre soit intéressante d'un bout à
l'autre, on a la même exigeance pour tous
les ouvrages d'agrément ; et à dire vrai,
comme lecteur, je trouve cette loi assez raisonnable ; mais on accorde aux poëmes (surtout dans notre langue) le privilége exclusif
d'être mortellement ennuyeux. Pourvu que
les vers en soient bien faits, les critiques
n'ont rien à dire ; le plan, la nouveauté,
l'invention, l'intérêt sont des bagatelles
qu'il ne faut pas chercher dans ce genre
sublime, ou que du moins on ne trouvera
certainement pas dans la *Henriade* même.

Mais je m'oublie, et je suis invité à *une
lecture.* Je vous en rendrai compte dans
ma première lettre.

Adieu, mon ami.

_____

(1) Gresset.

LETTRE LIX.

Du comte d'Olbreuse au marquis d'Erneville.

Paris, le 1er juillet.

LE moment est arrivé, mon cher marquis. Trouvez-vous entre le 15 et le 25 du mois prochain à Fontenay-aux-Roses, le dépôt vous sera remis ; nous y serons pour vous y recevoir, et avec tout le mystère possible. Nous n'aurons que des domestiques qui ne vous connoissent pas. Vous logerez dans la petite maison blanche, et j'espère que vous consentirez à passer quelques jours avec nous. Je sens à merveille que vous ne pouvez aller à Paris, mais vous ne risquez absolument rien en restant à Fontenay avec les précautions que nous prendrons. Nous vous attendons avec impatience, et nous vous reverrons avec le plus sensible plaisir.

LETTRE LX.

Du chevalier de Celtas à M. d'Orgeval.

Autun, le 13 août.

Comme tout se découvre, mon cher d'Orgeval! Vous croyez bonnement que votre frère est aux eaux de Vichi; point du tout, il est à Paris, et voilà pourquoi il n'a pas voulu que sa femme fît le voyage, et voilà pourquoi il n'a emmené avec lui que le *fidèle Laurence.* Il a d'abord été en effet à Vichi; mais dès le lendemain il s'est dit malade, et le vieux Laurence, qui est resté, prétend que son maître garde sa chambre. Cependant nul médecin n'est appelé, nulle visite n'est reçue, et Laurence ne sort que pour porter des lettres à la poste, qu'apparemment son maître a laissées, en les *postdatant,* pour être envoyées à la marquise, comme si elles étoient écrites à Vichi. Malheureusement pour le marquis, la petite C*** est à Vichi cette année. Vous n'ignorez *pas les tendres sentimens* qu'elle eut jadis pour votre frère : l'amour méprisé s'est tourné en rage ; la haine la rend curieuse et clairvoyante; espionnant avec soin *le grand Albert*, elle a deviné et découvert ce que je viens de vous dire; elle a écrit ce détail à Fl***, qui m'a montré sa lettre. Que dites-vous de cela?

Je partirai d'ici dans quatre jours pour aller vous voir, et faire avec vous vos vendanges. Nous irons ensemble à Erneville. Je vous assure qu'à présent votre pauvre petite belle-sœur me fait pitié; une foiblesse passagère pour l'homme le plus séduisant est à son âge fort excusable, et rien de tout cela ne seroit arrivé, si votre frère ne l'avoit pas abandonnée pour aller faire à Paris les folies les plus honteuses. Quant à du Resnel, je crois maintenant *qu'il en est pour ses frais*, et que toute la dépense faite à Dijon, n'a servi qu'à montrer ses prétentions et sa fatuité; car vous voyez que ses visites à Erneville ne sont pas plus fréquentes, et que même en l'absence du marquis il n'ose y aller, ce qui prouve bien que la marquise le lui a défendu; ordre qui vient certainement d'elle, et non d'Albert, qui se montre plus entiché que jamais du prétendu mérite de du Resnel. Il faut être juste: Pauline, en tout ceci, se conduit avec sagesse et prudence.

Adieu, mon cher; mes complimens à M. Dupui, et mes hommages à votre aimable compagne.

––––––––––––

LETTRE LXI.

De la marquise à madame de Vordac.

Le 18 août.

Il y a dans le monde des gens d'une méchanceté bien atroce ! Figurez-vous, chère amie, que j'ai reçu une lettre anonyme contre Albert, dans laquelle on me mande qu'Albert est parti secrètement pour Paris, en faisant dire à Vichi qu'il est malade et renfermé dans sa chambre. Vous jugez bien que je n'ajoute pas la moindre foi à cette calomnie ; cependant elle me cause toujours une vive inquiétude sur la santé d'Albert. Si je m'en étois crue, je serois partie sur-le-champ ; mais le voyage malheureux que j'ai fait, il y a dix-huit mois, sur une crainte pareille, a dû me donner de la prudence ! Ainsi je me suis contentée de faire partir La France avec une lettre pour Albert, dans laquelle je le conjure, s'il est malade, de me permettre de l'aller soigner. La France le verra, et me rendra un compte exact de sa santé. Il n'y a que vingt-sept lieues d'ici à Vichi; il est vrai qu'il y a douze lieues de chemin de traverse; La France est parti avant-hier; je l'attends à toutes minutes. M. et madame d'Orgeval, et le chevalier de Celtas, sont arrivés ici aujourd'hui. Dans le trouble où je suis, je n'ai pu dissimuler ma tristesse; et sans parler de la lettre anonyme, j'ai dit que j'étois inquiète de la santé d'Albert, que j'avois envoyé La France à Vichi, et que je l'attendois. Ils ont l'air de prendre part à ma peine, et le chevalier de Celtas m'a dit qu'en effet il avoit vu une lettre de Mme de C*** (qui est à Vichi), et qui mandoit qu'Albert gardoit sa chambre; mais que son incommodité étoit si peu de chose, qu'il n'avoit point appelé de médecin. J'ai dit que je donnerois toute chose au monde pour voir cette lettre. « C'est Fl*** qui l'a reçue, m'a répondu le chevalier, et il ne tiendroit qu'à moi de l'avoir; mais elle contient d'ailleurs des méchancetés absurdes, que je ne voudrois pas mettre sous vos yeux. » Ce mot a été pour moi un trait de lumière : vous connoissez le caractère de Mme de C***, et sa haine pour Albert et pour moi ; n'est-il pas clair que la lettre anonyme vient d'elle ? Mais que m'importe, pourvu qu'Albert ne soit pas sérieusement malade ? Je vous assure, chère amie, que dans cette occasion le chevalier de Celtas est aimable pour moi. Voyant l'excès de mon inquiétude, il m'a offert ce matin d'aller lui-même à Vichi. Enfin il s'est attendri ; il avoit les larmes aux yeux ; on ne joue pas cela.

Adieu, chère amie ; je remets cette lettre à votre messager ; et aussitôt que j'aurai des nouvelles, je vous renverrai un exprès.

LETTRE LXII.

De la même à la même.

Le 20 août.

O que j'ai besoin d'ouvrir mon cœur et de parler à une amie ! J'affligerois mortellement ma mère en lui confiant ce triste secret !... Ah ! qu'elle l'ignore à jamais !... Et vous, ma chère amie, recevez-le comme un dépôt sacré, et qu'il demeure toujours enseveli dans votre sein.

Ce matin, à huit heures, le chevalier de Celtas, qui véritablement me montre un intérêt sincère, frappe à ma porte en me criant : *La France arrive !* Je m'habillois ; je jette un manteau sur mes épaules, et je sors précipitamment. Le chevalier me donne le bras, nous descendons l'escalier ; et du vestibule j'aperçois, à travers la porte ouverte, La France qui descendoit de cheval. Eh bien ! La France, me suis-je écriée, comment se porte M. d'Erneville ? — *Je dirai tout à Madame.* L'air et le ton avec lesquels ces mots furent prononcés, m'ont fait tressaillir. J'ai cessé de questionner ; et quittant le bras du chevalier, sans songer à lui faire le moindre compliment, je dis à La France de me suivre ; je remonte dans ma chambre, et je m'y enferme avec lui. Ecoutez, mon amie, le récit qu'il m'a fait. Ayant manqué de chevaux, il n'arriva à Vichi que le 17 ; il fut droit à la maison d'Albert, et n'y trouva dans ce moment qu'une petite fille de douze ans, qui gardoit le rez de chaussée occupé par les hôtes sortis ce jour-là, qui étoit un dimanche. La France, naturellement très-mystérieux, demanda *Laurence*, sans dire de quelle part il venoit. La petite fille répondit que le

pauvre Laurence, tombé en apoplexie la
surveille, étoit sans connoissance et à l'extrémité !...... A cette triste nouvelle, La
France voulut être conduit chez Albert. La
petite fille répondit en riant, que depuis la
maladie de Laurence on avoit découvert
que M. le marquis n'étoit plus à Vichi;
mais que les hôtes n'avoient point d'inquiétude, parce qu'il avoit laissé sa malle
et beaucoup d'habits dans son appartement. La France, après cette informa-
tion, a été chez le pauvre Laurence, qu'il
a trouvé en paralysie et à la mort : il avoit
une garde. La France, très-prudemment
cachant sa mission, s'est donné pour Du-
mel, neveu de Laurence, en condition à
Moulins. La garde lui a remis un vieux
porte-feuille de cuir, contenant quelques
papiers qu'elle avoit trouvés, dit-elle, sur
sa table; elle a ajouté qu'elle ignoroit s'il
avoit de l'argent; qu'ayant vu dans le tiroir
de sa commode *deux lettres* cachetées à
l'adresse de Mme la marquise d'Erneville,
elle les avoit mises à la poste le jour même.
La France a passé la nuit et le jour suivant
auprès de ce malheureux, qui, sans avoir
repris un moment de connoissance, est
mort dans la nuit du 19. La France a laissé

de l'argent pour l'enterrer, et a repris aussitôt le chemin d'Erneville. Une demi-heure
après avoir écouté ce récit, on m'a apporté
à la fois deux lettres d'Albert, toutes deux
datées *de Vichi*, l'une *du* 21 de ce mois,
l'autre *du* 25, et nous ne sommes aujour-
d'hui *qu'au vingt!* Ce sont les lettres toutes
faites, que la garde du pauvre Laurence
a trouvées et mises à la poste le 17. La
poste ne partant pas ce jour-là de Vichi,
je n'ai pu les recevoir que ce matin. Ce
n'est pas tout; j'ai trouvé dans le porte-
feuille de Laurence un petit écrit de la
main d'Albert, par lequel je vois qu'il lui
a laissé cinq lettres pour moi, que chaque
lettre avoit à côté du cachet un petit nu-
méro qui indiquoit les jours où il falloit
les envoyer. Les deux que j'ai reçues aujourd'hui ne devoient être mises à la poste
que le 21 et le 25. J'ai donné dix louis de
gratification à La France en louant sa
prudente conduite, et en lui ordonnant
expressément de conter une histoire de
mon invention, où je le fais manquer de chevaux, et puis s'égarer et perdre son argent,
et enfin revenir à Erneville sans avoir été
à Vichi. Comme le chevalier de Celtas
l'avoit entendu me répondre tristement et

mystérieusement, je devois espérer qu'il
croiroit cette fable ; cependant il est le seul
qui n'en soit pas la dupe. Il m'a dit en particulier qu'il me donnoit sa parole d'honneur
d'accréditer, autant qu'il lui seroit possible, ce que je désirois que l'on crût ; que
néanmoins, d'après de *certains bruits*, il ne
lui étoit pas difficile de deviner la vérité, que
je voulois *si généreusement cacher*. Je ne
suis convenu de rien avec lui ; mais je com-
prends que la lettre de Mme de C✶✶✶ qu'il a
vue, ne le met que trop au fait. Au reste,
je ne puis, je vous le répète, que me louer
de la sensibilité qu'il me montre ; j'avoue
que je ne l'en aurois jamais cru capable. J'ai
promis à La France une gratification an-
nuelle pour m'assurer de sa discrétion ; aussi
ment-il avec une effronterie et un détail qui
ont persuadé tout le monde, à l'exception
du chevalier de Celtas. J'ai dit que j'étois
tranquillisée, parce que j'avois reçu d'excellentes nouvelles d'Albert, et pour la première fois de ma vie, j'ai eu assez d'empire
sur moi-même, pour dissimuler le trouble
affreux de mon âme. Albert n'a plus de confiance en moi ! Je ne veux point arracher
ses secrets, et moins encore l'embarrasser
et l'affliger ; je veux donc qu'il ignore ce

que j'ai découvert. D'ailleurs, j'avoue qu'il
me seroit pénible que l'on sût avec certitude à quel point il est changé pour moi.
Enfin

Le devoir d'une épouse est de paroître heureuse (1).

Il faut donc cacher de si tristes détails ;
oui, mon amie, je n'en gémirai qu'avec
vous !

Albert est à Paris ! Albert s'abaisse à feindre, et avec moi ! Albert me trompe !...
J'ai beaucoup moins d'inquiétudes sur la
nature du secret, que de douleur du mystère qu'il m'en fait. Au fond du cœur, je
suis persuadée que ce secret n'a rien d'offensant pour moi ; je croirois même qu'il
s'agit d'une chose confiée et qui lui est absolument étrangère, si je n'avois pas remarqué en lui un fonds de tristesse qu'il ne peut
dissimuler. Mais j'imagine encore que des
raisons de probité, ou du moins de délicatesse, le forcent à se taire. Tout cela ne
l'excuse pas envers moi ; il auroit du moins
dû me dire qu'il étoit occupé d'une affaire
dont il ne pouvoit m'instruire, et qui le

(1) Destouches.

forçoit à faire une course secrète à Paris;
j'eusse été parfaitement contente. Mais me
tromper! me ranger dans la classe des personnes qui lui sont le plus indifférentes,
avoir en un domestique plus de confiance
qu'en moi!.... Ah! chère amie, méritois-je
d'être traitée ainsi!...

Je suppose, puisqu'il n'a laissé des lettres
que jusqu'au 25, qu'il sera de retour à
Vichi le 27 ou le 28. Je lui écrirai tout
comme à mon ordinaire; je lui conterai en
plaisantant les prétendues aventures de La
France; je dirai que les lettres que j'ai re-
cues, m'ont ôté mes inquiétudes; j'ajouterai que par distraction il a mal daté ses
deux dernières lettres; enfin j'aurai le ton
de la gaîté et de la sécurité. Je feindrai
aussi.... ah! cette feinte sera bien innocente, elle sera même généreuse, et je sens
que d'avance mon cœur se la reproche!....
Qu'est devenu ce commerce rempli de tendresse, de candeur, de confiance sans réserve!.... Grand Dieu! les plus doux souvenirs ne servent maintenant qu'à m'affliger!

Adieu, mon amie. M. d'Orgeval, sa
femme et le chevalier de Celtas s'en vont
demain; ce sera une consolation pour moi

de me retrouver seule ; mais si vous pouviez venir la semaine prochaine , comme je
serois reconnoissante !

~~~~~~~~~~~~~~~~~~~~~~~~~~

LETTRE LXIII.

De la même à la même.

Le 1er septembre.

ALBERT est arrivé avant-hier. Il m'a
dit que les eaux de Vichi lui avoient fait *du
mal*, qu'il avoit *gardé sa chambre plusieurs
jours, etc*. Il m'a *appris* la mort subite du
bon Laurence.... Il a fallu écouter tout cela
avec un visage serein ! Au reste , il est maigri , il a souffert !.... ah ! je lui pardonne
tout ! Quel peut être ce secret ?.... ce n'est
certainement pas un dérangement de fortune ; je lui ai proposé plusieurs réformes
économiques , et la manière dont il m'a répondu là-dessus me prouve qu'il n'y a nul
dérangement dans ses affaires. Non , c'est
un secret de cœur , et je n'y suis pour rien ,
et je l'ignore ! Une autre femme à ma place
auroit d'étranges soupçons. Eh bien , il
m'est impossible de croire qu'il ait à se re-

procher une *véritable infidélité*, et je n'appellerois point ainsi dans un homme, un égarement passager pour un de ces objets séduisans et méprisables qui font toutes les avances, et dont les charmes peuvent si facilement égarer un instant la raison.

L'attachement que nous avons l'un pour l'autre n'a jamais été, je crois, de l'amour, mais il doit préserver d'une grande passion. Comment Albert pourroit-il avoir pour une autre femme un sentiment exalté, un sentiment profond? Ah! s'il avoit cessé d'aimer Pauline, son cœur seroit usé! Mais j'ai la certitude de lui être toujours aussi chère; je trouve même depuis l'époque de mes malheurs et de ses injustices, quelque chose de plus vif dans sa tendresse. Comment expliquer une telle bizarrerie? Sa sensibilité a pris un caractère beaucoup plus animé; il est avec moi, sinon plus tendre, du moins plus empressé, plus démonstratif; et cependant il me refuse sa confiance, il se permet sans scrupule, avec Pauline, des mensonges positifs, réfléchis et soutenus !.... Je m'y perds!....

J'ai encore une confidence à vous faire, chère amie, et j'en suis un peu embarrassée, car j'ai eu à ce sujet une sotte obstination et une crédulité impardonnable... Cet insolent chevalier de Celtas!... vous aviez raison.... Grand Dieu! je suis donc bien déchue! qui eût osé me faire *une déclaration d'amour*, il y a dix-huit mois?... et l'homme dont j'ai dédaigné l'hommage légitime, l'homme que j'ai refusé d'épouser, tente, aujourd'hui, de corrompre la femme d'Albert!.... Dans quel abaissement suis-je tombée!... Hélas! on sait qu'Albert a changé pour moi; on sait qu'il m'a soupçonnée et que je n'ai plus sa confiance, et l'on me méprise, et l'on m'outrage!...

Cette lettre anonyme que j'ai reçue, ce fat insolent et subalterne en étoit vraisemblablement l'auteur! Comme il va me haïr désormais! je l'ai traité comme le plus plat et le plus vil de tous les hommes; cette foible vengeance me soulageoit un peu. Il étoit outré de rage; en vérité je crois qu'il m'a menacée, je n'ai pas bien entendu ses derniers discours, l'ayant quitté fort précipitamment. Ceci s'est passé dans le jardin où, malheureusement, je me suis trouvée seule avec lui environ une demi-heure, le lendemain du retour de La France, et le jour de son départ et de celui de M. d'Orgeval et de sa femme. Je revis cet impertinent personnage une heure après, mais en présence de témoins ; il affecta un air très-dégagé, plus ironique que jamais. Il étoit fort rouge ; son regard, toujours équivoque et faux, avoit quelque chose de féroce et d'effrayant. Maintenant que je le connois, je vous avoue qu'il me fait peur, je le crois capable de tout. Moi qui n'envisageois qu'un si doux avenir, je n'y vois plus à présent que des méchancetés et des peines ; venez, mon amie, venez le plus tôt que vous pourrez. O que j'ai besoin de parler à cœur ouvert ! Venez !

LETTRE LXIV.

De M. d'Orgeval au chevalier de Celtas.

Le 8 janvier.

RIEN de nouveau dans nos cantons, mon cher chevalier, sinon que la petite *bâtarde* a reçu *ses étrennes anonymes* tout comme l'année passée. C'est une drôle de comédie ; il sera curieux de voir combien de temps cela durera.

Nous comptons chasser le renard cet hi-

ver. Il me manque des chiens ; mandez-moi
s'il est vrai que Bel*** réforme sa meute,
je pourrois, dans ce cas, acheter une partie de son équipage.

Je me renforce beaucoup au billard. Du
Resnel ne veut plus me donner que deux
points ; mon frère s'obstine toujours à m'en
donner quatre, mais il perd toutes les par-
ties.

Adieu, mon cher ; Denise vous salue, elle
n'attend que le moment d'accoucher, et
souffre beaucoup. Comme elle n'a pas *d'intérêt* à dissimuler sa rotondité, elle est monstrueuse. Je ne sais ma foi pas comment une
femme peut cacher une grossesse de contre-
bande ; cela me paroît incompréhensible.
C'est pourtant ce que nous avons vu jusqu'au *neuvième mois !* . . .

Le 9 janvier, à six heures du matin.

P. S. Je rouvre ma lettre pour vous
dire que ma femme vient d'accoucher heureusement d'une petite fille. La mère et
l'enfant se portent bien.

LETTRE LXV.

Du vicomte de St. Méran à M. du Resnel.

Paris, le 2 avril.

Le pauvre Poligni me fait vraiment pitié; il est toujours éperdument amoureux de Mlle de Rosmond, mais sans aucune espérance. Cette jeune personne, recherchée par tout ce qu'il y a de plus distingué à la cour, montre un grand éloignement pour le mariage, et même pour le monde; elle ne va ni aux spectacles, ni au bal, elle ne se trouve à aucun grand souper chez sa belle-sœur; on dit qu'elle a beaucoup d'esprit, et que sa seule ambition est de s'instruire; tout ceci ne lui est inspiré ni par son frère, ni par sa belle-sœur, qui n'ont nullement le goût de la retraite et de l'étude. Le duc, qui est son tuteur, lui laisse une entière liberté; il est bien singulier, à dix-neuf ans, d'en faire un tel usage, surtout avec une beauté si célèbre! Voilà une femme qui n'a pas un caractère commun. En vérité, je suis charmé de ne la pas connoître; j'aurois peur d'éprouver le sort de Poligni. Au reste, la conduite de Mlle de Rosmond paroît si extraordinaire, que chacun veut y trouver des motifs particuliers; car il est *impossible*, dit-on, de préférer à son âge la lecture au bal, et d'être aussi jolie sans avoir le désir de se montrer.

Une chose qui doit finir par rendre misanthrope, ou du moins tout-à-fait sauvage, c'est qu'avec une âme peu commune et un caractère original, on passe presque toujours dans le monde pour avoir de l'hypocrisie ou de l'affectation. Ayez un procédé héroïque, on vous suppose un intérêt secret; montrez des sentimens sublimes, personne ne vous croit de bonne foi. Le grand monde est beaucoup moins pervers que ne l'imaginent ceux qui n'y ont jamais vécu; le *bon goût de la bonne compagnie* en raffinant toutes les bienséances, n'a pas été inutile à la vertu; il a formé une espèce de code qui n'est pas assez complet et auquel on peut reprocher d'importantes omissions, mais dont tous les principes me paroissent estimables, et dont les idées sont nobles et délicates; ces lois sociales sont respectées, on ne peut les enfreindre ouvertement sans se déshonorer. Ainsi nul courtisan qui ne veut pas éprouver ce malheur, ne sollicitera la place que désire son ami intime, ou n'acceptera sa dépouille. Nul courtisan ne craindra de montrer de la reconnoissance au ministre disgracié qui aura été son bienfaiteur (1). A la cour et dans le grand monde, on ne pardonne ni l'ingratitude, ni la bassesse; et si le crédit et la puissance ont forcé quelquefois de tolérer ces vices, il faut convenir que ces exemples sont très-rares, et qu'un mépris tacite et universel en est même encore alors la punition. Mais le monde ne croit qu'aux vertus qu'il pres-

---

(1) Tous les ministres disgraciés sous les deux derniers règnes, n'ont jamais reçu plus d'hommages que dans les lieux de leur exil. M. d'Argenson aux Ormes, M. de Choiseul à Chanteloup, M. Necker à Saint-Ouen, etc. C'étoit même un bon air et une véritable mode d'afficher pour eux un grand attachement, et de montrer de l'admiration. Une multitude de gens, dont ils n'avoient jamais été les bienfaiteurs, s'empressoient de se faire présenter chez eux; il est vrai que souvent alors, on n'agissoit que pour flatter l'opinion publique, depuis long-temps contraire à la cour. Braver la cour étoit devenu un moyen d'acquérir de la considération personnelle. N'étoit-ce pas là un funeste présage pour ceux qui gouvernoient? (Note de l'éditeur.)

crit lui-même. Tout ce qui passe cette mesure, n'est à ses yeux qu'extravagance et
fausseté. On sent que l'estime est nécessaire
à l'agrément ainsi qu'à la sûreté de la société ; l'amour-propre même en fait un besoin, puisqu'on s'avilit en vivant avec ceux
qu'on méprise, et voilà ce qui constitue ce
qu'on appelle justement *la mauvaise compagnie*, un cercle nombreux où l'on admet
sans choix, et dont rien ne fait rejeter.
Ainsi donc les gens du grand monde veulent
estimer, et ils se refusent à l'admiration ;
car pour se livrer à ce doux sentiment, il
faut avoir l'âme pure ou très-élevée. Un
honnête homme peut se plaire dans le monde ; mais, pour en être toujours charmé, il
faut avoir une âme commune ; avec de
grands sentimens, avec une sensibilité profonde, on n'y trouve qu'une injurieuse incrédulité, qui finit par en dégoûter entièrement.

Vous ne serez guère satisfait des brochures que je vous envoie : ce sont quatre *Elo-
ges* bien froids. Pour les deux discours de
d'Alembert, ils sont, comme toutes les productions littéraires de cet auteur, dépourvus de naturel et d'intérêt ; cet écrivain,
mauvais imitateur de Fontenelle, ne passera

certainement à la postérité que par ses ouvrages de géométrie. La manie d'écrire des
éloges est universelle aujourd'hui; il est vrai
qu'on ne loue que les morts, et qu'on se
dédommage en déchirant les vivans. Il ne
faut que de l'esprit pour faire une critique,
mais il faut de l'âme pour faire un bon éloge, et tous nos panégyristes manquent de
sensibilité. Jugez-en par la seule date de
l'éloge de Mme Géoffrin, que d'Alembert, son ami intime, a eu *le courage* de
composer quelques jours après sa mort. Au
reste, tous ces éloges ne peuvent servir
qu'à préparer de faux matériaux pour l'histoire de notre littérature; tout mauvais qu'ils
sont, on les consultera un jour pour en tirer des traits, et les faussetés dont ils sont
remplis seront citées comme des faits certains.

Adieu, mon ami; je ferai l'impossible
pour aller passer avec vous le mois de juillet; et si je suis obligé de faire le voyage
de ***, je m'en dédommagerai sûrement
cet automne.

On dit que Mme du Resnel a la poitrine
mortellement attaquée. Elle doit aller à
Nice.

LETTRE LXVI.

Du marquis d'Erneville à M. du Resnel.

J'ai passé hier une si agréable soirée, que je trouve un grand plaisir à me la retracer avec détail. Pauline m'a lu un petit roman de sa composition, que sans partialité j'ai trouvé l'une des plus jolies choses dans ce genre que j'aie jamais entendues. Comme vous devez venir avec le baron et la baronne dans les premiers jours du mois prochain, j'ai fait promettre à Pauline qu'elle vous liroit ce petit ouvrage; mais elle vous craint beaucoup, et elle veut savoir avant tout ce que vous pensez des *femmes auteurs.* Ecrivez-moi là-dessus avec détail, et le plus tôt qu'il vous sera possible. Pour moi, je trouve que, si le goût d'écrire ne donne pas de pédanterie et ne fait pas dédaigner les devoirs domestiques, il ne peut qu'être utile, et de toutes manières; outre qu'il doit former l'esprit, il inspire nécessairement de l'éloignement pour un genre de vie dissipé et désœuvré, et presque toutes les femmes seroient raisonnables, si elles devenoient séden-

taires, et si elles se plaisoient dans leur intérieur. Pourvu que les femmes ne jouent pas
gros jeu, et que leur passion pour cet amusement soit *pure*, c'est-à-dire, pourvu qu'elles
aiment le jeu pour le jeu même, on ne leur
fait point un crime de passer quatre ou cinq
heures de la journée à mêler et à distribuer
des cartes. Il faut pourtant convenir que
cette occupation dans une mère de famille
n'est ni utile ni d'un bon exemple, et que
le même temps consacré à réfléchir, à mé-
diter et à écrire, seroit mieux employé.

Pauline veut que je vous annonce qu'il
n'y a point d'amour dans son roman, et je
puis vous assurer qu'il n'en est pas moins
intéressant. On croit trop que l'amour est
absolument nécessaire dans les productions
de ce genre; on reviendra de cette idée, et
alors les romans seront moins monotones et
plus instructifs. Si l'on peut dans les ouvrages dramatiques, et même dans les poëmes
épiques, exciter sans amour un si vif intérêt,
pourquoi n'obtiendroit-on pas le même succès dans un roman! La sensibilité peut, sans
doute, donner des traits sublimes à l'amour,
mais l'amour peint médiocrement peut plaire encore, parce que, s'il ne touche pas le
cœur, il amuse l'imagination. Il n'en est pas

ainsi des autres sentimens ; si l'expression
n'en est pas de la plus parfaite vérité, il
n'ont plus rien d'attachant. Il y a une espèce
de langage consacré à l'amour, et tout usé
qu'il est, il charme toujours un grand nom
bre de lecteurs ; mais, pour faire parler l'a
mour maternel, l'amour filial et l'amitié, il
n'existe qu'un seul langage, c'est celui de
la nature; on ne l'apprend point; l'esprit n'a
jamais su l'imiter ; le cœur l'inspire, et nul
lecteur ne peut le méconnoître. Voilà pourquoi presque tous les auteurs préferent, en
général, les sujets dont l'amour fournit le
fond et les détails.

Adieu, mon ami; si vous n'avez pas le
temps de nous répondre avant le 13, ne
m'écrivez que le 22, parce que je suis obligé de faire une petite course à Dijon, mais
je n'y resterai que trois ou quatre jours.

LETTRE LXVII.

Réponse de M. du Resncl.

De Gilly, le 9 juillet.

PAULINE *me craint!...* Savez-vous que rien ne me paroît plus offensant; car elle ne peut craindre que les sots et les méchans. Les sots, parce qu'ils désapprouvent tout ce qui n'est pas commun, tout ce qui s'éloigne de la routine ordinaire; et les méchans parce qu'ils sont tous corrompus par l'orgueil, et conséquemment envieux! Mais enfin Pauline veut connoître mon opinion sur les *femmes auteurs*, et malgré toute *ma rancune*, il faut m'expliquer franchement; je dois lui obéir.

Je pense qu'il existe, entre les hommes et les femmes, une parfaite égalité d'organisation et de facultés intellectuelles; ainsi je pense qu'elles peuvent cultiver les lettres et les sciences avec tout autant de succès que nous. Chaque créature devant remplir sa destination, n'a pas le droit de disposer du temps suivant sa fantaisie, et ne peut se

1. 28

livrer à ses goûts particuliers que lorsqu'elle
a rempli les devoirs de son état. Mais puisqu'il faut constamment préférer les occupations prescrites par le devoir à celles qui ne
sont que d'inclination, il faut donc prendre
garde que ces dernières ne deviennent *des*
passions. C'est une témérité et une grande
erreur, de croire que l'on puisse, dans tous
les momens maîtriser les passions. Elles ne
deviennent telles que par notre faute ; et
lorsque nous les avons laissées se fortifier et
s'enraciner, il n'est plus possible de composer avec elles. On ne sauroit les modérer ; il faut y renoncer subitement et sans
retour, ou bien en devenir l'esclave. C'est
en ceci que j'admire particulièrement la sagesse suprême de l'arbitre souverain de nos
destinées, qui nous donne tant de force
contre les passions naissantes, et qui donne
tant de pouvoir contre nous aux passions
formées. Notre foiblesse devient alors une
juste punition de notre imprudence; cependant il nous reste encore, dans cette extrê-
mité, la ressource d'un puissant effort qui
peut nous affranchir; mais ce n'est qu'en faisant le plus douloureux sacrifice. Il faut tout
perdre : nous l'avons dit, on ne réduit point
une passion violente à un goût modéré; pour

s'en débarrasser, il faut faire avec elle un divorce absolu. Si l'homme pouvoit opposer aux grandes passions une force morale capable de les modifier, sa vie seroit mille fois plus orageuse; il cesseroit de craindre les passions, il n'auroit jamais le projet d'y renoncer, il voudroit même les conserver toujours; et la faculté de les maîtriser, rarement employée, ne serviroit qu'à le rendre plus coupable, à le priver d'un effroi salutaire, et à prolonger jusqu'au tombeau ses folies et ses erreurs.

Mais revenons aux femmes auteurs. D'après tout ce que je viens de dire, il me semble que le goût d'écrire a un grand inconvénient pour elles tant qu'elles sont dans la première jeunesse; les soins assidus que demandent de petits enfans et les devoirs sacrés de nourrice, joints aux devoirs domestiques, ne peuvent s'allier que bien difficilement avec les travaux d'un auteur. Cependant cela n'est pas impossible lorsqu'on a, comme Pauline, une extrême activité, beaucoup d'ordre, un plan de journée que rien ne dérange, et une incroyable facilité pour écrire. Mais, à ne parler qu'en général, on peut dire que ce genre d'occupation ne convient point aux jeunes mères; ce sont elles que la nature a chargées des soins si nécessaires à la première enfance ; ce sont elles seules qui sont responsables de tous les accidens qui peuvent arriver à ces êtres si foibles confiés à leur garde. Par la suite, des instituteurs et des maîtres pourront les seconder et les remplacer ; mais qui peut suppléer une mère auprès d'un enfant au maillot, ou qui commence à marcher ? Qui peut avoir sa vigilance, sa prévoyance, son coup d'œil, sa constante assiduité ? Pauline ne prendra point ceci pour une critique. Quelle mère est plus attentive et plus tendre qu'elle ? Je sais qu'elle n'a jamais écrit qu'à côté du berceau de son enfant lorsqu'il est endormi ; cependant elle prend alors sur son sommeil, et si elle nourrissoit, ce travail n'auroit-il pas physiquement quelque inconvénient ? Quand les enfans ont atteint l'âge où les idées commencent à se développer, c'est alors que les mères peuvent avec utilité cultiver la littérature : il me semble que leurs premiers travaux doivent être consacrés à l'éducation de leurs enfans ; elles connoissent leurs caractères, leurs défauts ; et les ouvrages qu'elles composeroient pour eux, seroient toujours, par cette raison, infiniment plus utiles à leur famille qu'aucun autre du même genre. Une femme auteur et mère est inexcusable, si elle n'a pas écrit sur l'éducation et pour l'éducation, d'autant plus que l'on peut présenter la morale sous tant de formes différentes, que les institutrices ont toute liberté de préférer le genre d'écrire qui leur plaît le mieux. On trouvera toujours dans les réflexions et dans les observations particulières d'une mère quelque chose de neuf et d'ingénieux; et même avec des talens médiocres, ses ouvrages, à beaucoup d'égards, seront supérieurs à ceux des auteurs les plus célèbres qui n'auront point élevé des enfans. Ces derniers présentent des systèmes impraticables dans l'exécution; et des mères éclairées et tendres ne proposeront que des choses dont l'expérience leur a prouvé l'utilité.

J'ai toujours pensé qu'une jeune femme ne peut faire imprimer ses ouvrages sans manquer, en quelque sorte, aux bienséances les plus respectables, qui lui font un devoir de la plus austère modestie. Une femme, tant qu'elle est jeune, doit être timide et réservée; elle doit craindre de *faire scène*, de s'exposer aux regards du public; cette pudeur est en elle, sinon la preuve, du moins l'annonce de la vertu, et c'est aussi la plus touchante de ses grâces :

Quanto si mostra men, tanto è più bella (1).

Une jeune femme seroit ridicule dans la société, si elle y avoit un ton décidé, si elle y montroit des opinions tranchantes et des prétentions à l'esprit ; et beaucoup plus encore, si elle se permettoit d'y disserter sur les passions et sur l'amour. Que sera-ce donc de se déclarer publiquement *auteur* ? D'ailleurs, les hommes mêmes devroient n'écrire pour le public que dans l'âge mûr ; car, tant que l'éducation ne sera pas meilleure, l'esprit humain ne sera véritablement formé qu'entre trente et quarante ans.

Puisque l'honneur des femmes consiste particulièrement dans la pureté des mœurs, leurs écrits doivent toujours offrir la plus parfaite morale. Une femme ne sauroit, sans se déshonorer, afficher l'irréligion. On peut, sans religion, avoir de la probité ; mais on n'a point encore vu d'impie, avec des passions vives, avoir des mœurs. Tout le monde connoît le mot du maréchal de R***, qui, dégoûté tout à coup d'une femme dont

_____

(1) Le Tasse.

il étoit amoureux, et dans le moment même où elle paroissoit prête à lui tout accorder, répondit à ceux qui lui demandoient raison de ce caprice : J'ai découvert qu'elle est athée, ainsi que me sacrifieroit-elle?...

Un ouvrage écrit par une femme, et contenant des principes irréligieux, m'inspire pour l'auteur autant d'éloignement que de mépris. Le seul bon goût devroit préserver une femme d'une telle effronterie.

Je me ressouviens que dans un de mes voyages traversant avec St. Méran les landes de Bordeaux, nous vîmes des femmes sur d'énormes échasses, qui marchoient ainsi dans ces vastes bruyères. Ce spectacle scandalisa St. Méran, qui appelant l'une de ces femmes, lui dit d'un ton moqueur : *Mais, Madame, vos jupes ne vous gênent-elles pas beaucoup pour ce que vous faites là.* Ce mot m'est resté dans la tête, et je n'ai jamais rencontré depuis une femme *esprit-fort,* sans être tenté de lui faire la question que saint Méran adressoit à ces femmes *hommasses* et sans pudeur des landes de Bordeaux.

La douceur étant l'un des attributs des femmes, toutes celles qui écrivent, doivent se distinguer dans un genre qui demande surtout de la modération, du goût, de la

finesse et de la délicatesse ; la critique. Il
me semble qu'à talent égal, une femme dans
ce genre d'écrire, doit toujours l'emporter
sur un homme ; car pour peu qu'elle se respecte elle-même, elle ne se permettra jamais les injures grossières , le ton de la sa-
tire et les odieuses personnalités : et celle
qui joindra les principes au bon goût, fût-
elle l'objet des plus noires calomnies, n'at-
taquera jamais les personnes, et ne criti-
quera les ouvrages d'une manière piquante,
que lorsqu'ils seront contre la morale et les
mœurs. Tourner le vice en ridicule, et
fronder avec énergie des erreurs dangereuses, est le plus utile emploi que les écri-
vains des deux sexes puissent faire de leurs
talens. Mais je veux toujours, dans les critiques les mieux fondées d'une femme auteur, reconnoître la main délicate des Grâces ; j'y veux trouver des traits de sensibilité ; je veux sentir que l'auteur ne comba
ni par malignité, ni pour satisfaire des res
sentimens personnels, et qu'elle n'est ani
mée que par l'amour de l'ordre et de l
vertu. Je veux que même en défendant l
cause sacrée de la religion et de la morale
on démêle, à travers sa plus vive indigna
tion, la douceur et la délicatesse qui doiven

caractériser une femme. Sa noble et vertueuse hardiesse en aura plus de prix. Le
courage, dans une femme, ne peut intéresser que par son motif, et lorsqu'il est un
effort. C'est ce qu'a senti et exprimé d'une
manière sublime Paul Véronèse dans son fameux tableau de Judith ; au lieu de la peindre sous la figure d'une fière amazone, il l'a
représentée sous les traits d'une beauté naïve
et touchante (1). Ainsi, loin d'attribuer à
son caractère l'action qu'elle vient de com-
mettre, on sent tout ce qu'une telle entreprise a dû lui coûter. Il faut que tout lecteur impartial puisse éprouver un sentiment
de ce genre en lisant les écrits polémiques
d'une femme, et toutes les critiques sorties
d'une plume que souilleroient à jamais la
haine et le désir de la vengeance.

Les hommes, en présentant dans leurs ouvrages la peinture des passions, peuvent en
parler comme les ayant éprouvées. On nous
sait gré d'avoir aimé passionnément ; une
grande passion nous préserve toujours des
excès honteux de la débauche ; et loin de

_____

(1) J'ai vu ce tableau à Gênes dans le palais
Brignolet.

I.   29

nous déshonorer dans l'opinion générale, elle fait présumer que nos mœurs n'ont pu être licencieuses. Mais, au contraire, une passion violente que le devoir n'autorise pas, est, dans une femme, la preuve presque certaine d'un égarement coupable. Ainsi elle manque de pudeur, de raison et de goût, lorsqu'elle fait entendre qu'elle a connu l'amour, ou qu'elle nourrit en secret une passion malheureuse, ou qu'elle déplore l'infidélité d'un amant parjure, etc. Je connois des écrits de femmes dans lesquels on trouve ces étranges *confidences* très-clairement exprimées, et je puis assurer qu'au jugement des hommes mêmes, elles ont paru aussi ridicules qu'indécentes. Mais, dira-t-on peut-être, on ne peint bien que ce qu'on a senti; les femmes ne doivent donc jamais peindre l'amour, puisque ce seroit un aveu tacite d'avoir éprouvé cette passion? Point du tout! je ne leur interdis, à cet égard, que les *allusions* sur elles-mêmes, parce qu'il suffit d'avoir une profonde sensibilité, et de bien connoître le cœur humain, pour être en état de peindre supérieurement toutes les affections de l'âme.

> Nell' anime innocenti
> Varie non son fra loro,

Le limpide sorgenti
D'amore e d'amistà (1).

Tout écrivain décrira bien l'amour, lorsqu'il saura nous émouvoir en parlant de la
tendresse maternelle et de l'amitié ; et l'auteur qui n'exprimera que froidement ces
deux sentimens sublimes, n'offrira jamais
de l'amour que des tableaux communs, dangereux et fantastiques.

Mais je veux encore que les femmes ne
se permettent de peindre l'amour que pour
l'intérêt de la morale et des mœurs ; elles
doivent le représenter tel qu'il est, toujours
dangereux et fragile, et toujours incompa-
tible avec la sagesse et le bonheur.

Voilà mes principales idées sur *les femmes auteurs*. J'ose me flatter qu'elles s'ac-
corderont avec les vôtres, et je brûle d'impatience d'être au mois prochain, afin d'entendre l'intéressant ouvrage de la jeune *institutrice*, qui possède assurément toutes les
qualités que je désire dans une femme auteur, réunies à des talens que je n'ai jamais
vus à son âge. Je sais déjà, par Mme de

---

(1) Les sources pures de l'amour et de l'amitié
sont les mêmes dans les âmes innocentes.

MÉTASTASE.

Vordac, le titre de son dernier ouvrage, et qu'il est composé *pour servir à l'éducation de Maurice et de Léocadie.* Heureux enfans! dont on ne pourra comparer l'éducation qu'à celle qu'ont reçue *Albert et Pauline!*

Adieu, mon ami; écrivez-moi aussitôt que vous serez revenu de Dijon.

LETTRE LXVIII.

Du vicomte de St. Méran à M. du Resnel.

De l'Ile-Adam, le 29 octobre.

ME voici, jusqu'au 10 du mois prochain, dans la plus agréable de toutes les maisons de princes. On n'y voit point ce faste qu'on admire à St. Cloud et à Chantilli, et qui ne procure aucune jouissance véritable; mais on y trouve une magnificence réelle et *solide*; celle qui peut contribuer à l'agrément de la société. Une délicieuse musique, des spectacles charmans, une excellente chère, une grande liberté, et des voitures et des chevaux dont chacun peut disposer à son gré. Ajoutez à cela un vaste château d'une

vénérable antiquité et dans une situation ravissante. Mais le plus rare ornement de ce
charmant séjour est, selon moi, le prince
qui l'habite (1). Ce prince, instruit sans pédanterie, rempli d'esprit, de grâces et de
dignité, est sans exception (à l'époque où
j'écris) le seul de nos princes qui n'ait aucune timidité, et qui sache parler et représenter en public; aussi jouit-il d'une considération personnelle tout-à-fait indépen-
dante de son rang, et qui lui est bien justement acquise; il est fidèle en amitié, il sait
choisir et servir ses amis, il aime les lettres,
les talens et les arts, il en est le protecteur
le plus ardent et le plus éclairé; enfin, la
nature joignant à tant de dons celui d'une
figure charmante, aussi noble que douce et
régulière, sembloit avoir formé ce prince
pour le trône et pour régner sur des Français; car avec quelques défauts de Henri IV,
il a le courage, l'esprit et l'affabilité de ce
grand roi, réunis au bon goût et à la ma-
jestueuse représentation de Louis XIV.

Il y a beaucoup de monde ici, entre autres Mme de N ✶✶✶, plus métaphysicienne

_____

(1) Le feu prince de Conti, mort plusieurs années avant la révolution.

et plus ennuyeuse que jamais. Elle fait, dit-on, un livre sur les femmes, et quelqu'un disant l'autre jour devant Poligni, que Mme de N*** ayant passé toute sa jeunesse dans le plus grand monde, n'avoit besoin que de mémoire pour offrir dans cet ouvrage des peintures fidèles: Point du tout, reprit Poligni, car une femme qui n'a été ni naïve ni timide, ni jolie, n'a jamais été jeune.

Je m'attache de plus en plus à Poligni; c'est une aimable créature : il étoit né pour aimer la vertu, et sans sa liaison avec le duc de Rosmond, on ne l'auroit jamais vu sur la liste méprisable des *hommes à bonnes fortunes.* Mais il est sincèrement revenu de ses erreurs; il est toujours passionnémen amoureux de Mlle de Rosmond, et il m'assure que de tous les sentimens dont il a *essayé* jusqu'ici, celui qui occupe le plus l'imagination et qui remplit le mieux le cœur c'est une passion malheureuse. Qu'en pensez-vous, mon vertueux ami!.... Répondrez-vous à cette question?

LETTRE LXIX.

De la marquise à Mme de Vordac.

D'Erneville, le 10 janvier.

Eh bien, chère amie, cette paix intérieu-
re que j'avois à peu près recouvrée, ce bonheur dont je retrouvois une partie, tout
cela vient de s'évanouir comme un songe !
Le croiriez-vous, je suis plus malheureuse
que jamais ! Au bout *de trois ans* tous les
soupçons injurieux renaissent ; que dis-je,
des *soupçons ?* non, on m'accuse formellement, et l'on me refuse toute explication.
Ecoutez le récit de cette révolution inconcevable.

Je n'ai reçu qu'avant-hier les *étrennes* accoutumées de ma Léocadie. Albert venoit
de me quitter pour aller voir la pêche du
grand étang ; il rencontre dans l'avenue
l'homme qui m'apportoit la petite caisse ;
il l'arrête, le questionne, regarde la caisse,
la prend et se charge de me la remettre ; il
revient sur ses pas et rentre dans mon cabinet en me disant : Voilà sûrement *les étren-*

nes de Léocadie... Il avoit l'air embarrassé.
Je le remis à son aise, en paroissant ne voir
dans ce prompt retour qu'une attention aimable; et en le priant d'assister au déballa-
ge. Mais j'ai toujours remarqué que ces envois lui donnent de l'humeur et excitent
en lui une curiosité qui ne peut venir que
d'un fonds de défiance. Il ouvre la boîte,
nous n'y voyons d'abord que des joujoux
d'enfans; Albert, comme de coutume, touche, retourne, examine chaque pièce avec
une attention scrupuleuse; et tout à coup
nous découvrons une petite boîte de maroquin rouge. Oh, oh! dit Albert, voici sans
doute quelque bijoux précieux! En effet c'é-
toit une petite montre avec une chaîne et
un cachet. Le cachet est très-remarquable;
c'est une cornaline sur laquelle est gravé un
double *R*. Le cachet est monté en petits ru-
bis d'une manière charmante. Jugez de mon
étonnement, lorsqu'au moment où Albert
jette les yeux sur ce cachet, je le vois pâ-
lir... Je le regarde fixement... Il prend le
cachet d'une main tremblante; et après l'a-
voir attentivement considéré, il se lève brusquement, et fait un mouvement pour sortir; mais il retombe sur sa chaise... L'infortuné ne pouvoit se soutenir... il respi-

roit à peine; sa pâleur étoit effrayante....
Grand Dieu! m'écriai-je, Albert qu'avez-
vous?.... Oh! puissé-je mourir!.... ré-
pond-il d'une voix étouffée.... Je me jette
dans ses bras : Laisse-moi, me dit-il,
laisse-moi, tout est éclairci.... je te pardonne... mais laisse-moi!... Je ne pensois
guère à l'injustice de cette nouvelle accusation; je ne voyois que sa pâleur, sa défail-
lance, sa suffocation. L'effroi que j'éprouvois, m'ôtoit jusqu'à la surprise de cet
étrange incident!... Je dénoue le col de sa
chemise, je lui fais respirer des sels, et de-
bout devant lui, soutenant sa tête sur mon
sein, je baigne son visage d'un ruisseau de
larmes!... Enfin il se ranime, ses joues se
recolorent, il lève les yeux vers moi, il me
regarde avec une expression de douleur,
de reproche et de tendresse si pathétique
que j'en fus pénétrée et troublée comme si
j'eusse été coupable. O Pauline, dit-il, inconcevable créature!.... et ses pleurs lui
coupent la parole...Dans ce moment nous
entendons du bruit; il me conjure de me
calmer, il se lève, et me quitte précipitamment en apercevant Mlle du Rocher. Je
reste immobile et pétrifiée. Au bout de
quelques minutes je sors du cabinet pour

l'aller chercher; je vais d'abord dans sa
chambre, et ne l'y trouvant pas, j'interroge
les domestiques. On me dit qu'il est sorti
du château, et je prends aussitôt le chemin
de l'avenue. Il étoit onze heures du matin.
J'ai parcouru vainement les bords de l'étang
et les allées du petit bois. Durant cette recherche inutile, j'étois dans une agitation
violente que le mouvement et l'impatience
sembloient accroître à chaque pas. Je courois, je l'appelois, et l'émotion physique
excitée par la fatigue, jointe à l'inquiétude
et à la plus étrange confusion d'idées, me
causoit une sorte d'égarement inexprimable, état le plus douloureux que j'aie éprouvé
de ma vie. Je n'avois pour tout vêtement
qu'une simple robe de linon; je marchois sur
la glace et dans la neige, et loin de m'apercevoir du froid, j'étois brûlante!... J'avois
toujours devant les yeux la figure pâle et
défaillante d'Albert; cette image m'inspiroit une pensée vague, mais aussi funeste
qu'extravagante, qui devenoit plus distincte
à mesure que le temps s'écouloit. En passant la barrière qui conduit à l'enceinte fermée du bois, ma robe s'accroche à l'un des
pieux. Comme je courois toujours, il me
sembla que l'on m'arrêtoit par derrière, ce

qui dans le trouble où j'étois, me causa une frayeur impossible à dépeindre. Je m'élance en avant, déchirant par cet effort ma robe du haut en bas ; je glisse sur la glace, et je vais tomber à dix pas sur une souche d'arbre qui m'a fait deux blessures assez considérables, l'une au menton (car je suis tombée sur le visage), et l'autre à la main droite que les pointes de bois m'ont cruellement écorchée ; mon sang a coulé, et j'ai été plusieurs minutes sans pouvoir me relever. Enfin je me suis traînée vers *mon arbre*, afin de m'asseoir un moment sur le banc, car j'étois épuisée de fatigue. Je m'établis sans réflexion sur ce banc couvert de neige, je n'avois presque plus ma tête, je me sentois transie, un frisson universel sembloit avoir calmé l'effervescence de mes idées ; mon imagination ne me présentoit plus rien. Cependant la vue de *mon arbre* me causa une sensation désagréable, je ne pensois plus, mais je sentois encore, et je souffrois toujours. J'étois dans cet état, qui seroit devenu mortel, s'il se fût prolongé, lorsque j'entendis des cris prolongés retentir de toutes parts ; ce bruit ne m'inspira nulle idée, j'étois totalement engourdie, mes yeux se fermoient, et je n'avois presque plus de connoissance !...

· C'étoit Albert qui, suivi de plusieurs domestiques, me cherchoit à son tour. Vous pouvez juger de sa surprise et de son effroi lorsqu'il m'aperçut dans l'état que je viens de décrire, assise et immobile, la tête appuyée contre le tronc de *mon arbre*, le visage pâle et défiguré, les yeux fermés, les cheveux en désordre, et avec des habits déchirés et ensanglantés.... Il fait un cri perçant, et vole auprès de moi ; je le reconnois et j'éprouve un mouvement de joie machinal, mais si vif, que la palpitation de mon cœur ranima dans l'instant la circulation arrêtée de mon sang. Il ôta sa redingote afin de m'en couvrir, et après m'avoir bien enveloppée, il me prit dans ses bras pour me porter au château, qui comme vous savez, n'est qu'à cinq cents pas de là. Il ne voulut pas souffrir que ses gens l'aidassent à me porter, et malgré le fardeau dont il étoit chargé, il les devança tous, car il marchoit avec une inconcevable rapidité. Durant ce court trajet je repris toute ma connoissance, mais non ma mémoire ; j'avois la tête si pesante et si étonnée, que je ne pouvois me rappeler ce qui s'étoit passé dans cette cruelle matinée ; la seule idée que j'en conservasse, c'est que j'avois été inquiète d'Albert ; mais j'étois dans ses bras, je le regardois fixement avec délices, et loin de souffrir j'étois heureuse. En traversant le grand vestibule du château, nous rencontrâmes Léocadie qui, en me voyant, jeta des cris douloureux qui retentirent jusqu'au fond de mon âme. Albert donna l'ordre de l'emporter, et elle disparut, quoique je la demandasse instamment....

Arrivée dans ma chambre, on me coucha ; on me fit boire du vin, on me fit des frictions avec des linges chauds ; on pansa mes deux blessures, et au bout d'une heure je me trouvai si parfaitement, qu'ayant recouvré toute ma tête, et malheureusement ma mémoire, je fus en état de conter ce qui m'étoit arrivé dans le bois. Ensuite je voulus me lever ; Albert s'y opposa formellement ; il me conjura de passer au lit le reste du jour. J'y consentis, mais en même temps je renvoyai mes femmes, afin de me retrouver seule avec lui ; il craignoit mortellement ce tête-à-tête, se doutant bien que je demanderois une explication ; en effet, dès que nous fûmes seuls, je parlai du cachet fatal qui avoit causé tout ce désordre. Albert fit un sourire forcé, et me prenant la main

qu'il serra affectueusement dans les siennes:
Ma bien-aimée Pauline, me dit-il, oublie
cette scène extravagante, et n'en parlons
jamais.... Moi, l'oublier? interrompis-je;
oublier ces paroles prononcées par Albert:
*Oh! puissé-je mourir! tout est éclairci, je te
pardonne....* Eh bien! reprit-il, j'étois insensé; je reconnois ma folie, que veux-tu
de plus? — La vérité. — Je te la dis; je
confesse que je n'avois pas le sens commun.
— Non, je vous connois, vous pouvez être
abusé, je ne le sais que trop, mais vous
n'êtes point un visionnaire; vous voulez me
cacher une opinion injurieuse, et moi je
veux me justifier...— Je ne t'accuse point.
— Vous me soupçonnez toujours. — Je
t'aime plus que jamais. — Et cependant
vous ne m'estimez plus!... Nous en étions
là de ce dialogue, lorque la petite porte
de la ruelle de mon lit s'ouvrit; j'entends, à
travers mes rideaux fermés, quelque chose
qui se glisse doucement le long de mon lit,
c'étoit Léocadie échappée des mains de
Mlle du Rocher; elle s'avance au milieu de
la chambre, et en apercevant Albert, elle se
jette à genoux en disant : Pardon, papa!...
je veux voir maman!.... Cette charmante
enfant fondoit en larmes; elle avoit ses pe-

tites mains jointes et un air suppliant qui
auroit attendri le cœur le plus barbare....
Albert très-ému se lève, la prend dans ses
bras et la pose sur mon lit ; ensuite il nous
considère alternativement l'une et l'autre,
comme s'il eût voulu comparer nos deux
visages. Albert, lui dis-je avec un peu d'a-
mertume, ne trouvez-vous pas du rapport
entre nos deux figures ? Non, répondit-il,
ce n'est pas *à vous qu'elle ressemble*. A ces
mots j'ai senti que je rougissois, ce qui m'a
fait rougir davantage, et j'ai été totalement
déconcertée... C'est ainsi que tout se tourne
contre moi!.... Cependant, reprenant la
parole : Je vois, lui dis-je, qu'on vous a
parlé d'une ressemblance que je ne nierai
point.... — Vous convenez donc vous-même qu'elle *lui* ressemble ? — Oui, elle ressemble au duc de Rosmond.... (ce nom l'a
fait tressaillir). Au reste, poursuivis-je,
toutes ces figures grecques se ressemblent
comme toutes les statues antiques qui ont ce
genre de beauté; n'a-t-on pas trouvé à Autun que le duc de Rosmond ressembloit à
Mme d'El***, dont le visage a tant de rapport avec les têtes de Niobé, et Léocadie,
ayant le même caractère de figure, ressemble à Mme d'El*** et au duc de Rosmond.

Sans doute, ma chère Pauline, reprit Albert. Il prononça ce *sans doute* du ton dont on parle aux enfans qu'on ne veut pas contrarier. Je me sentis à la fois humiliée, révoltée, et aussi en colère que je puisse l'être contre lui, et je ne pus retenir mes larmes. Léocadie alors se remit à pleurer, je la serrai avec transport contre mon sein, en disant : O mon enfant ne pleure pas, toi qui dois me consoler ! si tu m'affliges aussi, quelle main essuiera mes larmes ?... Ah ! toujours la mienne, s'écria Albert, toujours ! quelle que soit ta douleur, mon cœur y compatira ; je souffrirai toujours avec toi et plus que toi !... En prononçant ces paroles avec le sentiment le plus tendre et le plus touchant, il prit Léocadie dans ses bras : O toi, dit-il, qu'elle aime si passionnément, pourrois-tu ne pas m'être chère !.... oui, je t'aime aussi, oui ; ma vie entière le prouvera....

Il parloit avec cet enthousiasme qui vient du cœur, et dans cet instant, pénétrée de la plus profonde reconnoissance, je n'avois point d'expression pour peindre ce que j'éprouvois, j'aurois voulu être à ses pieds... Il a repris de nouveaux soupçons, ou pour mieux dire, il croit avoir la certitude de

mon infidélité, et cependant quels ménagemens pour une femme qu'il croit si coupable! quelle tendresse! quelle générosité!...
Il se dit, sans doute, que trois années écoulées ont expié ce crime... Il ne se permet
pas l'apparence d'un reproche!... Il est
défiant, il est injuste; mais quelle sensibilité! quelle grandeur d'âme!... Ainsi donc,
en m'outrageant, il a trouvé le secret de
m'attendrir et de m'attacher plus étroite-
ment à lui par son injustice même!...

Vous imaginez bien que j'ai tout employé
pour obtenir une explication, mais en vain;
il me proteste que c'est le chiffre du cachet,
ce double *R* qui, dans le premier moment,
l'a frappé follement, ajoute-t-il, parce que
le duc de Rosmond s'appelle *Romuald Rosmond*, ce qu'il a, dit-il, appris *par hasard*
à Autun, et ce que j'ignorois. Et voilà encore un singulier rapport; mais je ne crois
nullement que cette petite circonstance ait
causé l'état où je l'ai vu, d'autant plus que
ce fut avant d'avoir examiné l'empreinte et
au seul aspect du cachet, qu'il s'est troublé
et qu'il a pâli?... Mais comment ce cachet
peut-il paroître une preuve si formelle, si
positive!... Cela est inconcevable!... Je
ne me lasserai point de le questionner, de

30

le persécuter, jusqu'à ce qu'il m'ait découvert ce mystère incompréhensible ; mais s'il
est persuadé qu'en me le révélant je serois
confondue et dans l'impossibilité de me
justifier, il s'obstinera à se taire, et alors
quelle situation bizarre et désespérante
que la mienne ! Innocente, et jugée coupable sans pouvoir obtenir une explication, et forcée cependant de trouver dans
cette injustice une bonté sublime et une
générosité digne d'admiration !...

Je vais écrire tout ce détail à ma mère,
afin qu'elle joigne ses instances aux miennes ; peut-être obtiendra-t-elle ce qu'il me
refuse....

Adieu, mon amie. Ma santé est bonne
aujourd'hui, ce qui est surprenant après
tout ce que j'ai souffert. Mon menton est
presque guéri, la blessure de ma main étoit
plus considérable ; mais elle ne m'empêche
pas d'écrire, quoique je ne le puisse pourtant qu'avec difficulté. Je ne sais même si
vous pourrez lire cet affreux griffonnage.
Adieu donc, chère amie, mandez-moi ce
que vous pensez de tout ceci.

LETTRE LXX.

De la même à la même.

ALBERT est toujours à Dijon, chère amie, et ne reviendra que lundi prochain. Il a parfaitement persuadé à ma mère que l'histoire du cachet n'étoit rien autre chose que la surprise que lui avoit causée ce *rapport de chiffres*. Ma mère là-dessus me gronde, et me dit que je me compose des chimères pour m'affliger. Mais je suis sûre, comme de mon existence, qu'il y a quelque chose de fort extraordinaire qu'Albert veut absolument cacher : il est vrai pourtant, comme vous le dites, que ces deux *R* sont en effet très-singuliers. Nous étions déjà si étonnées du premier *R* qui se trouvoit sur le médaillon, et puis à présent en voilà deux : et il faut que ce *vilain homme* s'appelle *Romuald !* un nom de baptême si peu commun ! et il faut qu'Albert sache cela ! Voyez comme il s'est informé de ce qui le regarde ! il n'ignoroit pas non plus la ressemblance.

J'ai appris une jolie histoire qu'on a faite sur moi, et que j'ai sue par Mme Regnard. Imaginez qu'on a conté à Luzi, qu'il y avoit dans les dernières étrennes de Léocadie un écrin entier pour moi, des girandoles de diamans, une aigrette, des bracelets, etc., ce qu'Albert a trouvé un *peu fort*, comme dit Mme Regnard; il m'a défendu de porter cette parure, je me suis fâchée; Albert s'est emporté, et la dispute est devenue si violente, qu'Albert m'a jeté l'écrin à la tête, et c'est pourquoi j'ai eu cette blessure au visage.

Il semble que cette histoire soit inventée par un laquais, mais je suis à peu près certaine qu'elle est de la composition du chevalier de Celtas; car il étoit à Luzi dans le moment où l'on a débité ce conte qui, au reste, passe pour la chose du monde la plus vraie à Luzi, parmi toutes les dames dont j'ai négligé la société, et que j'ai eu le mauvais goût de ne point attirer à Erneville. La bonne Mme Regnard me défend de son mieux, sinon avec éloquence, du moins avec un zèle sincère. Elle dit que le déchaînement qu'elle voit contre moi *lui tourne le sang*, et elle est bien étonnée de ma philosophie à cet égard.

Les calomnies les plus absurdes ont un succès merveilleux lorsqu'elles sont contre une personne que l'on envioit en secret. O je devois en effet exciter l'envie de ceux qui sont susceptibles de cet affreux sentiment. J'étois si parfaitement heureuse !.... et maintenant !.... ah! que je suis à plaindre !.... Cependant, vous le dirai-je, ce caractère si grand, si généreux que développe Albert, est une consolation pour moi! J'ai tout perdu dans son opinion; mais malgré sa cruelle erreur, je puis l'admirer toujours !.... Enfin, un pressentiment secret m'assure qu'avec le temps je parviendrai à me justifier pleinement. L'innocence a le privilége heureux de ne perdre jamais l'espérance. O si la mienne est réalisée !.... comme je jouirai d'un tel bonheur pour Albert et pour vous, mon amie !.... Je ne dirai pas *pour ma mère*, elle n'a jamais soupçonné sa Pauline.

LETTRE LXXI.

Du chevalier de Celtas à M. d'Orgeval.

Le 12 avril.

Votre frère est parti hier pour l'Auvergne. A propos de quoi, direz-vous? Pour aller *herboriser* sur le *Mont-d'or*. Le pauvre homme ne peut plus rester en place. *Le ménage* est plus brouillé que jamais. Il y eut une violente scène deux jours avant le départ du grand Albert. La du Rocher et Jacinthe se chantèrent pouille en présence du marquis et de la marquise. La dernière donnant raison à la du Rocher, et voulant imposer silence à Jacinthe, la chambrière irritée lui dit en propres termes : *Ma foi, Madame, après tout ce que je sais et tout ce que j'ai vu, vous ne devriez pas me pousser à bout.* A ces mots, Pauline furieuse lui a sur-le-champ donné son congé. Jacinthe est partie gaillardement pour *Bourbon-Lancy*, où elle compte, dit-elle, vivre de *ses rentes*. Je savois déjà qu'elle avoit placé de l'argent à Luzi, chez *Beaudot;*

j'ai appris cela par hasard, et je n'en ai parlé qu'à vous. Mais tout se découvre à la longue, et vous imaginez bien qu'on devinera facilement par *quels moyens* Mlle Jacinthe a fait cette fortune.

Je suis arrivé avant-hier chez le bonhomme Dupui, que je trouve en meilleure santé. Votre petite Zéphirine est étonnante pour un enfant de quinze mois. Elle n'a pas la beauté *grecque* de la merveilleuse Léocadie, mais elle est charmante.

Adieu, mon cher ; si vous revenez avant le 2 du mois prochain, vous me trouverez encore ici ; je serois désolé d'en partir sans vous avoir vu.

LETTRE LXXII.

De M. Beaudot au marquis d'Erneville.

De Luzi, le 2 avril.

MONSIEUR LE MARQUIS,

DES personnes de considération et de jugement m'ont conseillé de vous instruire de deux faits qui paroissent suspects, et que vous seul pouvez éclaircir. La nommée Jacinthe Hébert, fille de chambre de madame la marquise, a placé chez nous, il y a environ trois mois, la somme de trente-sept louis d'or, et quelques mois après elle nous apporta encore cinq cents livres.

En outre, le nommé Pinault, dit La France, domestique de madame la marquise, plaça chez nous aussi, il y a quinze mois, la somme de cent écus; et il est revenu placer encore, il y a six semaines, vingt-deux pistoles. Cela me surprit, je lui demandai comment il pouvoit épargner de telles sommes sur des gages de province? Il parut embarrassé et me répondit que cet argent venoit d'une pension secrète que lui faisoit madame la marquise à votre insu, et qu'il n'en falloit pas parler. Mais comme on m'a fait faire la réflexion que ces gens-là pouvoient fort bien avoir acquis ces fonds par des vols domestiques, je crois qu'il est de mon devoir de vous informer de ces particularités.

Je suis avec respect, monsieur le marquis, votre, etc.

LETTRE LXXIII.

Réponse du marquis.

De Clermont, le 24 avril.

Je connoissois à Jacinthe la somme de trente-sept louis dont vous me parlez, Monsieur, ainsi que les cinq cents francs. A l'égard de La France, celui de mes domestiques que j'aime le mieux, je sais de même d'où lui vient l'argent qu'il a très-légitimement déposé chez vous. Je n'en suis pas moins sensible à l'honnêteté qui vous a porté à m'écrire dans cette occasion. Je sais apprécier le motif de cette obligeante démarche.

Je suis, Monsieur, etc.

LETTRE LXXIV.

Du même à M. du Resnel.

Le 6 mai.

Rassurez-vous, mon ami, mon voyage est la chose du monde la plus simple. Ne vous inquiétez point des fables qui se débitent à Luzi, à Bourbon-Lancy, etc. Je ne m'étonne pas que l'accident arrivé dans le bois à Pauline, et ensuite le renvoi d'une femme de chambre insolente, aient produit tant de fausses conjectures et tant d'histoires calomnieuses. On en fait tous les jours sur de moindres fondemens. Laissez parler les sots, les désœuvrés et les envieux, et croyez que rien ne peut m'empêcher de rendre une parfaite justice à l'ange que le ciel m'a donné pour femme.

Comme amateur passionné de l'histoire naturelle, et surtout de la botanique, j'avois déjà depuis long-temps le désir de faire le voyage d'Auvergne. J'ai fait ceux de Hollande et de Suisse, et je ne connoissois pas l'Auvergne, qui touche à la province

que j'habite; ce qui est d'autant plus impardonnable, que je puis vous assurer, avec
vérité, que les lieux que je parcours offrent
les phénomènes les plus curieux et des spectacles ravissans dans tous les genres. Les
paysans de la Suisse sont heureux, mais fa-
rouches et grossiers; ceux de la Hollande
sont prodigieusement riches. La véritable
gloire des gouvernemens est dans l'opu-
lence du peuple. La richesse des gens de
cette classe offre un tableau que l'on contemple toujours avec plaisir, parce qu'il
prouve de bonnes lois, et que d'ailleurs ces
fortunes toujours légitimement acquises,
sont les fruits honorables d'une conduite
vertueuse, ainsi que de l'industrie et du travail. Les paysans de Sardam et de Brouk (1)
ont des habitations éblouissantes par leur
propreté recherchée et par le luxe extraordinaire qui les embellit; mais au vrai, ce
faste est puéril et de mauvais goût. Ces
paysans dépensent des sommes prodigieu-
ses en colifichets, et vivent d'ailleurs avec
une frugalité qui va jusqu'à la parcimonie :
tant il est vrai que la manie du luxe, dans
quelque état que ce puisse être, s'allie tou-

_____

(1) Villages de Hollande.

jours avec l'avarice, et par conséquent exclut la bienfaisance!

Nos paysans d'Auvergne vivent dans l'a-
bondance, et n'ont aucune espèce de faste;
on trouve dans cette province plusieurs
communautés de paysans d'une richesse
extrême, entre autres, près de la ville de
Thiers, les Pinon, ancienne famille de laboureurs, établie depuis plus de quatre
cents ans sur le sommet d'une montagne.
Cette famille, excessivement nombreuse,
est composée (en comptant les enfans et
les domestiques) de plus de deux cents individus. Ces respectables laboureurs ont
une habitation spacieuse dans une situation
admirable, mais d'une simplicité patriar-
cale. Ils n'ont que le luxe de la nature, de
nombreux troupeaux, du laitage délicieux,
des fleurs, des fruits, et avec abondance
toutes les productions de la terre la plus féconde. Ces paysans sont d'une urbanité remarquable; leur simplicité n'a rien de gros-
sier, c'est celle de la vertu; leur hospitalité
rappelle les premiers âges du monde. J'ai
passé une journée entière chez eux. Le soir,
avant de m'en aller, je comptai dans une de
leurs granges quatorze pauvres qui devoient
y passer la nuit; on leur avoit donné à sou-

per, et l'on avoit rempli de pain leurs ha-
vre-sacs. Ces sentimens de bonté et de charité se retrouvent dans toutes les chaumières de cette province; ce peuple, le plus
humain de la terre, en est aussi le plus religieux. Toutes les maisons des paysans, sans
exception, sont surmontées d'une croix,
et ce signe révéré de la religion se retrouve
dans toutes les chambres qu'ils habitent.
Partout la prière se fait en commun deux
fois par jour avec recueillement et une fer-
veur touchante. L'aspect des villages n'est
pas ici brillant comme en Hollande, mais
il me plaît beaucoup plus. Toutes les chaumières, bâties en briques, ont des toits plats
et une élégance extraordinaire. Il y a un
goût général de proportions et de formes
que je n'ai vu nulle part parmi les paysans.
Leurs charrettes ressemblent aux chars antiques, on y pose des tapis blancs ou cou-
leur de feu, qui retombent en draperies,
car l'on y est assis de côté, ce qui a une
grâce infinie. Le sang est ici de la plus
grande beauté, et le costume des paysannes
est si agréable et si élégant, que j'ai acheté
un habillement complet que je veux donner
à Pauline. Ajoutez à tout cela un climat délicieux, une nature admirable, et les paysa-

ges les plus variés et les plus pittoresques.
La terre est si fertile, surtout aux environs
de Clermont, que l'on n'y a nul égard à
l'exposition du soleil ; on peut planter au
hasard, tout vient à maturité ; aussi voit-on
des abricotiers en plein vent croître et mû-
rir sous l'ombrage d'arbres élevés qui les
dominent et qui les couvrent. J'ai passé aujourd'hui toute ma matinée sur la montagne de Royat. Quelle réputation auroit
parmi nous cette montagne, si elle étoit
en Suisse ou en Angleterre ! et nos voyageurs français ne la connoissent même pas
de nom. Cette montagne, excessivement
haute, est couronnée par une grotte ma-
jestueuse, couverte de rochers, de fleurs,
de verdure et d'arbustes ; car ici les arbres
croissent et s'élèvent à travers les fentes
des rochers. L'ouverture énorme de la ca-
verne en laisse voir tout l'intérieur ; elle
est remplie d'un nombre infini de belles
cascades, dont l'eau pure et limpide se pré-
cipitant des côtés qui sont en pente, se réunit dans le milieu creusé pour la recevoir,
et forme un prodigieux ruisseau qui, sortant avec impétuosité de la grotte, va rou-
ler dans toute l'étendue de la montagne,
tantôt serpentant doucement sur le gazon,

tantôt se brisant sur les rochers et retombant en cascades. Enfin, ce torrent, au bas de la montagne, se divise en un millier de petits canaux, qui vont fertiliser les champs et les prairies qui entourent la ville de Clermont.

Quant aux curiosités naturelles, nulle province n'en offre autant que l'Auvergne. Ce voyage est charmant; mais j'ai beaucoup de regret de l'avoir fait seul; une admiration solitaire est un plaisir bien imparfait!

C'est une illusion de l'orgueil, ou du moins une grande erreur, de croire que l'on puisse se suffire à soi-même; à moins d'une extrême piété, l'homme sera toujours malheureux dans une solitude absolue. Des sentimens religieux, très-exaltés, doivent donner le goût d'une profonde retraite; ainsi un chartreux bien fervent et qui se trouve heureux, n'a rien qui m'étonne; mais la seule philosophie n'inspirera jamais ce parfait détachement. Il est facile de ne pas regretter le monde, quand on l'a bien connu; il est impossible de se passer de toute société. On ne jouit bien que de ce qu'on partage; le plus grand de nos plaisirs est de confier nos pensées, nos

opinions, nos sensations. Ce plaisir, qui
vient principalement du désir d'être ap-
prouvé, est le seul sentiment utile produit
par l'amour-propre. L'homme a moins besoin d'un appui que d'un compagnon ; ainsi, alors même que, trahi par l'amour ou
par l'amitié, il est forcé de renoncer à toutes ses affections, un lien puissant l'attache
encore aux hommes ; son cœur n'a plus de
secrets à leur révéler, mais il trouve toujours un charme consolateur à leur com-
muniquer ses idées, et enfin à se plaindre
d'eux à eux-mêmes. Pour moi qui, loin
d'avoir *à me plaindre* de mon sort, ne puis
que m'en louer, j'irai vous rejoindre dans
six semaines, avec cette joie vive et pure
que j'éprouve toujours en me retrouvant à
Gilly et à Erneville.

Adieu, mon ami ; mes complimens au
baron et à son aimable compagne.

LETTRE LXXV.

De la marquise au marquis.

Le 20 mai.

M. DU RÉSNEL a été si enchanté de votre lettre, qu'il l'a communiquée au baron qui l'a gardée plusieurs jours, et ensuite la baronne me l'a renvoyée, pensant que j'y trouverois tout ce qui peut dissiper mes inquiétudes. Mais cette lecture n'a rien changé à mon opinion. Je vous connois, Albert; vous avez écrit cette lettre pour persuader à nos amis que vous êtes parfaitement heureux. Vous ne vous plaindrez jamais de moi, je le sais; vous n'accuserez jamais Pauline. Vous êtes généreux mais vous êtes abusé, vous nourrissez en secret une funeste erreur, vous me croyez coupable, et je suis innocente!.... Ce voyage si brusquement entrepris, ce départ précipité (et le lendemain du *renvoi de Jacinthe*), ce séjour de deux mois en Auvergne, sont-ce là des choses simples? Pouvez-vous espérer de me le persuader? Non, l'insolente calomnie d'une femme de chambre que la colère dominoit, ce discours odieux vous fit la plus forte impression, quoique ensuite elle ait avoué qu'en parlant ainsi elle avoit perdu la tête. Vous avez vu son repentir, vous avez entendu sa rétractation, vous m'avez vue, inflexible, la chasser malgré ses larmes et ses prières ; mais votre esprit malade étoit frappé, rien n'a pu effacer la première impression, et vous êtes parti le lendemain !....

Ne vous flattez pas de me dissuader ; Albert, au nom de votre affection pour moi (hélas ! je n'ose pas dire au nom de la mienne, vous n'y comptez plus), au nom de tout ce qui vous est cher, expliquez-vous franchement! Dévoilez-moi le mystère de ce cachet fatal !..... Juste ciel ! vous pensez toujours que Léocadie......Je ne puis achever !.... cette idée est mille fois plus outrageante qu'elle ne le fut dans les premiers momens.Ces envois anonymes ne seroient donc que des artifices concertés avec moi?...... Mais quelles que soient les apparences, quels que soient les jeux funestes du hasard, pouvez-vous me croire capable d'une telle duplicité, d'une effronterie si monstrueuse?.... et pouvez-vous avoir tant de ménagemens pour une femme

si criminelle ? Non , si j'étois ce que vous
me supposez ; votre plan d'indulgence et de
bonté ne seroit qu'une foiblesse avilissante:
On peut pardonner un égarement expié par
le repentir ; mais cette persévérante fourberie ne mériteroit que la plus profonde indignation d'un cœur vertueux. Mais tu ne
crois pas , tu ne peux croire que Pauline soit
la plus vile de toutes les femmes ! Des rapports singuliers , un concours inouï de circonstances étonnent , confondent ta raison
sans persuader ton cœur. Ce cœur, toujours
à moi , désavoue les doutes de ton esprit ;
une affreuse perplexité te ravit tout ton repos ; quand tu me vois, quand tu m'écoutes,
tu me crois innocente ; tu te reproches alors
tes soupçons injurieux, qui renaissent quand
tu réfléchis aux apparences réunies qui déposent contre moi. Ainsi tourmenté, déchiré par mille sentimens contraires , affligé
tour à tour par la défiance et par les remords , tu passes ta vie à m'accuser et à
m'absoudre. Il est temps que cet état finis-
se ! Crois-tu souffrir seul ? non , puisque tu
ne peux me cacher tes souffrances. Parle
donc, ton silence et ta dissimulation me
tuent..... Cette réserve cruelle ne sauroit
m'en imposer, elle ne peut servir qu'à me

désespérer. Albert, je t'en conjure à genoux, explique-moi l'énigme du cachet,
et songe que je ne me lasserai point de te
persécuter à cet égard.

LETTRE LXXVI.

Réponse du marquis.

Du moulin de la montagne de Royat, le 29 mai.

O qui pourroit te résister ! Tu le veux ;
eh bien ! je vais t'ouvrir ce cœur agité dans
lequel tu sais si bien lire, alors même qu'il
veut être impénétrable. Pauline !... ô premier et cher objet des plus tendres affections de mon cœur, j'ai plus d'un mystère
à te révéler !... Depuis long-temps *un se-*
cret particulier me pèse !... Il me semble
que je t'en dois l'aveu, en t'apprenant un
fait qui paroît t'accuser.... Cependant cette
confidence répugne à mes principes; mais
parle, la veux-tu ? je t'obéirai.

Quant à ce cachet, puisque tu l'exiges
avec tant de constance, je vais donc t'expliquer la véritable cause du trouble où tu
m'as vu.

Peu de jours après mon arrivée à Paris,
je fus chez un joaillier pour y faire l'em-
plette de quelques bijoux pour toi. Je vis
dans cette boutique ce même cachet; j'eus
envie de l'acheter: le marchand me dit qu'il
ne pouvoit le vendre, parce qu'il appartenoit *au duc de Rosmond*, qui le lui avoit apporté pour y faire remettre deux petits ru-
bis qui s'en étoient détachés. Alors je com-
mandai un cachet exactement semblable, à
l'exception de l'empreinte; car je fis gra-
ver sur la pierre ton chiffre et le mien. On
fit ce cachet monté de même, mais non
absolument pareil à l'autre; il étoit au moins
une fois plus grand. Je trouvai qu'il ne pouvoit pas convenir à une femme, et je le
gardai pour moi. Six semaines après, étant
dans une grande foule en sortant d'un spectacle, on me vola ma montre, et je perdis
ainsi ce cachet qui s'y trouvoit attaché.
Mais, l'ayant porté près de deux mois, j'ai
conservé une idée si distincte de sa mon-
ture et de l'arrangement des pierres, qu'il
est impossible que je puisse me tromper sur
le cachet qui lui servit de modèle, et qui
d'ailleurs portoit cette même empreinte,
qui est en effet le chiffre du duc de Rosmond.

« Voilà l'entière vérité ; tu peux maintenant concevoir d'impression que dut me
faire dans le premier moment cet incident
singulier ajouté à tant d'autres aussi étranges !..... Crois-moi, chère Pauline, on ne
peut être plus ingénieux que je le suis à
chercher tout ce qui peut simplifier ces fâcheux effets du hasard. Il me paroît hors de
doute que le duc de Rosmond est père de
Léocadie ; la ressemblance parfaite et l'en-
voi du cachet sont des preuves positives et
certaines. Mais quelle est la mère de cette
enfant ? ce n'est pas une *Parisienne*... J'ai
bien calculé le temps et les époques. Au
moment de la séduction dont Léocadie est
le fruit ; le duc étoit caché dans les environs
d'*Erneville* !.... Cependant on ne sauroit
calculer avec précision le temps d'une grossesse, parce que le terme en peut être avancé par quelque accident. Le duc, en quittant ces environs, se rendit à Autun. J'ai
pensé qu'il seroit possible que la mère de
Léocadie fût dans cette ville. Mais aucune
des femmes qu'on a données au duc n'a été
à Paris, et n'a voyagé !........Croira-t-on
qu'une femme de Paris soit venue à cette
époque en Bourgogne, et qu'elle ait vu le
duc en secret ! Cette supposition n'est guère

vraisemblable, le duc est si fat, si indiscret,
qu'il s'en seroit vanté: d'ailleurs il est presque impossible qu'une dame de Paris puisse
être *incognito* dans une petite ville de province. Enfin le duc logeoit à Autun chez
M. de ✱✱✱; tous les yeux étoient ouverts
sur lui, toutes ses démarches étoient con-
nues. Imaginerons-nous que la mère de l'enfant n'étoit qu'une fille du peuple de la ville
d'Autun, que son obscurité déroba à tous
les regards? On auroit encore su cette intrigue subalterne; mais, en supposant qu'on
l'eût ignorée, le duc auroit-il attaché tant
d'importance à l'éducation et à l'existence
d'une enfant née d'une telle personne? Comment expliquer encore la subornation de
Le Maire et sa disparition? Il m'étoit attaché; il aura fallu bien de l'argent pour le
corrompre!... Jacinthe étoit sa maîtresse
et lui écrivoit sans cesse.... Ce fut après
avoir reçu une lettre de Jacinthe, qu'il me
demanda la permission de rester à Paris!...
Comment expliquer tout cela! Jacinthe a
été séduite aussi; elle a reçu de l'argent,
d'autres encore en ont reçu.... Tout ceci,
sans compter la dépense considérable faite
pour Léocadie, a dû coûter énormément.
On assure que le duc, quoique très-fas-

tueux, est naturellement avare et qu'il est
fort dérangé ; il faut donc qu'il ait eu des
motifs bien puissans pour prodiguer tant
d'argent et pour combiner des intrigues si
compliquées... Et pourquoi tant de soins,
tant de peines, tant de dépenses? pour que
sa fille soit élevée dans le château d'Erneville, et pour se priver d'elle à jamais !....

Il m'est venu à ce sujet une pensée bizarre; je me suis dit que, par fatuité et par
ressentiment, le duc avoit chargé Pauline
de son enfant, afin qu'on l'en crût la mère
et afin de se venger de ses rigueurs. Mais
de bonne foi, peut-on s'arrêter à une idée
si extravagante? Je ne crois pas qu'il ait
attaché sa gloire d'homme à bonnes fortunes à l'opinion des habitans d'Autun et de
Luzi; il lui faut un plus grand théâtre , et
d'ailleurs la seule fatuité pourroit-elle inspirer de telles combinaisons et un plan si
suivi?... Je te l'avoue, dans ce dédale dont
je ne puis sortir, las de chercher vainement
le fil qui peut m'en tirer, je suis tenté quelquefois d'admettre la seule supposition qu
puisse tout expliquer; mais , alors même,
je ne t'accuse point d'une fourberie *persévérante*. Ces envois anonymes , je les crois
faits sans ta participation , sans ton consen-

tément, et même contre ta volonté : quels moyens aurois-tu de les empêcher ?.... Je crois que ton désir eût été de rompre tout commerce, même indirect, avec un séducteur, mais que c'est lui qui s'obstine à conserver avec toi cette espèce de lien, cette correspondance forcée... Voilà ce que je pense, quand ma raison succombe à l'illusion de tant de preuves apparentes...

Je te proteste que, dans mes plus grands accès de défiance, je n'ai jamais éprouvé un instant de colère contre toi; on ne peut connoître la pureté naturelle de ton âme, et te soupçonner d'une foiblesse sans te plaindre : dans cette supposition, tu me parois si malheureuse, je trouve ta faute si bien expiée, que je ne puis que m'attendrir. Mais, grand Dieu! qu'il m'a fallu d'empire sur moi-même, pour réprimer mon trop juste ressentiment contre l'auteur abhorré de nos peines !.... Combien de fois j'ai été tenté de l'aller chercher, pour lui percer le sein !.... Rassure-toi, je ne pourrois me venger sans te déshonorer, sans confirmer moi-même et pour toujours les calomnies qui te noircissent. Ah! sois tranquille : la haine pourroit-elle l'emporter dans mon cœur sur ma tendresse pour toi?.... Enfin,

I. 32

pour achever de t'ouvrir, mon âme, je dois te faire encore un étrange aveu.... .

Le croiras-tu, Pauline ! le doute, la défiance et la jalousie ont donné à mes sentimens pour toi tous les caractères de la passion : je ne t'aime pas mieux, mais je t'aime avec plus de violence, je te vois tour à tour sous tant de formes différentes !.... tantôt victime d'une passion malheureuse, que le devoir réprouve et que combattent les remords; intéressante par tes regrets, piquante par la réunion d'un caractère timide et plein de candeur, avec une conduite audacieuse et les artifices les plus ingénieux ; et tantôt sous ta véritable forme, sous les traits célestes d'un ange d'innocence et de pureté ; alors tu me parois aussi sublime que touchante, je t'adore en gémissant de mes injustices, je me trouve indigne de toi, je sens que je mérite ta haine, et surtout ton mépris ; je n'attribue qu'à ta vertu les témoignages de ton affection, et je tombe dans le désespoir. Connois toutes les bizarreries dont je suis capable ! Dans tous les momens je donnerois ma vie pour acquérir la certitude complète de ton innocence, et cependant je suis moins profondément malheureux quand je te crois coupable !.... .

Alors du moins je puis me flatter de te paroître indulgent et généreux; il me semble que
j'acquiers de nouveaux droits sur ton cœur..
Ah! sois en sûre, l'orgueil n'entre pour rien
dans cette espèce de jouissance. Être aimé
de toi, voilà mon unique désir. Pouvoir
t'admirer sans mesure, pouvoir te placer
dans mon imagination au-dessus de toutes
les femmes, de tous les êtres créés; voilà
pour moi la gloire suprême!..... Maintenant je ne puis concilier ces deux sentimens!
Je me dis, je me répète sans cesse : si Pauline
eut un moment d'égarement, elle est presque une femme ordinaire; si elle est innocente, je suis un barbare, un ingrat, j'ai
méconnu, j'ai calomnié ce que j'aime!....
O Pauline! tu vois avec quelle franchise je
te découvre les plus secrets replis de mon
cœur; ah! si tu pouvois imiter cet exemple!... Dis-moi avec sincérité si du moins
tu m'aimes autant qu'avant l'époque de nos
malheurs!..... Non, je ne puis le croire,
tu ne m'estimes plus!... Et cependant tu ne
connois pas tous mes torts!.... N'importe,
j'acheverai, si tu veux, cette pénible confidence; mon âme agitée, déchirée, ne peut
retrouver une ombre de repos qu'en s'épan-
chant sans réserve dans la tienne. Ah! si tu

m'aimois comme je t'aime, qu'il t'en coûte-
roit peu de me pardonner !.... Mon tourment le plus insupportable est de me persuader souvent que j'ai presque entièrement
perdu ta tendresse. Du moins je suis certain
de n'être plus le premier objet de ton affection. Maurice, Léocadie et ta mère, voilà
les êtres que tu chéris véritablement....
Je te l'avoue, je ne suis plus satisfait de
ton amitié.... ou pour mieux dire, elle ne
me suffit plus !.... Insensé que je suis ! je
voudrois de l'amour, et tu n'en auras jamais
pour moi !.... Quoi, Pauline, nos âmes,
si intimement unies dès le berceau, ne cor-
respondent plus, ne s'entendent plus !....
tu n'éprouveras jamais ce que tu m'inspires !
désormais l'expression de mes vrais sentimens ne pourra que t'étonner, et peut-être
te déplaire, tu ne les partages point !.....
J'aimerai seul (car l'amitié peut-elle payer
l'amour)! j'aimerai seul et sans espérance !...
Et comment me guérir ? Je ne puis ni ne
veux te fuir; nous sommes enchaînés l'un à
l'autre par des liens que nous ne devons ni
rompre, ni même relâcher !.... O que je
le regrette, ce sentiment tranquille et pur
qui fit si long-temps mon bonheur !.... Cependant ma tendresse pour toi fut toujours

plus vive et plus inquiète que la tienne; que dis-je! ah! je t'ai toujours passionnément aimé; et toi, tu n'as jamais eu pour moi que les sentimens d'une sœur!

Je ne le nierai plus, chère Pauline, j'avois la tête tournée, quand je partis d'Erneville.... mais depuis quelques jours je suis plus calme. J'ai quitté la ville de Clermont, je me suis établi dans un moulin situé au bas de la montagne de Royat. Cette profonde solitude, le murmure des eaux, la beauté ravissante des paysages qui m'entourent, tout m'attache à ce séjour, le seul qui me convienne en ce moment. J'ai besoin de me recueillir.. Erneville, toujours si cher à mon cœur, ne m'offre que des souvenirs dont le charme est perdu pour moi; je ne me retrace qu'avec un attendrissement douloureux les jours paisibles de notre enfance et de notre première jeunesse. Quel contraste avec le trouble qui m'agite!... J'aurois dû rester *ton frère*.... Ah! qu'as-tu fait en me confiant ta destinée! J'ai détruit ton repos et ton bonheur!....

Je suis tenté de demeurer ici jusqu'à l'automne, il me semble que tu ne dois être tranquille que lorsque je suis absent. Entre Maurice et Léocadie, tes jours s'écouleront

toujours doucement.... Dès le point du jour
j'erre tristement sur cette montagne, j'y
pense à toi, et toujours à toi, je n'ose t'y
désirer, je ne t'y appelle point, tu ne m'entends plus, tu ne me répondrois pas!....

Je dessine, j'écris, je lis. Tu ne devi-
nerois jamais quel est le livre que je relis
dans ce moment : *Les causes célèbres*, et
uniquement pour y relire les histoires de
Lebrun et de Langlade, ces infortunés que
tant de fausses apparences firent paroître
coupables. J'aime à remettre sous mes yeux
ces étonnans jeux du hasard!....

Et toi, que fais-tu?.... De la musique,
et des romans dans lesquels tu ne dépeins
que la piété filiale, l'amour maternel et
l'amitié.... Ecris-moi du moins, réponds
avec détail à cette étrange lettre que je de-
vrois déchirer, peut-être, au lieu de te l'envoyer. Mais quand j'aurois cette prudence
aujourd'hui, je céderois toujours, une autre fois, au désir et au besoin de te parler
sans aucun déguisement....

Adieu, ma Pauline, adieu; sois indul-
gente pour ton ami, il est bien à plaindre!

LETTRE LXXVII.

Réponse de la marquise.

Avant tout je dois te remercier, et ce sera du fond de mon âme. Tu me rends ta confiance, c'est me rendre tout mon bonheur. La confiance est la seule preuve réelle d'une véritable amitié ; on ne maîtrise pas toujours son imagination, on peut repousser des idées que le cœur désavoue, et l'on ne sauroit les empêcher de naître ; mais la franchise et la confiance dépendent uniquement de notre volonté ; elles réparent tout, et qui n'en manque point avec son ami, n'a jamais de tort inexcusable.

Je veux, cher Albert, te répondre par ordre. Parlons d'abord du cachet. Cet article de ta lettre m'a fait frissonner !......
Grand Dieu ! ce cachet appartenoit au duc de Rosmond !... Hélas ! je ne puis que te répéter : *Je suis innocente !* Je ne trouve même pas un seul raisonnement que je puisse opposer aux tiens ; je crois à présent com-

me toi que le duc de Rosmond est père de
cette enfant, et comme toi je ne conçois pas
les motifs et le but de toute cette intrigue.
Par le *calcul* des temps, je ne conçois pas
davantage quelle peut être *la mère*; le duc,
à cette époque, étoit en effet caché *dans les
environs d'Erneville*.... Mais je suis innocente, je te le jure par tout ce qu'il y a de
sacré, je suis parfaitement innocente!....
Oh! qui m'eût dit que je serois forcée d'a-
voir recours aux sermens pour te persuader
que je ne suis point *adultère*!.... L'infortune peut donc avilir!....

Comme je l'ai dit, on doit à l'amitié
une confiance entière, à moins que la confidence ne fût pour celui qui la recevroit un
opprobre et un malheur sans remède. La
révélation du secret, loin d'être alors une
preuve touchante de confiance, ne seroit
plus qu'une indiscrétion insensée et cruelle.
Ainsi donc, si j'étois coupable, je ne t'en
ferois point l'aveu; je ne te ravirois point
cette espèce de doute que te laisseroit toujours mon silence à cet égard; je n'acheve-
rois point de profaner les saints nœuds du
mariage, en me déshonorant sans retour à
tes yeux; j'aurois l'espoir que ma faute,
douteuse dans ma jeunesse, le deviendroit

davantage avec le temps, et que je pourrois
un jour recouvrer ton estime. Mais, dans
cette odieuse supposition, je te le répète,
je ne joindrois point l'effronterie à l'infidélité. Je me contenterois de me taire, j'élu-
derois tes questions, j'affecterois, pour n'y
point répondre, la fierté qui dédaigne de
se justifier, et par conséquent je ne te pres-
serois pas de m'ouvrir ton cœur ; je ne sol-
liciterois pas sans cesse des explications.
Voilà ce qui doit te prouver mon innocence,
si tu réfléchis à mon caractère. Eh ! sans
l'espoir de te convaincre par la seule force
de la vérité, quel plaisir pourrois-je avoir
à m'entendre accuser d'un crime, à m'imposer continuellement et sans nécessité l'o-
bligation de feindre, de mentir, de composer mon visage et le ton de ma voix !... Tu
me crois, dis-tu, quand tu m'écoutes, et
surtout quand tu me regardes. Ah ! con-
tente-toi de cette preuve ; l'imposture peut
séduire par des raisonnemens préparés
avec art, mais la physionomie, le regard,
l'expression des traits, l'accent de la voix
ne trompent pas ; lorsque toutes ces choses réunies persuadent constamment, c'est
la nature même qui parle et qui justifie
l'innocence.

Tu penses que Jacinthe a été corrompue par des présens; cela peut être, et j'exige que tu ailles à Bourbon pour l'interroger. Tu ajoutes : *D'autres encore ont reçu de l'argent.* Qui soupçonnes-tu? je te prie de m'expliquer cette phrase.

Quant *au secret particulier* qui *te pèse,* je ne veux point le savoir. S'il est offensant pour moi, tu dois à ta femme le respect de taire ce qu'elle ne pourroit entendre avec dignité; s'il m'est étranger, il intéresse sans doute d'autres personnes, et la probité te défend de me le révéler : il me suffit que tu m'aies dit tout ce que tu pouvois me confier, tu m'affligerois mortellement en employant avec moi les détours et le mensonge. On peut allier la franchise avec la discrétion; cache-moi ce que je dois ignorer, mais ne me trompe pas.

Que répondrai-je à l'article de ta lettre où tu me déclares que depuis l'époque de nos dissensions, tes sentimens pour moi ont pris *tous les caractères de la passion?*....O combien tu me fais mépriser l'amour, puisqu'il peut naître du mépris!....Quoi! depuis que tu doutes de moi, tu m'aimes avec *plus de violence?* quand tu me soupçonnes d'être la femme la plus audacieuse et la plus

hypocrite, tu me trouves plus *piquante!*
voilà ce qui t'inspire de la *passion!* Ah! tu
as raison de regretter ton ancien sentiment:
il étoit digne de toi... Il m'honoroit, il faisoit ma félicité, et celui que tu me dépeins
ne peut être inspiré que par une courtisane : aussi n'est-il fondé que sur ton erreur...
Je le vois, ce que les hommes appellent
amour n'est qu'un égarement de l'imagination.... En effet, l'amour légitime, mutuel et parfaitement heureux n'a jamais été
durable; il faut à ce sentiment ou des con-
trariétés et des obstacles, ou le charme du
mystère, ou l'attrait honteux de la licence
et du vice.

O mon frère, ô mon ami, redeviens Albert pour ta Pauline qui n'a point changé!...
Nous avons devant nous un long avenir, il
est entre tes mains, toi seul en es l'arbitre;
tu es sur la terre *ma providence visible* (1);
je ne puis que former des vœux, et toi tu
disposes de notre sort, qui ne dépend que
de tes sentimens. Erneville ne te cause plus
qu'un *attendrissement douloureux!*......
Hélas! depuis trois ans et demi, je n'ai que

_____

(1) Expression de Massillon appliquée aux grands
pour le peuple.

trop éprouvé moi-même ces pénibles sensations! Mais rends-moi ton estime, et ces lieux chéris reprendront pour nous tous leurs charmes.

Reviens, mon ami, quitte cette montagne, cette grotte et ces rochers; quitte une solitude où ton imagination s'égare et s'exalte! L'absence m'a déjà tant coûté!... Ah! si tu ne m'avois jamais quittée, que nous serions heureux! Reviens, ou permets-moi de t'aller chercher : *je t'entendrai* toujours quand tu m'appelleras.

LETTRE LXXVIII.

Réponse du marquis.

De la montagne de Royat, le 8 juin.

Il est vrai, chère Pauline, rien n'auroit troublé notre bonheur, si moins imprudent et moins insensé, je n'eusse pas prolongé mon séjour dans ces lieux dangereux où l'imagination s'enflamme, où les principes s'altèrent, où l'exemple familiarise avec le vice!.... Mon cœur n'a pu s'y corrompre, puisqu'il fut toujours à toi;

mais combien mon caractère et mes goûts
ont changé!....

Tu te refuses à la confidence que je consentois à te faire : je l'admire, ma Pauline!... que j'aime ton esprit qui ne te sert
qu'à embellir et qu'à fortifier la raison!....
Je me tairai, mais je te dois un aveu. C'est
que je fus absolument forcé de faire un
voyage secret à Paris dans le temps où j'al-
lai à Vichi. Je te confesse même que je ne
fus à Vichi que pour te cacher cette démarche. Pardonne-moi, Pauline, je me
suis si vivement reproché depuis ce mensonge et cette dissimulation!....

Tout ce que tu dis sur l'amour est bien
sévère; je ne te répondrai qu'une seule
chose; c'est que l'amour n'exclut point
l'amitié : j'ai de plus un sentiment que tu
n'éprouves pas. Du moins n'en parle pas,
Pauline, puisque tu ne le connois point.

Tu me rappelles, et je vais partir; je serai à Erneville deux ou trois jours après ma
lettre.

Adieu, mon amie, ne parlons plus du
passé, et sois certaine que le désir dominant, ou pour mieux dire, le seul désir
de mon cœur, est de te voir heureuse.

P. S. Je n'irai point à Bourbon pour in-

terroger Jacinthe. Quant à ce que j'ai dit
que d'autres encore avoient reçu de l'argent, c'est une conjecture vague. Mais ne
songeons plus qu'au présent et à l'avenir.
Nos explications ont été franches et entières; n'y revenons plus.

FIN DU TOME PREMIER.

TABLE
DES MATIÈRES

Contenües dans ce Volume.

Fin de la Table du premier Volume

ΑΒΓΔΕ πενταγώνου κύκλον π[...]

ρον τε καὶ ἰσογώνιον· τὸ ΑΒΓ[...]

Ἔστω τὸ δοθὲν πεντάγωνον

τε καὶ ἰσογώνιον· κύκλον περὶ

Περὶ τὸ δοθὲν πεντάγωνον,

ΠΡΟΤΑΣΙΣ

LE QUATRIÈME

NTS D'EUCLIDE.

quinque igitur rectæ ZH,
M æquales inter se sunt. Ergo
llo vero unâ ipsarum ZH, ZΘ,
rculus descriptus transibit et
ta, et continget AB, BΓ, ΓΔ,
propterea quòd rēcli sunt ad
puncta anguli. Si enim non
ed secat ipsas, eveniet ut ipsa
ad rectos ab extremitate ducta

Imprimé en France
FROC031456170820
24868FR00018B/136

9 782013 036443